[십보무적]

6

일륜 新무협 판타지 소설

[완결]

보법무직

FANTASTIC
ORIENTAL HEROES

步法無敵

"정말로 제가 안 넘어지고 잘 걸을 수 있나요?" "그럼! 이건 비밀이라 잘 말해주지 않지만, 네게만
특별히 알려주마. 우리 문파의 특기가, 잘 걷기다." "안 넘어지고, 똑바로요?"
"흐흐흐. 당연하지!" "갈게요, 가겠어요!"
십이 세 소년 등천화와 오십 년 만에 세상에 나온 사부의 만남, 그리고 십 년이 흘러 세상에 나온 엉뚱한 청년의 강호 행보!
그의 십보는 무림인들에게 악몽이 되었다! 어느 누구도 붙잡지 못할 거대한 광풍이 되었기에!

도서출판

청어람

일륜
新무협 판타지 소설
보법무적
步法無敵

보법무적 6
일류 新무협 판타지 소설

초판 1쇄 찍은 날 § 2007년 10월 4일
초판 1쇄 펴낸 날 § 2007년 10월 13일

지은이 § 일류
펴낸이 § 서경석

편집장 § 문혜영
편집책임 § 서지현
편집 § 유혜림

펴낸곳 § 도서출판 청어람
등록번호 § 제1081-1-89호
등록일자 § 1999. 5. 31
어람번호 § 제2-1308호

주소 § 경기도 부천시 원미구 심곡1동 350-1 남성B/D 3F (우) 420-011
전화 § 032-656-4452 팩스 § 032-656-4453
http://www.chungeoram.com
E-mail § eoram99@chollian.net

ⓒ 일류, 2007

ISBN 978-89-251-0941-1 04810
ISBN 978-89-251-0588-8 (세트)

[십보무적]

6

일륜 新무협 판타지 소설

[완결]

보법무적

FANTASTIC
ORIENTAL HEROES

步法無敵

"정말로 제가 안 넘어지고 잘 걸을 수 있나요?" "그럼! 이건 비밀이라 잘 말해주지 않지만, 네게만
특별히 알려주마. 우리 문파의 특기가, 잘 걷기다." "안 넘어지고, 똑바로요?"
"흘흘흘. 당연히지!" "갈게요, 가겠어요!"
십이 세 소년 등천화와 오십 년 만에 세상에 나온 사부의 만남. 그리고 십 년이 흘러 세상에 나온 엉뚱한 청년의 강호 행보!
그의 십보는 무림인들에게 악몽이 되었다! 어느 누구도 붙잡지 못할 거대한 광풍이 되었기에!

도서출판 청어람

步法無敵

목차

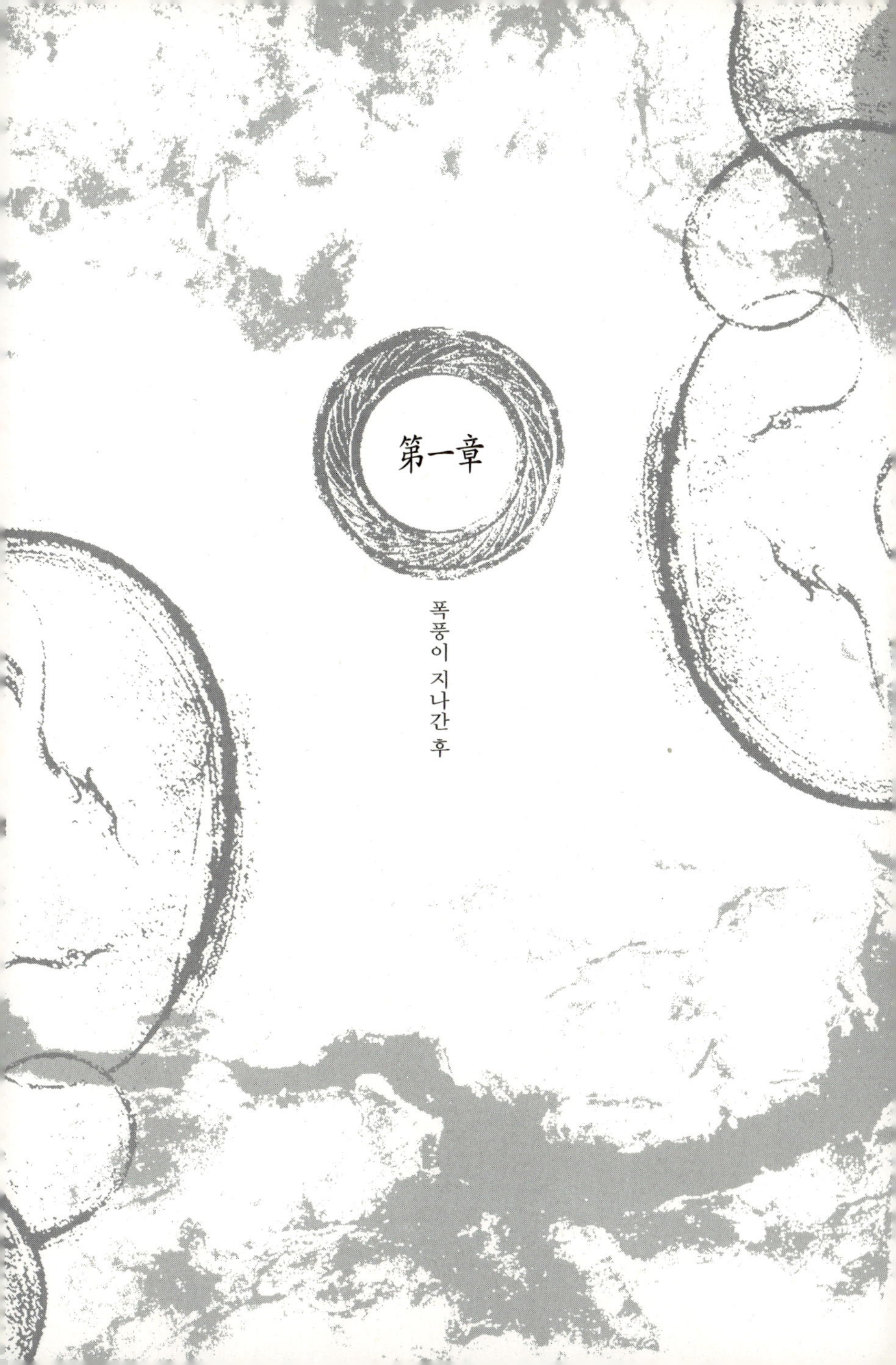

第一章

폭풍이 지나간 후

步法無敵

사공원은 넋 나간 사람처럼 자꾸만 뒤를 돌아봤다.

지난 십 년 동안의 노력이 한순간에 날아가 버린 곳에서 점점 멀어지고 있었다.

뒤를 돌아볼 때마다 입 안이 바싹바싹 말라왔다.

마묵산에서 있었던 일들이 사람들에게 알려졌을 때 다들 뭐라고 할까?

상상만 했는데도 경기가 날 지경이다.

마묵산을 떠난 후 지금까지 누구와도 말을 섞지 못하게 되는 이유였다. 하지만 그의 이런 모습은 전혀 그답지 않았다.

그를 따르는 무벽이 참다못해 다가와 말을 건넸다.

천추성 내에서 그가 강한 사람이란 것을 모르는 사람은 아무도 없었다. 단지 상대가 좋지 않았던 것뿐이었다.

더구나 장주극은 단순히 강하다는 말로는 설명이 안 되는 것을 갖고 있었다. 바로 그가 마교주의 피를 이어받은 것이다.

이것은 강한 사람과 마(魔)의 선택을 받은 사람의 차이였다, 결코 인위적으로 바뀔 수 없는.

"대……"

무벽은 말을 건네려다 입을 다물었다.

자신의 생각을 오해하기라도 한다면?

지금까지 곁에서 지켜본 바에 의하면 사공원은 충분히 오해할 수 있는 사람이었다. 어쩌면 현실을 인정하는 순간, 그를 지탱하고 있던 모든 것이 무너지게 될지도 몰랐다.

"대공자님, 성으로 돌아가셔야 합니다."

"내가… 진 것이냐?"

사공원은 힘겹게 입을 열었다.

목소리가 떨리고 있었다.

"……"

무벽은 대답하지 못했다.

사공원의 몸이 천천히 돌아서며 이번에는 시선을 화산검선을 비롯해 원로 둘이 등천화와 함께 있는 곳으로 돌렸다.

무벽은 사공원의 눈에서 쏟아지는 말들이 어이없게도 귀

에 들리는 것만 같았다.

천추성의 대공자는 비루먹은 망아지 새끼 모양으로 이렇게 비참해하고 있는데, 나를 위로하는 인간들은 아무도 없구나.

사공원의 눈빛은 분명히 그렇게 말하고 있었다.

무벽은 사공원의 심정을 이해할 것 같았다.

사람들이 있을 때는 아무렇지도 않은 척하지만 실제로 그의 자존심은 저 밑바닥까지 추락한 것이다.

'대공자님은 내게서 아니라는 대답을 듣고 싶어하신다. 지금은 그렇게 대답할 수 있지만 과연 성으로 돌아가서도 그런 대답을 들으실 수 있을까? 차라리 매도 먼저 맞는 것이 낫다고, 이 자리에서 내게 듣는 편이……'

무벽은 솔직하게 대답하는 쪽을 선택했다. 이 선택이 자신의 운명을 결정할 줄도 모르고.

"너무 강한 자였습니다. 대공자님이 아니라 누구라도… 컥!"

섬뜩한 느낌이 무벽의 가슴을 꿰뚫어 버렸다.

조금만 시간이 있었어도 충분히 대공자가 이길 수 있는 싸움이라고 말했어야 했다. 사공원의 삐뚤어진 자존심을 채워줄 말을 했어야 했다.

"킥킥. 뭐라고? 그 자식이 너무 강한 자였다고?"

사공원은 광기를 번들거리며 웃었다.

“무, 무슨……..”

무벽은 황당한 눈으로 심장을 내려다봤다.

반쯤 몸으로 사라진 은빛 검이 보였다.

사공원의 애검 삼왕이었다.

“내가 그동안 날 물어뜯는 개새끼를 키웠구나. 잘 들어, 개새끼야. 난! 난, 지지 않았어. 버러지 같은 눈으로 감히 나, 천추성의 대공자 사공원을 판단해? 응? 눈을 뽑는 것도 네놈 같은 개새끼에겐 아까워.”

“끄륵……..”

무벽의 입에서 피가 쏟아졌다.

이대로 죽어서는 안 되는데 몸이 말을 듣질 않았다.

저런 놈이 무슨 대공자냐고 소리치고 싶었으나, 이미 그의 얼굴은 땅에 처박힌 후였다.

퍽.

사공원은 무벽의 시체를 보이지 않는 곳에다 걷어차고는 돌아섰다.

돌아선 그의 얼굴 어디에도 죄책감 따위는 보이지 않았다. 오히려 당당하게 내려가 다른 일행들을 앞질러 선두에 섰다.

*　　　*　　　*

풍마는 마교 총단으로 돌아가는 내내 백마들과 장주극의

상태를 살폈다.

백마들은 내상은 크게 입지 않은 터라 금방 회복됐으나 장주극은 며칠째 깨어나질 못하고 있었다. 아니, 깨어 있기는 하지만 일어나지 않는 것 같았다.

"이, 이천마님, 소교주님께서 이러다……."

독마가 걱정스런 목소리로 입을 열었다.

이런 말은 마차 안이라면 몰라도 다른 사람들이 들어선 안 될 말이었다. 풍마의 차가운 시선이 독마의 눈에 박혀들었다.

독마는 순간적으로 몸이 굳으며 급히 입을 닫았다.

"한 번 더 불경한 말을 뱉으면 네 목을 잘라주겠다."

풍마가 경고했다.

"저는 걱정이 돼서……."

쉭.

사태를 주시하던 독마를 제외한 다른 백마들은 똑똑히 볼 수 있었다, 풍마의 손에서 빠져나간 빛이 독마의 목을 뚫는 것을.

"조심하겠……."

독마는 말을 끝까지 하다가 가려운 목으로 손이 올라갔다.

"어? 어……."

"치워라."

풍마는 차가운 목소리로 다른 백마들에게 명령을 내렸다.

"……?"

독마는 여전히 풍마의 말을 알아듣지 못하고 목을 매만졌다. 다른 백마들을 돌아봤으나 모두들 공포에 떨며 움직이려 하지 않았다.

"전부 독마처럼 되고 싶다는 뜻이냐? 어이가 없군. 독마, 이리 와라."

풍마의 배려에 독마는 살았다는 안도감을 얼굴 가득 싣고서 빠르게 마차로 다가왔다.

풍마는 친절한 목소리로 입을 열었다.

"독마."

"예."

"왜 안 죽는 거냐?"

"예?"

푸학—

반문하던 독마의 목에서 피분수가 솟았다.

"그, 그륵……."

독마의 찢어질 듯 커진 눈을 바라보며 풍마는 마차 문을 닫았다. 이내 독마는 다른 백마들에 의해 치워졌다.

마차 주위로 침묵이 흘렀다.

풍마의 행동에 토를 다는 사람은 없었다. 오히려 자신들이 독마처럼 안 돼서 다행이란 눈치들이었다.

이때, 풍마의 목소리가 다시 들려왔다.

"어쩐다… 소교주님을 어떻게 치료해야 하는지 아는 사람?"

백마들이 알 리가 없었다.

이름만으로 충분히 공포를 자아내는 사람, 풍마가 직접 손까지 썼다. 이런 상황에 입을 열 사람은 아무도 없었다.

"교로 돌아가기 전에 소교주님을 모실 만한 곳이 있는지 알아보고 생사마의를 불러라."

"예!"

백마들은 일제히 대답한 후, 각자 흩어졌다. 독마와 같은 꼴이 되지 않기 위해서는 최선을 다해야 했다.

생사마의는 백마서열에는 들지 못하지만 그들 못지않은 대우를 받는 자였다. 생사를 마음대로 할 수 있다 하여 생사마의라 불릴 정도로 의술이 뛰어나기 때문이다.

각 지부에 연락을 취하고, 그가 사천성에 있다는 연락을 받기까지 채 하루도 지나지 않았다.

백마 이 인이 곧장 출발해서 그를 납치하다시피 데려왔다. 그는 장주극이 위독하다는 말만 듣고 빨리 보여달라고 했으나, 풍마가 장주극의 치료보다 먼저 칠천마의 시체를 보여주었다.

"헬. 이, 이 무슨… 칠천마께서 어찌 시체로……."

성수마의는 최대한 침착해지기 위해 숨을 몰아쉬며 두꺼비처럼 나온 배를 몇 번이고 쓰다듬어야 했다.

칠천마의 죽음은 어제 일어났다.

새벽 즈음에 구조백이 풍마를 급히 부르며 칠천마의 위독함을 알렸다. 갑자기 온몸을 뒤틀며 식은땀을 흘린다는 것이다.

그러나 곧장 달려간 풍마를 맞아준 것은 칠천마의 싸늘히 식은 눈동자였다. 칠천마의 유언 한마디도 듣지 못하고 보내고 말았다.

구조백은 칠천마의 죽음이 화산검선의 매화검강 때문이라고 말했다. 풍마 역시 그 외에는 다른 이유가 없음을 잘 알고 있었다.

그러나 추측만으로 마교주한테 보고를 올릴 수는 없었다.

"마의, 칠천마의 사인(死因)이 뭔가?"

칠천마의 사인이 화산검선의 매화검강 때문이라는 말을 듣고 싶었다.

생사마의는 칠천마의 시신을 이리저리 뜯어보며 일 다경가량 고개를 계속해서 갸웃거리다 다시 살피다를 반복했다.

"헬… 그래, 그래서… 이런 경우는 처음 보는군. 아니지, 그럴 수도 있겠지. 케헬. 큼큼. 풍마님, 칠천마님은 독살당하셨습니다."

"뭐? 독살?"

풍마는 짜증스런 표정을 지었다.

독이라니?

천추성에서 나온 자들 중 독을 사용할 만한 자는 한 명도 없었다. 아니, 독을 사용한다고 해서 중독될 정도로 칠천마의 몸이 약하지 않았다.

"케헬. 제가 말씀드린 독은 일반적인 독이 아닙니다. 그러니까 칠천마님의 기운과는 이질적인, 다른 사람의 내공이 독처럼 작용해 혈맥을 완전히 작살, 아작, 망가뜨린 겁니다."

"이질적인 기운?"

"케헬. 이 상처, 이건 누가 만든 것인지요?"

"화산검선의 매화검강에 의한 상처다."

"매화검강……."

생사마의는 뭔가를 골똘히 생각하는 표정을 지었다.

그러나 뭔가 맞지 않는다는 듯 고개를 갸우뚱거렸다.

"왜 그러나, 마의?"

"이상하군요. 칠천마님의 혈맥을 파괴한 기운은 매화검강으로 보기엔 지나치게 무리가 있습니다. 마치… 노끈을 돌로 찍은 것 같다고나 할까요? 지나치게 사기(邪氣)가 강합니다. 즉, 칠천마님이 정도 쪽의 무공에 당한 것이 아니란 뜻이지요. 케헬. 그것참……."

"사기?"

풍마는 인상을 쓰며 칠천마와 싸웠던 자들을 떠올렸다. 하지만 화산검선과 유령신보를 제외하면 아무도 없었다.

둘 중 한 사람이 사이한 내공을 지녔다?

일단 화산검선은 아니었다. 매화검강을 사용하는 그를 풍마
가 직접 만나봤기에 알 수 있었다. 하지만 유령신보는 더더욱
아니었다. 직접 손속까지 나눈 사이이기에 확신할 수 있었다.

그렇다면 누구냐?

풍마의 고민이 길어지자 생사마의가 불안한 눈으로 입을
열었다.

“소교주님께서 다치셨다고…….”

“아! 미안하다, 마의. 이쪽으로.”

풍마와 생사마의가 움직인 후 자리에 남아 있던 구조백의
눈빛이 변했다.

'마의, 역시 대단하군. 상처만 보고 그 모든 걸 유추할 수
있다니 말이야. 그래선 곤란하지, 그래선…….'

구조백은 다시 한 번 생사마의를 눈여겨본 후 부하들을 시
켜서 관을 짜라고 명령했다.

마차로 움직이는 구조백의 귀에 여름의 끝자락에만 들을
수 있는 곤충들이 울어댔다.

벌써 여름이 끝나가고 있는 것이다.

*　　　　*　　　　*

사공원은 천추성에 입성하자마자 급히 각용성을 불렀다.
마묵산에서의 일이 퍼지는 것은 시간문제였다. 하지만 어떻

게 퍼지느냐는 지금부터 그가 하기 나름인 것이다.

"이번에 나가서 칠천마와 싸웠다."

"……!"

각용성은 할 말을 잃은 사람처럼 멍하니 사공원을 바라만 봤다.

사공원이 성으로 돌아오자마자 자신을 찾았다는 것만 해도 감격스러운 일인데, 칠천마와 싸운 얘기를 직접 해줄 줄이야.

"그자가 우 원로와 과 원로의 제자들을 죽이는 바람에 끝을 보진 못했다. 좀 더 싸웠다면… 둘 중 하나는 죽었을 것이다."

"굉장합니다, 대사형! 저 마교의 오마제와 칠천마를 상대로 싸운 사람이 몇이나 됩니까? 그것만으로도 충분히 마교에 위협을 가했다고 생각합니다."

"천추성의 이름에 흠집을 냈을 수도 있는데 그렇게 말해주니 힘이 되는구나. 후후후."

"……."

각용성은 잠시 할 말을 잃은 표정이 됐다.

듣기 좋으라고 한 소리만은 아니지만 그래도 이렇게 부드러운 반응으로 되돌아올 줄 몰랐기 때문이다.

사공원은 각용성의 표정을 보며 먼저 찾기를 잘했다고 생각했다.

"용성아, 내일 일찍 원로원에 보고를 해야 하는데 그분들을 뵌 지가 하도 오래돼서 잘할 수 있을지 모르겠구나. 네가 도와주었으면 하는데……."

"알겠습니다."

각용성의 표정이 고무되어 있었다.

사공원의 말을 전혀 의심하지 않고 받아들인 것이다.

다음날 아침.

원로원에는 네 사람이 약속 시간보다 일찍 자리했다.

"제가 따로 보자고 말씀드린 것은 유령신보란 자에 대해 여쭙고 싶어서입니다."

사공원의 분개하는 목소리로 대화가 시작됐다.

"왜 그러시오, 대공자? 그 유령신보란 자가 잘못이라도 했소이까?"

요료 성승과 잠우 진인은 사공원의 입에서 유령신보에 대한 얘기가 나오자 깜짝 놀라 되물었다.

의아하기는 각용성 역시 마찬가지였다. 사공원처럼 자존심 강한 사람이 다른 사람에 대한 얘기를 이렇게 노골적으로 할 줄 몰랐기 때문이다. 그것도 천추성 최고원로 두 사람을 앞에 두고.

"그자 때문에 당한 수모를 생각하면……."

사공원이 진저리를 쳤다.

"무슨 일이 있었기에 그러시오, 대공자?"

"제가 그곳에 왜 갔겠습니까? 구대문파의 제자들을 구해내기 위해서였습니다. 두 분께선 누구보다 잘 아시겠지요. 칠천마가 있다는 소리를 듣고 제마강림대만 이끌고 그곳에 가기란 쉽지 않았습니다."

"물론이오!"

"그런 곳에… 어이없어서 말하기도 창피합니다. 마교의 인물들이 뻔히 보고 있는데, 저를 무시하더군요."

"아미타불. 대공자를 몰랐을 수도 있지 않소이까?"

"모를 리가 없습니다. 제가 누군지 말했으니까요."

거짓말이었다. 등천화에게 무시당했다고 여긴 직후 자신의 입으로 소리친 것을 반대로 말한 것이다.

"천추성의 대공자인 것을 알면서 무시를? 허!"

잠우 진인은 당장이라도 유령신보를 불러들일 것처럼 화를 냈다. 안 그래도 유령신보에 대해서는 인상이 좋지 않은 그였다.

유령신보 때문에 계창수와 언성까지 높인 일 때문에 아직도 분이 풀리지 않았다.

요료 성승도 사공원의 말에 기분이 언짢았다.

유령신보란 청년을 만나봐야 자세한 걸 알 수 있겠으나 사공원에게 인사도 하지 않은 것은 잘못이 분명했다.

사공원이 두 사람의 표정 변화를 살피다 말을 이었다.

"잠우 진인께서 그렇게까지 화를 내시니 오히려 제가 말려야 할 것 같습니다."

"이것은 엄하게 다스려야 할 문제입니다. 그런 정신 나간 자로 인해 사기가 떨어지면 안 됩니다."

잠우 진인은 강하게 고개를 저었다.

"아미타불. 계 원로도 그 점은 못 봤던 모양이구려. 안타까운 일이오. 허허허."

요료 성승의 한마디에 모든 상황은 정리가 됐다.

눈으로 본 것도 아니면서 한 사람을 쫓아내기로 합의를 본 것이다.

"그 일은 두 분께서 처리해 주시고… 사실 오늘 회의에서 제가 드릴 말씀은 따로 있습니다. 칠천마에 이어 잠마라는 단체가 있다는 것입니다."

"잠마혈존이 다시 나타났소?"

"예? 어찌 진인께서 잠마혈존이란 자에 대해 알고 계십니까?"

"그들은 최근에 알려진 세력으로, 한참 조사가 진행 중인 자들이오."

사공원은 눈을 크게 떴다.

잠마혈존을 칠천마보다 나중에 언급한 데에는 이유가 있었다. 위험천만한 곳이었다는 것을 강조하기 위해서였다.

그러나 막상 두 사람이 알고 있었다는 말을 듣자 피가 거꾸로 솟구치는 것 같았다.

"아니, 칠천마와 잠마혈존이 있는 곳에 저와 제마강림대만 보내신 겁니까?"

사공원의 목소리가 약간 격해졌다.

그러자 잠우 진인이 급히 손을 저으며 말을 이었다.

"칠천마에 백마 일곱이란 것만 알았지, 잠마혈존까지 가세했을 줄은 몰랐소. 그리고 지원해 줄 사람들을 보내기도 했고."

'지원?

사공원은 놀란 눈이 됐다.

혹시나 그 당시의 상황이 이미 보고된 것이 아닐까 하는 생각 때문이었다.

그러나 잠무 진인과 요료 성승이 더 이상 말을 잇지 않는 것을 보니 거기까진 생각하지 않아도 될 것 같았다. 지금만 지나면 되는 것이다. 지금만. 등천화가 천추성에서 나가기만 하면.

*　　*　　*

"엄… 귀가… 간지럽다."

등천화는 귀를 후비적거렸다.

오후 햇살이 좋아 턱을 받치고 있는 중이었다.

천추성에 돌아온 지 며칠이 지났지만 누구부터 만날지 결정을 내리지 못하고 있었다.

처음에 떠오른 사람은 풍우건중이었으나 막상 만나려 하니 마음에 걸렸다. 잠마와 관련된 자들의 길을 먼저 끊지 못하면 그들에 의해 죽게 된다는 말이 떠오른 까닭이다.

잠마도존을 놓치고 풍마가 사라지는 것을 뻔히 지켜본 등천화에게 그 말보다 무서운 것은 없었다. 과정이야 어찌 됐든 우시백과 과한기의 제자들을 구해내지 못한 것은 분명하니까.

두 번째 떠오른 사람은 계창수였다. 하지만 그를 만나는 것도 고개를 젓고 말았다. 이래저래 만나볼 사람이 없었다.

"문주님, 오전 내내 왜 그렇게 힘이 없습니까?"

"갈 대협, 어서 오세요."

등천화의 시선이 다가오는 갈피독을 향했다.

"큭. 또 대협이라고 하시네. 문 형님이 가시기 전에 알려줬잖아요. 나도 봉공이라고요. 문 형님하고 만가 늙은이하고 저하고 셋이서 십보문의 봉공을 한다니까요?"

"그 두 분은 그렇다고 해도 갈 대협……."

"또! 갈 봉공이라고 해요!"

"엄… 예, 갈 봉공님."

"갈 봉공!"

"갈 봉공."

“거봐요, 듣기 좋잖아요.”

갈피독은 그답지 않게 히죽 웃었다.

“뭐 좀 먹으러 갈까요?”

“엄… 그러고 보니 아침도 안 먹었네요.”

“갑시다.”

“예… 어?”

등천화는 일어서다 말고 옆으로 기우뚱 쓰러졌다.

뭔가 이상하다는 듯이 고개를 갸웃거리고는 다시 일어서려 했으나 이번엔 반대편으로 기울어졌다.

“뭐… 합니까, 문주님?”

갈피독은 난감한 표정이 됐다.

예전처럼 소리라도 지를 수 있으면 좋겠지만 이젠 그럴 수도 없었다.

답답한 갈피독의 마음도 몰라주고 등천화는 그 뒤로도 몇 번이나 넘어졌다가 일어섰다.

“아, 이젠 됐다.”

아장거리다 넘어지기를 반복하는 갓난아이 흉내를 내던 등천화가 똑바로 서며 활짝 웃었다.

갈피독은 자신도 모르게 실소를 터뜨렸다.

엄청난 수련의 결과로 새로운 경지를 얻은 무인의 심정이라도 깨달았던 것일까?

보면 볼수록 정말이지 신기한 사람이었다.

"내숭쟁이 계집이 왔었습니다. 소성주가 보자고 한답니다. 그 예쁜 성주 딸 호위요."

"아, 옥 소저요?"

"예. 표정이… 내키지 않으면 가지 않으셔도 돼요."

"그런 건 아닌데… 그냥… 할 얘기도 없는데……."

'엥? 이건 또 무슨 일이래?'

갈피독은 등천화의 망설이는 모습에 고개를 갸웃거렸다. 그러고 보니 뭔가 이상하기는 했다.

두 사람이 묵고 있는 숙소는 정문에서 너무 멀다며 머물기를 거부했던 지빈전이었다.

'뭐지? 문주님이 천추성에 온 뒤로 사람이 좀 바뀐 것 같으니…….'

갈피독은 등천화가 풍우건중을 만나겠다며 나간 뒤로 홀로 지빈전을 지켜야 했다. 생각하는 걸 별로 좋아하지 않는 그에겐 따분한 시간일 수밖에 없었다.

그를 구해준 사람은 등천화를 만나러 온 종명기였다.

"갈 대협, 등 아우 있습니까?"

"오! 종 대협, 어서 오시오. 문주님께선 지금 소성주를 만나러 가셨소."

"예에, 그럼 나중에……."

"무슨 말씀! 예까지 오셨으니 차라도 한잔하고 가시구려.

묻고 싶은 것도 있고."

"……."

종명기는 갈피독의 적극적인 권유에 어쩔 수 없이 자리하게 됐다. 얘기를 나누다 보면 등천화가 올지도 모른다는 생각 때문이었다.

정자로 종명기를 안내한 갈피독은 자리에 앉기 무섭게 본론을 꺼냈다.

"문주님이 좀 이상하지 않소?"

"예?"

"이곳으로 돌아온 뒤 표정이 영 꽝이라서 말이오. 알고 있는 것이 있으면 알려주시오."

"……."

종명기는 천추성에 온 후 등천화를 한 번도 만나지 못했다. 그런 그에게 등천화의 변화에 대해 말을 꺼내라니.

"아직 등 아우를 만나지 못해서……."

"에이, 문주님과 잘 아는 사이잖소? 그럼 예전의 일 중에 떠오르는 것도 있겠고……."

"그게… 정말 몰라서 그러는 겁니다."

"……."

갈피독의 눈이 납작해지며 종명기를 의심스러운 눈으로 쳐다봤다. 하지만 그런다고 종명기가 없는 일을 있다고 할 리 없었다.

‘등 아우가 변하긴 변한 것 같군. 왜 찾지를 않나 싶었더니 이유가 있었어. 이번에 나갔던 일로 인해 무슨 변화가 있었나?’

종명기는 그것이 어떠한 변화인지 몰라도 걱정부터 앞섰다. 안 그래도 오전에 계창수로부터 좋지 않은 소식을 들은 터라 더욱 심했다.

원로원에서 등천화에 대한 얘기가 오가면 당연히 좋은 쪽이어야 했다. 하지만 계창수의 표정은 그리 밝지 못했다.

이런 경우는 볼 것도 없었다. 원로원에 누군가가 입김을 넣고 있고, 그 대상은 한 사람뿐이었다.

‘대공자가 왜?’

종명기의 침묵이 길어졌다.

그 모습을 지켜봐야 하는 갈피독에겐 대단한 인내심을 요구하는 시간이 아닐 수 없었다.

“종 대협?”

“…….”

“종 대협! 뭔 생각을 그리 오래하고 있소? 푸하하!”

갈피독은 종명기의 상념을 깨버리기라도 하려는 듯이 크게 웃었다.

“아! 죄송합니다. 잠시 딴생각을 했습니다.”

“괜찮소. 내가 그만큼 지루한 사람이란 뜻이니까.”

“예? 그, 그것이 아니라…….”

"하하하. 괜찮대도 그러시오. 내가 주군으로 모시는 분을 '아우' 라고 칭하는 분이시잖소. 괜찮소, 괜찮아."

갈피독은 웃고 있는 표정과 달리 차갑게 눈이 식어갔다. 무시당했다는 그의 생각이 종명기에게 팍팍 전달되는데 전혀 문제가 없을 정도로 적나라했다.

"등 아… 문주에 관한 소문 때문입니다."

"소문?"

"정확한 얘기를 듣지 못해서 말씀드리기는 뭐하고. 안 좋은 쪽으로 소문이 돌고 있습니다."

"문주님에 대한 안 좋은 소문 말이오?"

"예."

"쿵. 이게 무슨 소리야? 문주님, 그러니까 우리 문주님에 대한 소문이 맞소?"

"…예."

"아, 나 이것참. 얼마 전에 잠마혈존이란 괴물을 펑 터뜨린 우리 문주님 말이오?"

갈피독은 표정을 험악하게 구기며 세 번이나 같은 질문을 했다. 이렇게 되면 두 번이나 대답을 해준 종명기의 심기도 불편해질 수밖에 없었다. 갈피독의 부하도 아닌데 이런 대접은 온당치 않기 때문이다.

"아직 확정된 일이 아니라고 했잖습니까. 화를 일단 가라앉히시고 등 아… 문주가 오면 의논하기로 하죠."

“쿵. 미끼가 돼달라고 조를 때는 언제고, 이제 와서 모함을 해? 나 이것참. 그 계가 늙은이를 한번 만나봐야겠군.”

‘계가 늙은… 흑. 계 원로님?’

“일을 만들었으면 책임을 져야지. 일 벌어졌으니 알아서 수습하라는 말이야, 뭐야!”

갈피독은 종명기의 말을 듣기나 했는지, 조금 전과 전혀 달라지지 않은 고함을 마구 해댔다.

“갈 대협, 잠시 고정…….”

“내가 고정하게 됐소! 당신이라면 이런 상황에 가만히 있겠냐고!”

“가, 갈 대협, 말씀이 지나치십니다!”

“지나치긴 개뿔! 당장 계가 늙은이를 찾아가 단판을 지어야지!”

갈피독은 종명기를 향해 으르렁거린 후에 곧장 지빈전을 나서려 했다.

종명기는 재빨리 갈피독을 가로막았다.

다혈질인 줄은 알았지만 이렇게까지 단세포적일 줄은 상상도 하지 못했다. 눈앞의 갈피독을 막을 사람을 불러야 했다.

‘문 대협은 어딜 가고…….’

“비키시오, 종 대협.”

“어딜 가려고 그러십니까?”

“계가 늙은이를 만나야지.”

“만나서요?”

“따져야지. 왜 일을 이따위로 만들었는지.”

갈피독의 거침없는 당당함은 막아선 종명기의 손에 땀을 쥐게 만들었다. 이 감정 상태로 천추성을 휘젓고 다니면 등천화에게 전혀 도움이 안 되기 때문이다.

＊　　　＊　　　＊

풍우건중과 등천화가 마주 앉아 아무 말도 하지 않은 지 일다경은 족히 흘렀다. 부른 풍우건중이나 찾아온 등천화나 먼저 입을 열지 않았다.

'흠, 할 말이 있겠지. 원로원의 결정에 대해서는 나도 해줄 말이 없는데 어쩐다.'

풍우건중은 찻잔에 입을 대는 척하며 등천화를 지켜봤다. 지치지도 않고 고개를 갸웃거리는가 싶다가 코를 매만지더니 머리를 긁적였다. 그 모습은 풍우건중이 볼 땐 신기하기까지 했다.

불안함을 여과없이 드러내고 있는 것이다.

풍우건중과 함께 있는 것이 불안해서 저런 행동을 한다? 그건 아니었다. 등천화의 성격상, 불편하면 나가 버리지 저렇게 버티고 있을 리가 없었다.

"말하고 싶은 것이 있으면 하게."

"엄… 그거요, 저번에… 근데 마음대로 안 되는 일인 것 같아요."

"음? 무슨 말이지?"

"그들의 길을 먼저 끊지 않으면 제 길이 끊긴다는 말이요. 그때 했잖아요."

등천화는 심호흡을 하고 좀 더 자세히 설명하기 시작했다. 얼마 지나지 않아 풍우건중은 등천화가 떠나기 전에 했던 말을 떠올릴 수 있었다. 걱정이 돼서 건넨 말을.

"그들을 먼저 죽이지 못하면 자네가 죽는다는?"

"예."

"자네가 떠나기 전에 했지."

"그분들은 어떠세요? 제자들의 길이 끊겨서 많이 슬퍼하시죠? 제가 구하지 못했어요. 계 원로님이 구해달라고, 그것이 옳은 일이라고 했는데… 그 사람들이… 아무래도 풍우 공자님 말이 맞는 것 같아요."

"……."

등천화의 말을 풍우건중은 이해하기 힘들었다.

생략도 많았고, 처음과 끝이 잘린 말이라 유추하기도 쉽지 않았다. 하지만 무슨 일인지 알아들을 것 같았다.

"산산이에게 도움을 받아야겠다고?"

"…예."

"하하하. 누가 놀라운 사람인지 알 수가 없군. 자네의 황당한 설명이나 그 설명을 듣고 이해하는 나나. 하하하."

"제가 설명을 잘 못하기는 하죠. 엄… 그리고 한 가지 더요."

"뭔가?"

"갈 대협이 자꾸 갈 봉공이라고 부르라고 해서요. 문 대협도 그렇고. 벌을 주려고 오십 년 동안 따라다니라고 했더니 저를 문주님이라고 불러요."

"자세한 얘길 해보게."

등천화는 갈피독, 문대성, 만저유와의 일을 간략하게 그 나름의 방식으로 설명을 해주었다. 마묵산에서 있었던 일을 떠올리기 싫어서 관심을 그쪽으로 돌리기 위해 꺼낸 말이었으나, 막상 말을 시작하니 그들에 대해 꽤나 많은 고민을 하고 있었던 모양이다. 술술 쏟아지는 말에 풍우건중이 몇 번이나 놀란 표정을 지었다.

등천화가 십보문의 문주라는 사실도 놀랍지만, 갈피독 등이 봉공을 자처했다는 말은 더욱 놀라웠다.

"그랬군. 한데 벌이라니?"

"문 봉공과 만 봉공의 선대가 십보문의 배반자들이었거든요. 사부님께서 그들을 찾아서 꼭 벌하라고 하셨어요. 그들 때문에 오십 년 동안 밖을 못 나갔다고요."

"밖을? 왜?"

“사문 밖에 진법이 펼쳐져 있었는데, 거길 통과하기 위해 오십 년을 노력하셨다고…….”

“그래서 벌하라고 하셨다고?”

“예. 마침 두 사람이 순순히 응해줘서 다행이에요. 이제 한 사람만 찾아서 벌을 주면 돼요.”

“…….”

문파의 이단자들은 죽음으로 대가를 치르는 것이 강호의 법칙이었다.

사부가 오십 년 동안 밖을 나가지 못했으니 그만큼의 시간 동안 벌을 받으라고 한 사람이나 그 말을 그대로 따르는 사람이나 풍우건중으로서는 이해가 가질 않는 것이 당연했다.

“그럼 이제 등 문주라고 불러야겠군. 봉공만 셋… 하하하. 네 명으로 구성된 문파의 문주는 천추성의 정문위사를 하고? 풉…….”

풍우건중은 억지로 웃음을 참아보려 노력했지만 그게 쉽지 않았다.

등천화가 듣고 싶은 말이 예상된 탓도 있었다.

어떻게 세 사람을 대해야 할지 몰라서 의논을 하려는 것이다.

“갈 대협과 문 대협이 급히 성을 떠났던 이유가 있었군. 하긴 철썩같이 믿던 주군이 아무 말도 없이 떠났으니 따라가야지.”

"제가 잘못한 건가요?"

"잘못이라… 그럴 수도 있고. 먼저 이것부터 물어보지. 자네는 갈 대협이나 문 대협이 위험에 처했다면 어떻게 할 건가? 당연히 구하러 가겠지?"

"그럼요."

"한데 왜 그들에겐 말하지 않았나? 그들 역시 자네와 같은 심정일 텐데."

"……."

등천화는 갑작스런 질문에 대답하지 못했다.

풍우건중이 말해주지 않았으면 앞으로도 몰랐을 일이었다. 그제야 쫓아와 준 세 사람이 무척이나 고마웠다. 그때는 단순히 고마운 감정만 있었지만, 지금은 마음이 닿아서 푸근했다.

혼자가 아니었다.

피식거리며 웃는데 그 모습을 풍우건중이 빤히 쳐다보고 있었다.

"좋은가?"

"그럼요. 혼자가 아니잖아요."

"그 마음을 그들도 느끼게 해줘야지."

등천화는 대화가 시작되고 처음으로 활짝 웃었다.

답답했던 가슴 한 구석이 시원하게 뚫린 것 같았다.

"맞아요. 그분들 중 누구도 서문 소저와 같은 일을 당하지 않았으면 해요.”

“그들 역시 마찬가지겠지.”

“…….”

“현 강호에 대해 알고 싶지 않나?”

“강호요?”

“마교와 잠마로부터 주위 사람들을 지키려면 그들에 대해 알아야 지킬 게 아닌가? 그것이 대협의 길일세.”

“아니요.”

“응?”

풍우건중은 강하게 고개를 젓는 등천화의 모습에 의아한 표정이 됐다. 그의 말을 공감하던 조금 전과 달리 완강함이 그의 얼굴에서 보였기 때문이다.

“대협, 그건 잘 모르겠고… 일단 보법 수련부터 해야겠어요.”

“보, 보법 수련을? 지금으로도 충분하지 않나?”

“아니요. 똑바로 걷는데 충분함은 없어요. 걸을 수 있는 동안 항상 중심을 잃지 않으려 노력해야 하니까요. 아무튼 오늘 좋은 말씀 해주셔서 감사해요.”

등천화가 말을 마치고 빙긋 웃었다.

너무도 당연한 말이었다.

그러나 풍우건중은 등천화의 한마디에 머릿속이 확 터져 나가는 것 같은 충격을 받아야 했다.

부끄러웠다.

등천화는 보법으로 현 강호에서 따를 자가 없을지도 모른
다는 평가를 받는 고수였다. 그런 고수가 똑바로 걷기 위해
항상 노력한다고 말을 하는 것이다.

풍우건중이 말없이 쳐다보자 등천화는 머쓱했는지 인사를
꾸벅하고는 자리에서 일어났다.

그때까지도 풍우건중은 멍하니 앉아 있었다.

십 년 동안 느껴보지 못했던 심지에 불이 당겨지는 것이 느
껴진 탓이다.

'그, 그래! 이거야! 어쩌면… 어쩌면!'

희망일지도 몰랐다. 움직일 수 있다는 건 아직 희망이 남아
있다는 뜻일지도 몰랐다. 부정하고, 부정하던 가능성에 대한
생각이 슬며시 고개를 쳐들고 있었다.

대화의 시작은 등천화에게 도움을 주기 위해서였으나 대
화가 끝났을 때는 풍우건중이 도움을 받게 된 것이다.

희망이란 놈을 보일 때 잡지 않으면 영원히 놓쳐 버릴 것만
같은 그의 생각이 실천됐고, 덕분에 물러지고 물러진 살들은
팽팽하게 당겨지며 이전의 피부로 변화되어 가기 시작했다.

이날 이후 풍우건중은 거처에서 나오지 않았다.

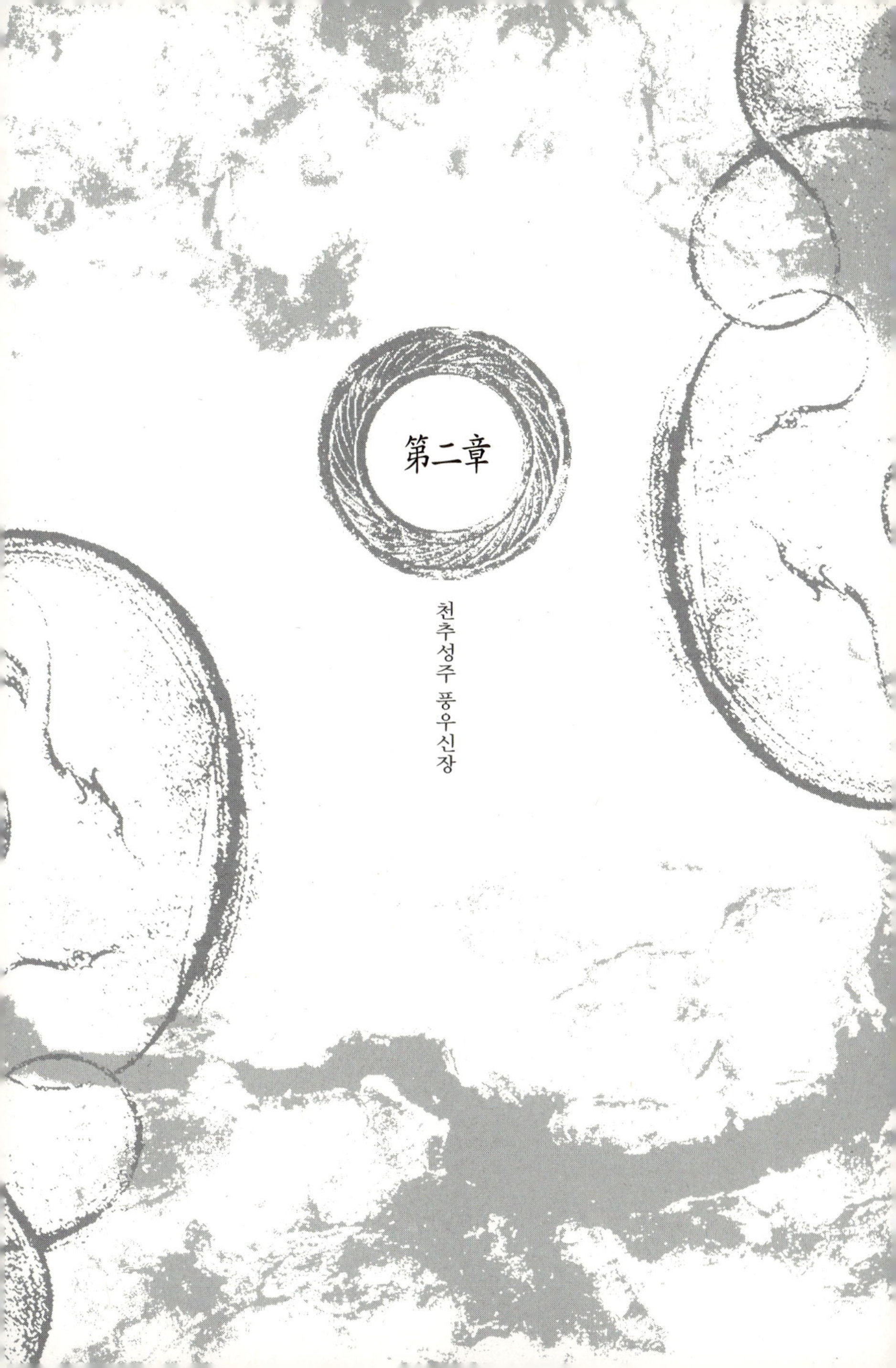

第二章

천추성주 풍우신장

步法無敵

“…….”

벌써 삼 일째였다.

만저유는 정면에 보이는 동굴 가까이도 가지 못하고 몸을 숨긴 채 숨어 있어야 했다.

벌써 반년 전의 일이 돼버린 마묵산에서의 사건.

잊을 만하다고 생각하여 돌아왔다.

그때 봤던 빙마의 무공은 그의 상상을 초월했다. 하지만 그런 그를 잠마혈존이 가볍게 제압하는 모습에 기가 질렸었다.

등천화가 버겁게 잠마혈존을 상대하는 걸 보고 어떻게 그 자리에 있을 수 있겠는가?

일단 자리를 벗어나고 보니 등천화가 걱정된다는 이유로 돌아가기엔 너무 멀리 와버리고 말았다.

등천화에겐 분명히 매력이 있었다. 하지만 만저유의 나이에 보법 하나 더 배우겠다고 붙어 있기엔 무리였다.

그렇게 마음을 정하지 못하고 강호를 돌아다녔다.

벌써 찬바람이 어깨까지 올라오는 늦가을이었다.

"마묵산에서 그녀를 보게 될 줄이야."

삼 일 전, 만저유는 무려 반년 동안 잊고 있던 여인을 보게 됐다. 그를 바깥세상으로 내보내준 여인, 채운하. 그녀였다.

그녀의 미모를 잊기엔 그의 눈이 너무 좋았다.

분명히 마화혈주 채운하였다.

마교 총단에 있어야 할 그녀가 이곳에 나타난 것도 이상했지만, 낯선 동굴로 들어간 뒤 벌써 삼 일 동안 두문불출하는 것도 이상했다.

동굴 안에서 흘러나오는 기운만 아니었어도 벌써 들어가 봤을 것이다.

'채 혈주가 왜 이곳에 나타났지? 벌써 반년 전에… 가만, 이곳이 반년 전의 그 일과 전혀 별개의 장소? 아니지, 저곳이 비밀 장소라면 채 혈주만 나타났을 리 없잖아.'

지난 삼 일 동안 만저유는 자신이 유추해 낼 수 있는 모든 생각을 떠올렸다. 그동안 강호를 돌아다니며 얻은 정보와 마교에서 지낼 때 들었던 얘기들을 모두 묶어본 것이다.

‘응?’

만저유의 눈이 빛났다.

동굴 속에서 빠져나오는, 아니, 허공을 날 듯이 어둠 속에서 나온 여인이 주위를 살피다가 곧장 날아올랐기 때문이다.

‘채 혈주가 저 정도의 고수였나?’

채운하가 펼친 신법은 지금까지 만저유가 봐온 어떠한 고수보다 가볍고 빨랐다.

막 그녀를 따라 움직이려 할 때였다.

“만저유, 안 죽었네?”

“……!”

소름 끼치는 여인의 음성.

만저유는 고개를 돌리지 않아도 그 음성의 주인이 누군지 알 수 있었다.

“채… 혈… 주.”

“호호호.”

허공으로 사라진 것처럼 보였던 채운하가 어느새 만저유의 뒤에 나타난 것이다.

“안 그래도 유령신보를 어떻게 잡을까 고민하던 참인데 잘됐네. 호호호.”

‘문주를? 그동안 마교와 무슨 일이 있었기에……’

만저유의 생각은 더 이상 이어지지 않았다. 이미 의식이 끊어진 탓이다.

*   *   *

후스스—

바람이 차가웠다.

여름의 달디단 양분을 흠뻑 흡수한 나무들이 몸을 움츠리며 잠들 준비를 하고 있었다.

불과 몇 달 전까지만 해도 푸르름 가득했던 천추성 정문 앞이었건만 어느새 겨울 냄새가 슬며시 콧속을 차갑게 채웠다.

다시 한 번 바람이 불자 여윈 나뭇가지들이 손을 흔들었다.

"……."

등천화는 정문을 나서며 머쓱한 듯 코를 매만졌다.

그의 뒤로 갈피독이 불만 가득한 얼굴로 뒤따랐고, 종명기는 씁쓸한 웃음을 지으며 동행했다.

막 정문을 벗어날 때였다.

정문위사 중 한 명이 등천화에게 다가왔다.

"등 위사님."

"어? 오늘 근무예요?"

"예."

다가온 정문위사는 마윤이었다.

마윤은 등천화의 뒤쪽을 힐끔 쳐다본 후 조심스럽게 입을 열었다.

“저는 등 위사님 편입니다. 천추성의 얼굴은 제가 잘하고 있을게요. 그동안… 영광이었습니다.”

“……”

등천화는 마윤을 찡한 눈으로 쳐다보다가 이내 순진한 웃음을 지으며 한마디 건넸다.

“잘할 거예요.”

“예!”

마윤은 큰소리로 대답하고는 제자리로 돌아갔다.

다른 위사가 다가오는 마윤을 부러운 듯이 쳐다봤다.

위사들은 이미 등천화에 대한 일을 모두 알고 있었다. 그전에도 유명했던 등천화였으나, 마교의 칠천마와 팽팽하게 싸운 얘기는 너무도 유명해졌다. 이미 유령신보와 칠천마가 동급이란 뜻이기 때문이다.

그것이 벌써 여름의 일이었다.

“아무도 안 나와 보는군. 쿵. 자기들 제자를 구해달라고 할 때는 사정사정 하더니 이젠 필요없다 이거지? 쿵. 종 아우, 이게 말이 되나, 엉?”

갈피독은 종명기를 돌아보며 대놓고 천추성을 욕했다. 그동안 참고 참았던 속내를 이제야 여과없이 드러내게 됐다는 듯 일말의 망설임도 없었다.

뭐라고 반박을 해야 하는 종명기의 입장이지만 반박해 줄 말이 전혀 없었다. 갈피독의 말은 모두 사실이기 때문이다.

“갈 형님, 대공자가 아직 철이 없어서 그렇습니다. 설마 우리가 보고 있는 앞에서 자신이 칠천마를 상대했다고 할 줄은… 차라리 잘된 일인지도…….”

“그래! 잘된 일이야. 가관, 가관! 쿵. 한데 말이야, 원로원에서는 왜 그놈 편을 드는 건데? 아, 말을 하니까 열이 확 받네. 화산검선이란 도사는 뭘 한 거야? 원로원에서 꽤 높은 위치에 있다고 하더니, 순 맹탕 아니야?”

“예? 왜 갑자기 불똥이 화산검선께…….”

“존대는 무슨. 몇 달 전의 일이라고 까맣게 잊은 게 분명해. 원로원과 한통속이 된 거야. 전혀 안 그럴 것처럼 생겨서는. 쿵.”

갈피독의 확신하는 말에 종명기는 조심스럽게 입을 열었다.

“갈 형님, 화산검선께선 최선을 다하셨습니다. 그렇지 않았으면 두 분이 성을 무사히 나갈 수도 없었을 겁니다. 자세한 얘기는 말씀드릴 수 없지만, 화산검선께선 많이 노력하셨습니다.”

“뭔데, 왜 말을 할 수 없는데?”

“아시잖아요.”

“뭘?”

“형님이 얘기를 듣고 나서 가만히 계실 분도 아니고…….”

“종 아우, 그게 무슨 말이야! 나처럼 속 깊은 사람을 모함해도 분수가 있지. 문주님이 몇 달 동안 하신 일이 뭐야? 오로지 보법 수련이야. 그동안 내가 뭐 했게? 참을 인 자를 천만 번도 넘게 속으로 외웠어. 그리고 우리를 순순히 안 보내면 어쩔 건데? 이것들을 그냥. 아유! 아, 몰라! 아무튼 사공원이란 놈은 정말 더럽게 마음에 안 들어. 지를 살려준 사람이 누군데……."

갈피독은 싸움 중간에 나서서 사공원을 구해준 일을 말하고 있었다. 당시, 갈피독이 나서지 않았으면 사공원은 물론이고 원로 두 사람이 지금까지 살아 있을 수 있다는 보장은 없었다.

이후에도 두 사람의 얘기는 계속해서 이어졌다.

그러나 정작 가장 화를 내야 할 등천화는 두 사람의 얘기에 별로 관심을 갖지 않았다. 아니, 오히려 기분이 좋은 표정을 짓고 있었다.

'좋다…….'

어깨에 떨어지는 햇볕이 기분 좋았다.

이런 날은 땀에 흠뻑 젖을 때까지 달리는 것이 좋겠지만, 갈피독의 투덜거림이 예상되기에 마음만 달려 보내고 천천히 뒤쫓아가는 중이었다.

시끄럽게 소리치는 갈피독이나, 조근조근 말을 받아주는 종명기나 등천화에겐 더없이 소중한 사람이었다.

'풍우 소저가 갑자기 울어서 달래주느라 혼났네.'

어제저녁에 풍우산산이 등천화를 몰래 찾아왔다.

떠나지 말라고, 오해가 있는 모양이니까 풀릴 때까지 좀 기다려 달라고.

그녀의 '엉엉' 하며 우는 모습이 어찌나 슬프게 보이던지 등천화는 자신도 모르게 풍우산산을 달래주느라 진땀을 빼야 했다.

'엄… 나쁘지 않아.'

풍우산산은 그동안 마교와 잠마의 무리들에 대해 많은 정보를 구해주었다. 그렇게 하지 않으면 등천화를 만날 구실이 없기에 최선을 다한 것인데, 그 모습이 등천화에게 다가온 것이다.

한참을 셋이 걸어가고 있을 때였다.

"엄……."

등천화가 갑자기 멈춰 서며 한 곳을 쳐다봤다.

그곳에 긴 검상이 있는 사내가 길옆에 서서 등천화를 바라보고 있었다.

등천화는 직감적으로 그가 기다리고 있었다는 것을 알았다. 할 말 많은 눈을 한 그는 등천화를 발견하고서 천천히 팔짱을 낀 손을 풀었다.

"당신을 기다리고 있었소, 유령신보."

그는 묵직하고 사내다운 목소리를 지닌, 은하전주 고매은을 지키는 호위무사 혼유였다.

“전주님이 당신을 뵙고자 하오.”

“엄… 전주님이라면…….”

“은하전주님이오.”

“그녀가 왜…….”

“혼자만 오시오.”

혼유는 등천화의 대답도 듣지 않고 먼저 성큼성큼 걸어갔다.

“가지가지 하는군. 그냥 보내기 뭣하니까 은하전주를 보내서 달래보려는 수작이군. 쿵. 문주님, 가지 마세요. 저런… 어? 문주님……!”

갈피독은 콧방귀를 뀌다 등천화가 그를 따라가자 말을 끝까지 맺지 못하고 황당한 얼굴로 종명기를 돌아봤다. 하지만 종명기는 갈피독의 생각에 동의할 수가 없었다.

누군가가 등천화를 달래려고 고매은을 보냈을 수도 있지만, 지금까지 지켜본 바에 의하면 그 반대의 경우일 경우도 무시할 수 없었다.

“등 아우 혼자라면 일은 일어나지 않겠지.”

천추성에서 등천화를 반겨준 사람은 풍우건중과 풍우산산, 그리고 별 도움 안 되는 몇몇뿐, 대개의 사람들은 등천화를 싫어했다.

그중 한 사람이 아니었으면 했다.

마교와 잠마의 눈길이 등천화 한 사람에게 몰려 있는 상황

에서 천추성을 떠나는 것이 얼마나 무모한 일인지 알려주었
지만, 등천화는 딴 사람 얘기처럼 흘려듣고 말았다.

복안이란 것을 할 줄 아는 사람이라면 직접 배웅하러 나오
지도 않았을 것이다.

등천화와 혼유는 걸어가는 동안 한마디도 하지 않았다. 혼
유의 감정 상태를 어느 정도 짐작하기에 취한 행동이었다.

등천화는 사람의 걸음만 봐도 그 사람의 감정 상태를 알 수
있는 눈을 가지고 있었다. 알 수 없지만 혼유는 등천화에게
적의를 품고 있었다.

"혼유라고 하오. 당신에게 물어볼 말이 있소."

혼유는 자신을 소개하면서도 걸음을 멈추지 않았다.

"아, 혼 대협이셨구나. 저는 등천화라고 해요."

"당신은 왜 아무런 반박도 하지 않았소?"

원로원의 결정에 대한 질문이었고, 등천화는 왜 순순히 그
들의 결정을 따랐는가에 대한 질문이었다.

당연히 할 말이 많을 거라 여겼건만, 등천화는 아무런 대답
도 하지 않았다.

"대개의 사람들은 괴롭히는 상대가 반응을 보이지 않으면
더 괴롭히고 싶은 것이오."

"맞아요. 저도 어릴 때 많이 당해봐서 알아요. 혼 대협도
알고 있었네요? 혹시 어릴 때 사람들에게 괴롭힘을 많이 당했

나요?"

"……."

"괜찮아요. 저도 솔직하게 말했잖아요."

등천화는 혼유를 보며 순진한 웃음을 지었다.

거짓이 전혀 느껴지지 않았다.

"후후. 나는 괴롭히는 쪽에 있었지, 괴롭힘을 당하는 쪽엔 한 번도 있어본 적이 없소. 당신에게 그런 과거가 있을 줄은 꿈에도 몰랐군."

혼유는 묘한 기분이 됐다.

그가 등천화보다 훨씬 좋은 환경에서 자랐다는 생각이 든 까닭이다. 겨우 몇 마디에 동질감을 갖게 만들다니, 생긴 것과 달리 수완이 좋은 자인 것 같았다.

'그러니 원로원과 대공자가 합심해서 쫓아내려고 한 것이겠지. 화산검선과 우 원로, 과 원로는 아직도 이자를 옹호하는 쪽에 서 있다지? 어찌 됐든 나와는 관계없는 일이지만.'

혼유에게 중요한 것은 원로원이 아니었다.

모든 원인을 제공한 등천화를 고매은이 좋게 보고 있다는 사실이 중요했다.

그것만으로도 등천화를 싫어할 이유로는 충분했다.

"전주께서 당신에 대해 얘기하는 걸 몇 번 들었소."

"그래요? 뭐라고 했는데요?"

"화산검선께서 당신을 무척 아낀다고 하셨소. 이번 일은 절대 화산검선과 우 원로님, 과 원로님과는 무관한 일이라고. 당신이 오해할까 봐 걱정된다고.”

혼유는 화산검선이 한 말을 끝까지 하지 않았다. 근래에 보기 드문 젊은 고수이며, 정도의 미래를 짊어질 사람이란 말을 차마 할 수가 없었다.

“엄… 오해하지 않아요.”

“담담하군.”

“…….”

“나는, 내 눈으로 본 것만 인정하기 때문에 당신이 대단한 사람이라고 인정하긴 어렵소.”

혼유의 눈에서 의지가 흘러나왔다.

직접 경험하지 않고는 믿지 못하겠다는 의지였다.

“지금까지 내가 인정한 분은 모시고 있는 은하전주님 한 분뿐이오. 그분은 내 무공을 한 번 보고 깨뜨렸으니 충분히 인정받아 마땅하신 분이오.”

“……?”

등천화는 혼유의 말을 듣다가 고개를 갸웃거렸다.

다른 사람의 무공을 한 번 보고 깨뜨렸다는 말을 이해할 수 없었기 때문이다.

“엄… 무공을 깨뜨린다? 무슨 뜻이죠?”

“놀리는 거요?”

혼유는 눈에 불을 켜며 노한 표정을 지었다.

"놀리긴요. 그런 말을 처음 들어서 그래요. 무공을 깨뜨린
다는 건… 뭐죠?"

등천화는 질문을 좀 더 자세히 말하고 싶었으나 도저히 다
른 말은 떠오르지 않았다.

보법으로 다른 사람의 공격을 피하는 경우는 많았지만 그
런 경우에는 공격을 피했다고 하지, 무공을 깨뜨렸다는 표현
을 쓰지 않았다.

"전주님께선 손 하나로 나를 꺾으셨소."

"아! 꺾었다…….'

등천화의 얼굴이 활짝 펴지며 고개까지 끄덕였다.

"그럼, 혼 대협은 은하전주님의 무공을 본 적이 없겠네
요?"

"지금 전주님의 능력을 의심하는 거요?"

"엄… 그런 게 아니라, 나도 그렇거든요. 한 번 본 무공에
는 여간해선 잘 맞지 않아요. 전에 잠마혈존이란 자에게 맞아
죽을 뻔했지만, 다시 만났을 때는 한 대도 맞지 않고 이겼거
든요. 잠마도존이란 자도 이번엔 도망쳤지만 다음엔 길을 끊
어줄 거예요."

"……!"

혼유는 등천화의 말에서 가식을 찾아볼 수 없었다. 아니,
그 꾸밈없는 말 때문에 오히려 등골이 서늘해지는 것을 느꼈
다.

잠마혈존, 잠마도존.

잠마라는 보이지 않는 세력의 고수들이었다.

그들의 손속에 대해서 직접 봤던 화산검선이 한 말이 있었
다.

"마(魔)의 그늘에서 마를 먹고 자란 마인들이었소."

화산검선은 그들을 마교보다 더 조심해야 할 자들로 단정
짓기까지 했다.

그런 자들을 눈앞의 애송이로만 보이는 등천화가 모두 상
대해 봤다고 말을 하는 것이다.

"다 왔소."

자그마한 사당에서 인기척이 느껴졌다.

*   *   *

등천화와 갈피독, 종명기가 천추성을 떠난 후.

위사들 숙소 건물 한쪽 귀퉁이로 삐죽이 나오는 그림자가
있었다.

손이었다. 작은 새를 조심스럽게 쥔 손.

그 손이 새의 이마를 쓰다듬는 순간, 새는 날개를 펴며 곧
장 담장 위로 올라갔다.

"유령신보, 출."

어딘가 비어 있는 듯 명확하지 않은 목소리의 주인은 바닥에 무언가를 떨어뜨리고는 그늘에서 사라졌다.

그것은 작정하고 보지 않으면 알아보기 힘들 정도로 작고 가는 침이었다.

*　　　*　　　*

혼유가 데려온 사당에선 노인과 여인이 걸어나왔다.

여인은 웬만한 남자라면 한눈에 보고 반할 만큼 멋진 몸매와 외모를 지니고 있었다. 반면에, 여인을 따라오는 것처럼 보이는 노인은 무척 평범했다.

붓처럼 모아진 하얀 턱수염과 나이를 짐작하기 어렵게 만드는 피부와 정기 넘치는 눈을 자세히 보기 전까지는 그랬다.

등천화는 노인을 유심히 바라봤다.

"엄… 저 어르신… 길이 보이지 않네요?"

'길?'

혼유의 등천화의 이상한 말에 의아한 눈이 됐다.

그는 노인의 정체를 알기에 경외심을 갖고 쳐다본다고 하지만 등천화는 노인의 정체를 모르고 있었다.

그런데 저런 표정은 뭐란 말인가?

등천화는 눈까지 동그랗게 떴다.

노인의 어떤 점을 보고 긴장하고 있는 거지?

혼유는 도저히 알 길이 없었다.

등천화만이 알 수 있는 눈.

공간이 존재하는 곳에는 언제나 흐르는 바람이 노인의 주위에는 완전히 차단되어 있었다.

노인의 영역 안에는 바람도 허락을 맡아야 한다는 오만함이 보인다고나 할까?

당연히 긴장할 수밖에 없는 것이다.

“…….”

“…….”

등천화와 노인은 서로를 주시한 채 아무 말도 하지 않았다.

'저 사람, 이분을 알아본 건가?'

노인과 나란히 선 여인, 은하전주 고매은은 이채를 발했다. 노인과 나란히 섰다는 것 자체만으로도 그녀에겐 지금이 일평생 최고의 순간이었다.

그런 노인을 주시하는 등천화의 시선은 그녀에게 충분히 충격을 안겨주었다.

“흠흠. 제가 말씀드렸던 유령신보가 저 사람입니다.”

고매은의 말에도 두 사람은 서로를 바라본 채 요지부동이었다. 보다 못한 고매은이 다시 입을 열려 하자 노인이 손을 들어 제지시켰다.

“자네, 보법을 익혔다지? 오묘하군. 그런 식으로 내공을 운용하는 사람은 처음 보네. 하체에 집중된 것 같다 싶으면 상체로 올라가고, 반대로 생각하면 어느새 하체에 집중되어 있고. 허허허. 재미난 보법이야."

노인의 목소리는 부드러웠으나, 집중해서 듣게 만드는 설득력이 깃들어 있었다. 부하들을 많이 대해본 사람만이 가질 수 있는 말투였다.

"십보라고 해요."

등천화는 웃으며 대답했다.

"자네가 익힌 보법의 이름인가?"

"예, 어르신."

"어르신? 허허. 예의도 밝은 사람이군. 그래, 자넨 보법이 뭐라 생각하는가?"

"걷는 거죠."

"……."

당연한 걸 왜 묻느냐는 얼굴의 등천화에게 노인은 곧장 말을 꺼내지 못했다.

"허허. 내가 한 질문이 그게 아닌 것을 알잖은가."

"엄… 보법이 뭐냐… 두 가지가 다른 질문이었나요?"

"……."

노인은 등천화가 몰라서 반문하는 건지, 아니면 정말로 보법을 단순하게 걷는 것이라 여기는지 판단을 내리기가 쉽지 않았다.

"질문이 너무 어려웠나 보군. 다시 질문함세. 자네는 어떤 걸음을 걷나?"

"……."

등천화의 표정이 조금 전보다 더 뚱해졌다.

노인의 말을 이해하기 위해서였다.

어떤 걸음을 걷느냐?

등천화로서는 한 번도 생각해 본 적 없는 질문이었다.

고심하는 등천화를 보는 노인의 눈에는 기대가 담겨 있었다. 방금 그가 한 질문은 일종의 화두였다.

"엄… 제가 익힌 보법은……."

"……."

"똑바로 걷는 건데……."

"……."

노인의 표정이 살짝 일그러졌다.

틀린 말은 아니지만 그렇다고 등천화의 말이 정답이라고도 말할 수 없었다.

보법이 걸음이란 것은 옳은 말이지만, 노인의 질문은 어떻게 걷느냐는 질문이었기 때문이다.

"허허. 그럼 이렇게 물어봄세. 자네는 똑바른 걸음을 걷기 위해서는 어떤 마음가짐을 가지고 있어야 한다고 생각하나?"

방금 전과 별 차이 없는 질문이었으나, 갑자기 등천화가 안색을 굳히며 고심하는 표정을 지었다.

"엄… 그건 더 어렵네요. 항상 똑바르지 않으면 언제 흔들릴지 모르거든요. 모르죠, 똑바로 걷겠다는 생각을 잊는다면."

"잊는다? 후후후. 나처럼 평범한 사람은 잘 알아듣질 못하겠군. 어떤 식으로 걷는 거지?"

"전에는 걸음을 고정시켰는데, 얼마 전에 만난 사람과 싸우면서 달라졌어요. 마음 내키는 대로 걸을 수 있게 됐거든요."

등천화는 지난 세 달 동안 수련한 것을 떠올리며 만족스러운 웃음을 지었다.

"마음 내키는 대로? 똑바로 걷는 것과 무슨 연관이 있지?"

"똑바른 걸음이어야만 마음 내키는 대로 걸을 수 있어요."

"좀 더 자세히 알려주면 안 되겠나?"

"엄… 두서가 없어서 들으시기 불편하실 텐데……."

"괜찮네."

"헤, 그렇게 말씀하실 줄 알았어요. 저도 얘기하고 싶었거든요. 어르신이라면 이해하실 수 있을 것 같은… 아시죠, 그냥 그런 느낌?"

등천화는 신이 나서 함박웃음까지 머금으며 얘기를 이어 갔다.

"한 걸음은 한 방향이 아니에요. 사방이 모두 포함되죠. 이 네 방향이 한꺼번에 움직일 때에야 비로소 똑바로 걷게 돼요."

"흥미롭군. 지면이 아닌, 공간을 걷는다는 뜻이라니… 흥이 나서 직접 보지 않고는 안 되겠군. 어떤가?"

"해보시게요?"

"자네를 잡아보려 하네."

"하하하. 쉽지 않을 텐데요?"

"피해보게."

노인은 등천화와 술래잡기라도 하려는 듯이 장난스럽게 대답했다.

'세상에!'

고매은은 노인의 한마디에 입이 쩍 벌어졌다.

"지, 지금 유령신보와 보법 대결을 펼치시려 하십니까?"

"잠시 비켜주겠느냐?"

노인의 한마디에 고매은은 두말않고 혼유에게 눈짓을 하며 훌쩍 뒤로 물러섰다. 그녀의 행동은 노인을 특별한 사람으로 만들기에 충분했다.

등천화는 기분이 좋아졌다.

"엄… 절벽이나 봉우리가 있었으면 더 재미났을 텐데 아깝네요, 어르신. 장소도 좁고 나무들도 많아서 움직이기 불편하겠는데요?"

"허허. 자네가 불편하면 예까지 찾아온 보람이 없는데. 장소를 바꾸겠나?"

"저는 불편하지 않은데요?"

"조금 전에 불편하다고 하지 않았던가?"

"아! 제가 아니라 어르신께서 불편하시겠다고요. 하하하,

저는 괜찮습니다."

등천화는 코를 매만지며 고개를 좌우로 흔들었다.

곧 일어날 일에 대한 기대 때문이었다.

노인이 등장한 뒤로 지금까지 바람의 길은 여전히 보이지 않았다. 어떤 길을 지닌 사람인지 빨리 확인하고 싶어 안달이 날 지경인 것이다.

노인은 빨리 겨뤄보고 싶다고 쓰여진 등천화의 얼굴을 신기한 듯이 바라봤다. 지금까지 살아오면서 이런 충격은 처음이었다. 나쁘지 않았다.

"오, 기세가 대단하군. 그럼 노부도 가만히 있을 수는 없지. 노부를 걱정해 준 보답으로 규칙 하나를 정하겠네. 자네에게 유리한 규칙이니 들어보게."

"……?"

"저 원을 벗어나지 않는 걸세."

"원이요? 어디… 어?"

등천화는 주위를 둘러보다가 깜짝 놀란 표정이 되고 말았다. 노인의 말이 끝나는 것과 동시에 약 이십여 장 밖에 원이 그려졌다.

"와!"

"좀 더 넓어야 할까?"

"아니요. 저 정도면 충분해요."

"할까?"

“예!”

신이 난 등천화의 얼굴은 보고 있으면 빨려들게 만드는 매력이 있었다.

노인은 고개를 가볍게 끄덕이고는 먼저 움직여 보라는 시늉을 했다.

노인이 고매은을 부른 것은 어제였다.

다짜고짜 건넨 서찰에는 그동안 원로원에서 일어났던 모든 내용이 적혀 있었다.

“건중이에 대해 나보다 잘 아는 사람은 없느니라. 이런 글을 보낼 녀석이 아니지. 이렇게 하지 않으면 안 되는 일이란 것이 뭐지? 네게 물으면 모두 들을 수 있다고 하더구나.”

노인의 자상한 말에 고매은은 떨리는 몸을 진정시키고서야 겨우 입을 뗄 수 있었다.

“말씀드리겠습니다. 얼마 전에 유령신보라는 자가 성에서 근무를 서기 시작했습니다. 그것도 위사로…(중략)… 알고 보니 상당한 고수였고, 대공자의 기분을 상하게 한 듯합니다.”

고매은의 설명이 이어지는 동안 노인은 흥미로운 웃음을 입가에서 지우지 않았다. 하지만 사공원과 각용성이 원로원과 함께 유령신보를 내쫓았다는 보고에는 얼굴이 딱딱하게 굳어졌다.

“청년 하나 내보내기 위해 원이가 원로원과 짰다? 놀랄 일이구나. 도대체 유령신보란 청년이 누구기에 그렇게까지 해야 했지?"

노인의 입장에서는 도저히 이해불가해한 일이었다.

정도제일인 천추성주 풍우신장.

그것이 노인의 신분이었다.

유령신보가 누구기에 사공원과 각용성, 그리고 원로원까지 합심해서 쫓아내려 한단 말인가?

말도 안 되는 황당한 사건이 분명했지만 풍우신장은 그 주인공이 보고 싶었다. 물론 여기엔 고매은의 숨겨진 노력이 깔려 있었다.

풍우신장의 관심을 끌기에 충분한 얘기를 쏙 빼놓았다가 슬쩍 꺼냈다.

등천화와 백마의 싸움 얘기였다.

지난 수십 년 동안 풍우신장은 수많은 백마들과 싸웠다. 아니, 백마라는 이름을 가진 자들을 무수히도 많이 죽였다. 하지만 그들은 죽은 지 하루도 지나지 않아 다시 나타났다. 그만큼 마교에는 고수가 많다는 것을 의미했다.

"더 놀라운 사실은… 백마뿐 아니라 칠천마와 이천마도 함께 있었다는 것입니다."

"칠천마? 흠, 대단하군."

"그 정도의 전력이라면 대공자와 비교해도 손색이 없을… 죄송합니다. 순전히 제 생각입니다. 유령신보와 같은 고수를 잃지 않아야 한다고 생각했습니다."

풍우신장은 고매은의 다음 말을 기다렸다. 당연히 곧 데려오겠다는 대답이 나올 것이기 때문이다.

그러나 고매은의 입에서는 더 이상 다른 말이 나오질 않았다.

"데려오너라, 그 유령신보란 청년을."

풍우신장의 한마디는 천추성에선 법이었다.

그것이 오늘 새벽의 일이었다.

바― 웅.

"엄……."

등천화는 깜짝 놀라 자신도 모르게 몸을 움찔거렸다.

갑자기 풍우신장의 몸에서 튀어나온 커다란 환영들이 무수히 펴져 나갔다.

귀에 들린 소리가 시각적으로 보이는 것도 이럴 때는 좋지 않았다. 물결의 번짐이 고스란히 등천화의 눈으로 들어왔기 때문이다.

단 한 걸음으로 인해 일어난 현상이었다.

주위 공간이 알아서 풍우신장의 영역을 만들어주는 것만 같았다.

등천화는 그동안 많은 고수들을 만나고 싸웠지만 이런 식의 움직임을 보여준 사람은 없었다.

그만큼 풍우신장의 일보는 웅장했다.

등천화는 옆으로 이 장쯤 몸을 옮겼다.

"어?"

피하기 위해 몸을 움직였으나 풍우신장은 여전히 다가오고 있었다. 부처님 손바닥 위의 손오공처럼 등천화는 그 뒤로 몇 번이나 신형을 이동했는지 몰랐다.

그러나 결과는 언제나 마찬가지였다.

두 사람의 거리에는 변화가 없었다.

분명히 풍우신장이 다가오는 방향을 비켜서 움직였는데도 거리에 변화가 없는 것이다.

'엄… 이건 십보인데. 어떻게 저 어르신이 십보를 알고 계시지?'

등천화는 더 이상 움직이지 않고 눈만 깜빡였다.

움직인다는 것은 아무리 작아도 공간에 파문이 일게 된다. 즉, 공기가 파동을 치게 된다는 뜻이다.

십보는 그 파동을 따라 움직일 수 있는 유일한 보법이었다. 아니, 풍우신장이 똑같이 펼쳐 보이기 전까지는 분명히 그랬다.

풍우신장은 등천화의 당황하는 모습이 재미있다는 듯 웃었다.

"저 두 사람은 왜 움직이지 않는 거죠, 전주님?"

멀리서 고매은과 함께 있던 혼유가 물었다.

그가 보기엔 풍우신장과 등천화가 가만히 선 채 움직이지 않고 있기 때문이다.

"유령신보가 움직이지 않는 게 아니야. 성주님의 망안에 걸린 거야."

"망안?"

"제마호신위. 들어본 적 있지?"

"예."

"나도 익히고 있지만, 비교할 수조차 없을 정도로 차이가 나버리네. 역시 대단하셔. 저 망안에서 빠져나오려면 한 가지 방법밖에는 없어. 망안의 범위를 한순간에 빠져나오는 것. 하지만 그런 것이 가능한 사람은 지금까지 한 명도 없었다. 전 강호를 통틀어 마교주가 유일할까? 아직 살아 있으니까."

고매은의 마지막 말은 혼유를 향했다. 하지만 당연히 자신을 보고 있어야 할 혼유의 시선이 전방을 향한 채 꼼짝도 하지 않았다.

그녀가 이상함을 느끼려 할 때, 혼유의 입이 열렸다.

"그럼 이제 두 사람이 된 건가요?"

"뭐?"

"유령신보가 움직였습니다."

"……!"

고매은의 고개가 홱 틀어지며 등천화를 향했다.

거울은 실체가 움직이는 것을 똑같이 따라한다. 손을 들면 손을 들고, 다리를 들면 다리를 든다.

망안의 무서운 점 중에 하나였다.

풍우신장은 등천화의 움직임을 꿰뚫어보다가 순간순간을 놓치지 않고 본인에게 고스란히 돌려주었다.

첫 만남에서 풍우신장은 이미 등천화에게 망안을 걸어놓았다. 그 때문에 등천화의 움직임과 내공으로 추정되는 기운의 흐름까지 다 읽고 있었다.

등천화가 망안을 빠져나갈 방법은 전무한 것이다.

그러나 당사자인 등천화의 생각은 전혀 달랐다.

같은 십보라면 등천화가 질 이유는 없었다.

한순간에 멀어지기로 했다.

이런 순간.

두근거리는 심장의 떨림이 계속되는 이런 순간.

등천화에겐 즐겁기 이를 데 없는 순간이며, 전력을 다할 수 있도록 해주는 순간이었다.

평면이 안 되면 입체적으로 움직이면 되는 것이다.

확!

등천화의 몸에서 갑자기 빛이 나자 풍우신장은 놀란 눈이 됐다.

'망안에 갇힌 상태에서 의지를 일으킬 수 있다고?'

놀람은 이어졌다.

드드등.

기괴한 음향과 함께 등천화의 신형이 사라졌다.

풍우신장은 고개를 천천히 돌려 등천화가 사라진 방향을 눈으로 쫓아갔다. 제아무리 등천화의 보법이 뛰어나다 해도 그의 시선을 완전히 피할 수는 없었다.

그가 그려놓은 원의 끝 지점.

등천화가 활짝 웃는 얼굴로 풍우신장을 바라보고 있었다.

"정말로 공간을 밟을 수 있었군. 허허허."

풍우신장의 입에서 어이없는 웃음이 흘러나왔다.

그도 이십대 초반의 나이에는 불가능했던 경지를 등천화가 보여주었다.

공간을 밟는 현묘한 보법이라면 그의 망안에서 벗어나는 것이 용서가 됐다. 망안의 예측 범위는 한 점을 기준으로 상하좌우였다. 그것을 입체적으로 바꾸어 예측 불가능한 상황을 만들었다면 그에게 인정받아 마땅했다.

"제가 이겼죠?"

등천화는 코를 매만지며 자랑스럽게 물었다.

이 한순간이 얼마나 대단했는지는 등천화 자신이 누구보다 잘 알고 있었다.

기괴한 음향은 아홉 번째 보법 기암보에 의한 소리였다. 바

람의 길을 따라 강력한 추진력을 지닌 웅장한 보법을 이제는
바람의 길 없이도 자유롭게 펼치게 된 것이다.

이런 속사정을 풍우신장이 알 리는 없지만 등천화의 표정
에 아무런 사심이 없다는 것은 알 수 있었다.

"그래, 자네가 이긴 것 같군."

"하하하. 한데 어르신께선 어떻게 십보를 알고 계세요?"

"십보?"

"저를 계속 쫓아오셨잖아요."

"난 이 자리에서 한 발도 움직이지 않았네."

등천화의 말이 끝나기 무섭게 풍우신장은 웃으며 고개를
가로저었다.

"예?"

등천화는 어리둥절해졌다.

노인이 한 걸음도 움직이지 않았다면 등천화를 쫓아온 사
람은 귀신이란 말인가?

"망안이라고 하네."

"……"

등천화는 주위를 돌아봤다.

정말로 어디에도 움직인 흔적이 없었다.

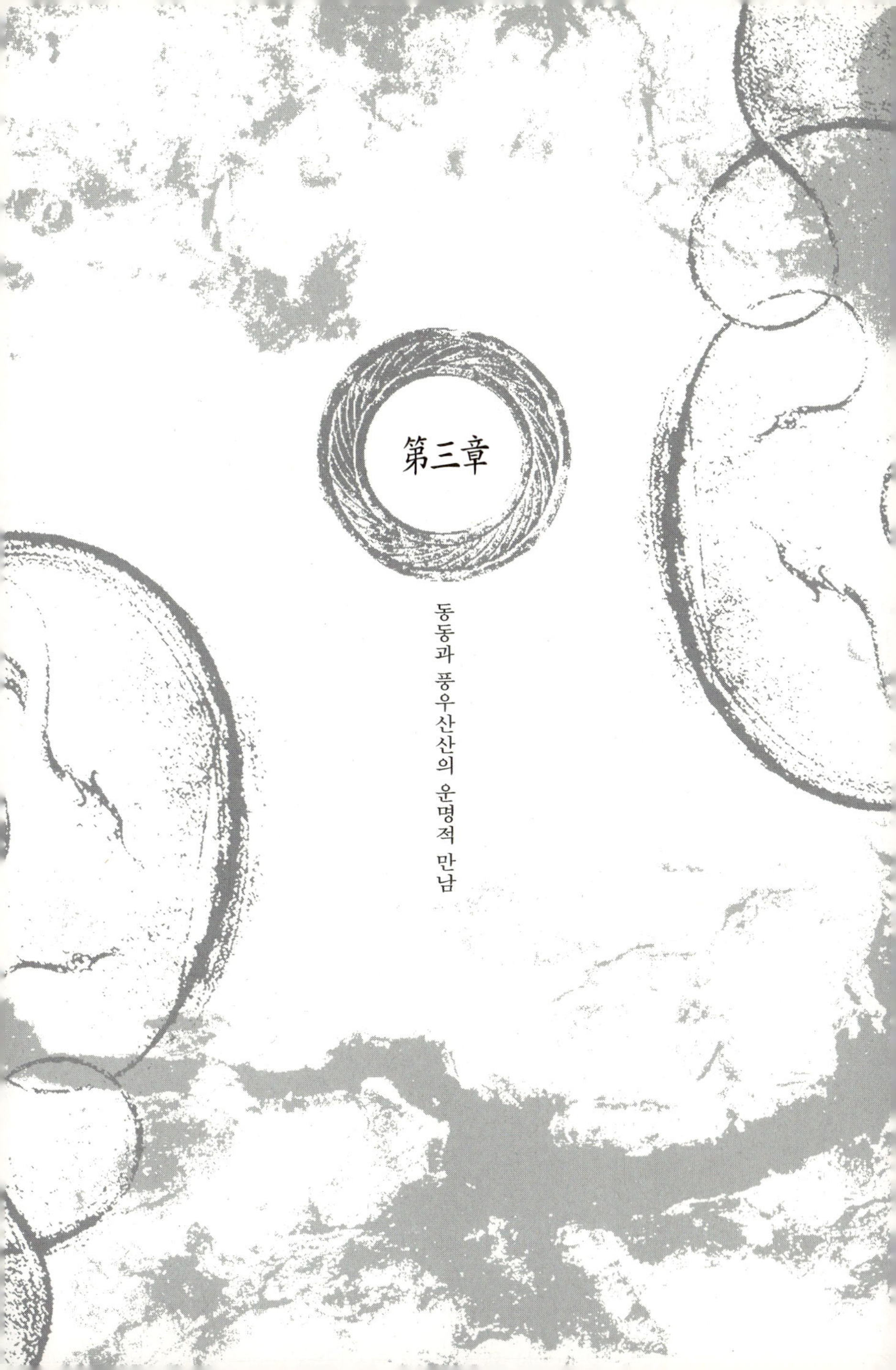

第三章
동동과 풍우산산의 운명적 만남

步法
無敵

등천화는 한동안 무슨 일이 일어났는지 알아보기 위해 눈만 깜빡였다.

한 걸음도 움직이지 않았다?

그럼 똑같은 보법을 펼쳐 쫓아오던 풍우신장은?

도저히 알 수 없는 말에 어리둥절할 수밖에 없었다.

그러나 풍우신장은 거짓말을 할 사람으로는 보이지 않았다.

'그럼… 바람의 길이 보이지 않은 것이… 어? 그건 또 아니네? 지금도 어르신의 몸에서는 바람의 길이 보이지 않아. 어떻게 된 일이지?'

처음 봤을 때와 변함없는 자세와 단절된 공간을 갖고 있는 풍우신장의 모습에 더욱 의아해질 수밖에 없었다.

"자네가 경험한 것은 내가 가진 재주 중 한 가지에 불과하네. 그것을 깬 사람은 자네가 두 번째야. 하도 유령신보, 유령신보 하기에 어떤 청년인지 궁금해서 직접 나섰지. 노부는 천추성주 풍우신장이라고 하네."

"……."

등천화의 표정은 여전히 멍해 있었다.

풍우신장은 그 표정을 자신의 신분을 듣고 놀란 탓이라 여겼다. 하지만 그런 생각은 눈 한 번 깜빡일 시간도 안 돼서 깨지고 말았다.

"그러셨구나. 그래서 어르신을 보며 어디선가 본 것 같았구나. 풍우 공자나 풍우 소저였어. 어쩐지. 하하하. 저는 등천화라고 합니다."

'뭐라? 건중이와 산산이가 생각나서 그랬다고? 노부가 누군지 들어서가 아니고? 허, 엉뚱하군, 엉뚱해. 좀 더 알아볼까?

묘한 충동이 일었다.

이 정도의 보법을 지녔으면 다른 무공은 어느 정도일까?

모든 무공의 가장 기본이 되는 공부가 보법이었다.

그것만으로 망안을 깨뜨렸으니 무기를 사용하는 모습을 보고 싶었다. 하지만 그것보다 더 좋은 생각이 떠올랐다. 등천화를 회유해서 성으로 데려가면 시험은 얼마든지 할 수 있기 때문이다.

풍우신장은 고개를 돌려 고매은과 혼유가 있는 곳을 돌아봤다.

"매은아, 내려오너라."

그의 부름이 끝나자마자 두 사람이 내려섰다.

"부르셨습니까, 성주님."

"다 보았느냐?"

"예."

"망안을 보법만으로 벗어나더구나. 허허허."

"……."

고매은은 대답을 어떻게 해야 할지 몰라 망설였지만, 이어진 풍우신장의 기쁜 음성에 침묵하고 말았다.

"자네에 관한 얘기는 모두 들었네. 오해가 있었던 모양인데, 노부가 직접 나서서 해결할 테니 성으로 돌아가세. 어떤가?"

"……!"

고매은은 풍우신장의 제안에 깜짝 놀랐다.

원로원의 결정을 뒤엎기 전에는 있을 수 없는 일이었다. 당연히 등천화를 향해 시선이 돌아갔다. 등천화의 대답여하에 따라 앞으로 천추성엔 엄청난 파란이 예상되기 때문이다.

"엄… 저는 돌아가지 않습니다."

‘저, 저 바보 같으니라구!’

풍우신장의 제안은 곧 제자로 받아들일 여지가 있다는 것을 의미했다. 이런 기회를 단번에 걷어차 버리는 멍청이!

그러나 그것은 고매은의 기준에서나 훌륭한 제안이지, 등천화에겐 아무것도 아닌 제안이었다.

등천화의 거절에 풍우신장의 낯빛이 딱딱하게 굳었다. 감히 자신의 제안을 거절한 것이다. 그것도 새파랗게 젊은 청년이 말이다.

고매은은 마른침을 삼키며 숨을 크게 들이쉬었다.

풍우신장이 등천화를 만나기 위해 직접 움직였고, 마음을 돌리기 위해 직접 사태를 무마시켜 주겠다는 말까지 했다. 이미 그녀가 수습하기에는 너무 늦은 상황까지 가버리고 말았다.

“허허허. 단단히 실망한 모양이군.”

‘에?’

고매은의 입이 쩍 벌어졌다.

풍우신장이 다시 한 번 물러선 것이다.

“엄… 실망이나 그런 게 아니라 할 일이 있어서 그럽니다.”

“할 일?”

“처음엔 한 사람의 길만 끊으려고 했는데… 성에서 곰곰이 생각해 보니 안 되겠어요. 자신은 없지만 그런 일을 시킨 사

람을 찾아가 봐야겠어요. 안 그러면… 아! 너무 늦었다. 기다
리는 사람이 있는데… 저 먼저 가보겠습니다. 어차피 풍우 공
자와 풍우 소저를 보러 다시 와야 하거든요. 그때 인사드릴게
요. 그럼."

등천화는 자신이 할 말만 하고서 주섬주섬 돌아섰다.

"……."

벌써 두 번째였다. 그의 앞에서 임의로 행동할 수 있는 사
람은 거의 없었다. 눈동자 하나라도 움직이려면 그의 허락을
맡아야 했다.

참으로 당혹스러운 상황이 아닐 수 없었다.

그러나 지켜보는 고매은은 더했다.

등천화가 기이한 사람이라고는 들었어도 이 정도일 줄은
상상도 하지 못한 까닭이다.

"서, 성주님, 제가 다시 불러올까요?"

"아니다."

"그래도……."

"저 청년이 말했잖느냐, 개인적인 일이 있을 뿐이라고. 천
추성에 대해 나쁜 감정을 갖고 있지 않아."

"……."

너무 오랫동안 자리를 비우신 건가?

고매은은 멍한 표정으로 풍우신장을 바라보기만 했다. 이
런 결정은 그녀의 예상을 완전히 뒤엎은 것이었다.

　그러나 그녀와 달리 풍우신장은 오랜만에 머릿속이 아주 개운했다. 지난 십 년 동안 그는 풍우건중의 무공을 살리기 위해 다른 일에는 전혀 신경 쓰지 못했었다. 그러다 등천화라는 황당한 청년의 등장으로 호기심이 일어났다.

　'흐읍. 십 년 전과 너무 흡사해. 허허허. 그 친구의 등장으로 마교주와 나는 바짝 긴장했지. 그 때문에 건중이가 나선 것이고. 이것도 운명인가? 하늘이 다시 한 번 나를 시험하시는 게야. 허허허. 그때보단 상황이 좀 더 복잡해졌지만, 그래도 좋겠지. 이번에는 피해가지 않는다!'

　풍우신장의 머릿속에 잊고 있던 벗이 떠올랐다.

　청수한 외모와 어울리지 않게 못 다루는 무기가 없던 친구였다.

　"언제든 내가 필요하면 불러주게. 자네라면 기꺼이 마교의 썩은 피를 뿌려댈 시간쯤은 낼 테니까."

　만병무제(萬兵武帝)라는 별호도 풍우신장이 만들었다. 세인들에겐 거의 알려지지 않은 이름이었으나, 마교의 고수들에겐 이를 갈게 만드는 이름이었다.

　"성으로 돌아가자, 매은아. 현 강호의 정세를 정확히 알아야겠다. 도대체 저런 청년을 놓치고 무슨 일을 하겠다는 건지. 흠, 다른 녀석들은 제외하고 건중이와 원로들만 따로 불러라.”

“예, 성주님.”

“그 친구가 아직 그곳에 있을지 모르겠구나.”

‘친구?

뜬금없는 풍우신장의 한마디에 고매은의 머릿속은 복잡해
져 갔다.

*　　　*　　　*

“어떻게 됐어? 그게 사실이었어?”

풍우산산은 들어오는 옥상아에게 다그치듯이 물었다.

등천화가 오늘 아침 성을 나갔다는 보고에 원로원으로 옥
상아를 보낸 것이다.

“예, 등 소협이 조금 전에 갈 대협과 함께 성문을 나섰다고
합니다.”

“뭐?”

풍우산산은 한동안 꼼짝도 않고 제자리에 서서 입술만 잘
근잘근 씹었다.

“이유는?”

“예?”

“등 소협을 내보내는 이유가 있을 거 아니야.”

풍우산산의 표정이 냉랭해졌다.

"아가씨, 화내실 일이 아니라……."

"이유가 뭐냐고!"

"대공자께 무례를 범했고, 유예기간을 주었는데도 사과하지 않았다는… 특별한 공을 세운 사람도 아니라, 원로원에서는 대공자의 손을 들어준……."

"칫. 그게 뭐야. 그렇게 따지면 대공자는 지금까지 몇 년 동안 내게 인사 한 번 한 적도 없잖아? 그런데 왜 그 사람이 인사 한 번 안 한 게 그리 큰일이 되지?"

풍우산산이 냉정하게 소리쳤다.

이런 모습은 몇 년 동안 지켜본 옥상아에겐 너무도 생소한 모습이었다.

'아가씨께서 이 정도까지 관심을 보일 정도로 등 소협을 생각하고 계신다는 건가? 그럼 지금까지 보이셨던 모습이 단지 미안함 때문이 아니라… 흑!'

옥상아는 자신의 생각이 맞기라도 하면 어쩌나 싶은 생각에 시선을 피해 다른 곳을 쳐다봤다.

"가자."

"예? 어, 어딜……."

"정문!"

옥상아가 안내하기도 전에 풍우산산이 치마를 걷어 올리고 앞장섰다.

풍우산산 때문에 수십 명의 고수들이 모습을 드러냈다. 정문위사들은 풍우산산의 미모에 넋이 나갈 지경이었으나, 곁에 있는 옥상아의 칼 같은 눈빛에 의해 바로바로 정신들을 챙겼다.

"등 소협은 나갔나요?"

"드, 등 소, 소협이라시면… 혹시, 유령신보를 말씀하시는 거, 겁니까, 아가씨?"

바짝 주눅 든 정문위사가 더듬으며 물었다.

풍우산산은 정문위사의 말을 듣지도 않고 당장이라도 뛰쳐나갈 듯이 밖을 향해 시선을 고정시켰다.

"아가씨, 안 됩니다."

옥상아는 풍우산산을 막아서며 조용히 고개를 저었다. 풍우산산의 의도야 뻔했다. 이곳까지 온 것만 해도 체면이 말이 아닌데 여기서 조금 더 움직이면 소문이 크게 나게 될 것이다.

정문위사들이야 약간의 위협과 타이름으로 충분히 입을 막을 수 있었다.

그때였다.

"멈춰라!"

정문위사가 강하게 외치며 나섰다.

귀여운 인상의 여인이 대수롭지 않다는 듯이 주위를 둘러보며 다가왔기 때문이다.

　정문을 향해 곧장 다가오는 걸로 봐서는 이곳이 어디란 것쯤은 인지하고 있는 것 같았다.

　정문위사가 뭐라고 경고를 하기 전에 여인이 먼저 물었다.

　"이봐, 여기 천추성 맞지? 더럽게 크네."

　마지막 말은 거의 들리지 않을 정도로 작았다.

　"이름과 소속을 밝히시오."

　"에이, 그런 건 묻지 말고. 음, 이곳에 유령신보 있지? 잠깐만 나오라고 해줘."

　"……."

　정문위사가 여인을 빤히 바라보며 멍청하니 서 있자 여인이 귀를 대라는 시늉을 했다. 위사는 손가락으로 자신을 가리켰고, 여인은 고개를 끄덕였다. 하지만 위사는 자신의 본분을 잊지 않았다. 바로 옆에 있는 풍우산산이 있어서는 결코 아니었다.

　"할 말이 있으면 똑바로 하시오."

　"엥? 뭐가 이리 뻣뻣해? 아, 유령신보를 모르는구나? 진즉에 그렇게 말을 할 것이… 어? 소저! 소저의 옷차림을 보니 꽤나 신분이 고급스러울 것 같은데? 호호호. 소저가 저 멍청이 대신 유령신보를 불러줄 수 없을까요? 부탁해요, 예?"

　여인은 풍우산산을 향해 동정 어린 미소를 지었다.

　그녀의 가벼운 행동은 옥상아의 검이 밖으로 나오게 만들었다.

챙.

"어머!"

여인은 자신의 목에서 번뜩이는 검을 보고 깜짝 놀랐다. 그만큼 옥상아의 검은 빨랐다.

경고의 의미란 것을 누가 봐도 알 수 있는 상황이었으나 여인은 오히려 배시시 웃었다.

"웃어? 아가씨께 사과해라!"

"아가씨? 흥. 웃겨. 저 소저가 네 아가씨인 줄 모른 게 죽을 죄냐? 천추성, 여기 안 되겠네……."

"뭐?"

"호호호. 긴장하긴. 천추성주의 딸도 아니면서 그렇게 대단하게 굴 필요가 뭐 있냐구. 서로 도우면서 살자고."

여인은 다 알면서 왜 그러냐는 듯 응큼한 웃음까지 지었다.

"눈은 제대로 달렸군."

"뭐? 그럼 이 소저가… 풍우산… 사안?"

여인은 깜짝 놀라 풍우산산을 쳐다봤다.

다시 보니 그런 것도 같았다.

귀티 흐르는 풍우산산의 얼굴이 달라보였다.

"아! 그렇구나. 반가워요, 풍우 소저. 저는 유령신보를 찾아온 동동이라고 해요."

동동은 방긋 웃으며 그녀답지 않게 호들갑을 떨었다.

풍우산산의 얼굴부터 그녀가 신고 있는 신발까지 부산을

떨면서 모두 확인한 것이다.

"등 소협을 찾아오셨다고요? 무슨 일로……."

풍우산산은 생긴 건 말짱하게 생긴 여인이 선머슴처럼 구는 것이 이상했다. 동동을 보며 느낀 것은 두 가지였다.

하나는 대단한 미인이란 것과 다른 하나는 정체를 알 수 없는 불안함이 엄습한다는 것.

"여자가 남자를 찾아왔으면 뻔하죠. 호호호."

"여, 여자… 나, 남자……."

너무도 당당한 동동의 대답에 풍우산산은 일순 할 말을 잇지 못했다. 옥상아를 돌아봤다. 옥상아라고 이 당황스러운 상황을 꿰뚫어 볼 수는 없었다.

동동은 굳이 살펴보지 않아도 상당한 고수라는 것을 알 수 있었다. 민첩한 발놀림과 은연중에 풍겨내는 예기가 함부로 손을 쓰지 못하게 만들기 때문이다. 저 뻔뻔함만 아니라면 말이다.

"당신."

풍우산산은 느닷없이 동동을 부르고는 다음 말을 잇지 않았다. 수많은 눈이 그녀를 주시하고 있었다.

"여자 맞아요? 전혀 그렇게 보이지 않는데……."

"쿨럭!"

동동은 힘차게 헛기침을 해댔다.

풍우산산을 지켜보던 옥상아는 하마터면 검을 떨어뜨릴

뺀했다. 그녀의 말은 상대에게 어떤 의미로 들릴지를 전혀 의식하지 않은 한마디였다.

물론 옥상아의 귀에는 나는 너를 질투하고 있다고 들린 것은 말할 것도 없었다. 동동의 당당함에 그녀 나름대로 대응한 것이다.

아직 황당함은 끝나지 않았다.

이번엔 동동이 풍우산산을 쏘아봤다.

"홍! 그러는 당신도 소문처럼은 예쁘지 않은걸?"

동동 역시 한마디 쏘아붙였다.

곧바로 두 미인의 팽팽한 눈싸움이 시작된 것은 말하지 않아도 알 수 있는 당연한 수순이었다.

"다행이네요. 제가 미인이 아니라면 소저는… 호호호. 힘내세요. 언제고 그런 얼굴을 좋아하는 사람이 나타날 거에요."

등천화가 자주 사용하는 말투였다.

동동의 얼굴이 딱딱하게 굳었다.

이젠 어쩔 수 없이 옥상아가 나서야 했다.

"이봐, 아가씨께 더 이상의 무례는 허락하지 않겠다."

막 옥상의 손이 동동의 목에 가까워질 때였다.

동동의 손이 옥상아의 검을 잡아왔다.

"위험……."

"홍! 이깟 쇳조각으로 나를 어쩌겠다고? 유령신보만 보고 가겠다는데 왜 이리 까탈스럽게들 굴지? 혹시 유령신보가 여기에 없는 거 아니야?"

동동은 엄지와 검지로 옥상아의 검을 밀어냈다.

슛.

"……!"

아주 간단한 동작이었으나 옥상아는 동동의 힘을 막지 못하고 뒤로 반보 물러서고 말았다.

놀라는 그녀의 모습에 정문위사가 소리쳤다.

"유, 유령신보는 오전에 나갔다. 더 이상 아가씨께 무례하면 가만히 있지 않을 테니 멈춰라!"

정문위사는 아무 잘못이 없었다. 있는 사실을 여과없이 그대로 말한 것뿐이었다. 하지만 동동에겐 그것 하나면 족했다.

"오호, 그랬단 말이지? 그럼 내가 여기서 이럴 게 아니지. 호호호. 풍우 소저, 만나서 반가웠어요. 유령신보에게 안부 전해줄게요. 호호호."

동동은 풍우산산을 고소하다는 듯이 쳐다보고는 몸을 날렸다. 그녀의 신법은 올 때와는 달리 가공했다. 한 줄기 선으로 변한 신형이 순식간에 사람들의 시야에서 사라진 것이다.

"저, 저… 못생긴 여자, 누구야?"

풍우산산은 현기증이 인 듯한 표정으로 옥상아를 돌아봤다. 하지만 옥상아라고 처음 보는 여인의 정체를 어찌 알겠는가?

대답은 뒤쪽에서 들려왔다.

"클클. 그녀는 사사천림주입니다."

"사사천림주?"

풍우산산은 고개를 돌려 다가오는 사람을 쳐다봤다.

계창수였다.

"계 원로님이 정문에는 어쩐 일이세요?"

"아가씨와 같은 이유입니다. 그 녀석이 한마디 말도 없이 가버렸지 뭡니까. 쯧."

"계 원로님도 몰랐나요?"

"원로원의 결정이 이렇게 빨리 진행될지 어떻게 알았겠습니까. 비녀에게 소식을 전해 듣고서 곧장 달려온 겁니다. 사람도 참 말이나 해주고 가지."

계창수는 동동이 사라진 방향을 주시하다가 원로원을 향해 고개를 돌렸다. 화산검선을 두둔했다가 엉뚱한 일만 잔뜩 떠맡았다가 오전에야 풀려난 것이다.

"참으로 아까운 인재를 놓친 겁니다."

"그렇죠, 계 원로님?"

풍우산산이 갑자기 의미심장하게 말했다.

"예?"

"아까운 사람이에요, 등 소협은. 누군가가 데려와야겠어요."

"아가씨……."

옥상아는 왜 풍우산산의 생각이 고스란히 전해지는지 몰랐다. 풍우산산은 지금 성을 나갈 생각을 하고 있었다. 모른 척하고 있다가 혼자서라도 가버리면 낭패가 아닐 수 없었다.

동동은 반나절을 달리는 동안 몇 번이나 통쾌하게 웃었는지 몰랐다. 천추성이란 엄청난 배경과 엄청난 미모를 지닌 여인에게서 등천화를 뺏어온 것이다.

혼자만의 착각은 이래서 무서웠다.

연적을 물리쳤다는 생각이 들자 몸이 가벼웠다.

"호호호. 유령신보를 뺏겼으니 분하기도 하겠지. 하지만 어쩌겠어, 유령신보를 이 몸이 잘 돌봐주는 수밖에. 까르르."

동동이 흐드러지게 한바탕 웃고는 산비탈을 끼고 쏜살같이 내려갔다. 평범한 마을치고는 제법 많은 사람들이 오가고 있었다.

천추성에 들렀다 오기에 이곳이 가장 가까웠다.

마을로 들어서자 낮은 집들 사이로 삐죽이 솟은 건물이 보였다. 그곳으로 들어간 동동이 막 방으로 들어가려 할 때였다.

"어딜 다녀오세요?"

냉기 풀풀 날리는 목소리가 동동을 멈추게 만들었다.

동동은 방문을 잡은 채로 고개를 돌렸다.

허리에 손을 얹은 하얀 얼굴의 여인이 고까운 눈으로 쳐다

보고 있었다.

빙궁의 소궁주 옥서시였다.

"응."

동동은 자세한 설명도 없이 문을 닫고 안으로 사라져 버렸
다. 머쓱해진 옥서시는 하얀 얼굴을 잔뜩 찌푸리며 불만스런
표정을 지었다.

"흥. 철사대제의 진전을 이었다 이거지? 정말 성질 같아선
확!"

"옥 소저, 동 림주가 돌아왔소?"

굵직한 음성이 그녀를 향해 다가왔다.

"왔어요. 도둑질이라도 했는지 살금살금 창문으로 들어왔
더라구요."

옥서시를 말을 건넨 사람은 예명이었다.

지나치게 딱딱해 보이는 얼굴은 변하지 않았으나 약간은
초췌해진 모습을 하고 있었다.

"철사대제의 진전을 이은 분이오. 빙궁주께서 올 때까지
대접에 소홀함이 없어야 한다고 하지 않았던가요?"

"알아요, 안다구요. 그래도 마음에 들지 않는 걸 어떻게
요?"

"옥 소저가 마음에 드는 사람이 누군지 말해주면 나도 말
해주겠소."

"흥. 하여간 다 똑같아."

옥서시는 콧방귀를 뀌고는 자신의 방으로 들어가 버렸다.

예명의 시선이 동동의 방으로 향했다.

그와 동동이 만난 것은 불과 얼마 전이었다.

동동이 지옥잠류공을 완성하고 등천화를 찾는 도중 사사천림의 부하들과 옥서시가 싸움을 일으켰다. 당연히 싸움에 빠질 동동이 아니었다.

곧장 달려가 옥서시와 한판 붙었다.

옥서시의 무공은 예전과 비교할 수 없을 만큼 강해졌지만, 아무리 강해졌어도 동동의 천사잠류신도에는 견주지 못했다.

동동은 옥서시의 모든 공격을 막아내면서도 전신에 상처 하나 입지 않았다.

예명이 끼어들어 옥서시를 구했지만, 숨 돌릴 틈 없이 몰아붙이는 동동의 공격에는 속수무책으로 당할 수밖에 없었다. 두 사람을 구하는 것과 동시에 동동을 밀어내는 엄청난 열기가 나타나기 전까지는 그랬다.

예반악.

축융단주라는 지위를 버리고, 이제는 열화마왕이라 불리는 예명의 아버지였다.

그의 열화마황권 중 이초식 열화개천은 동동의 천사잠류신도를 충분히 막아냈다. 또한 동동의 무공이 철사대제의 그것임을 한눈에 알아보고 세외사대천왕의 과거까지 자세히 설명해 주었다.

동동은 철사대제가 남긴 글에서는 느끼지 못했던 무공에 대한 긍지를 가졌고, 세외삼천과 동행을 주저하지 않은 것이다.

그러나 그녀가 세외삼천과 뜻을 함께하겠다는 것은 아니었다. 한 사람의 허락을 얻어야 가능하기 때문이다. 그녀에게 지옥잠류공을 익힐 수 있도록 해준 사람. 서둘러 사사천림의 인원을 모으게 한 사람. 등천화의 허락이 있어야 하는 것이다.

그녀의 한마디는 예반악을 비롯해 많은 사람들을 충격에 휩싸이도록 만들었다. 그녀와 같은 고수를 휘하에 둘 사람이라니.

예반악은 한 번 더 물러섰다.

그 사람을 만나기 전까지 뜻을 함께하자고 했고, 동동 역시 그 정도는 가능하다고 허락한 것이다.

동동이 묵고 있는 위층 방.

차분하면서 조용한 음성이 흐르고 있었다.

"현 강호는 천추성과 마교가 양분하고 있습니다. 이 상태는 앞으로도 변함이 없으리라 생각됩니다. 이 말을 다르게 해석하면, 세외삼천이 중원에 자리를 잡기 위해서는 두 세력 모두의 견제를 견뎌내거나, 두 세력 모두의 협력자가 되어야 한다는 뜻이 됩니다."

"대막의 지다성 탁무. 자네의 말이 뜻하는 걸 잘 알겠네. 하나 과거와 달리 열화마황단은 물론이고, 빙궁이나 검각 역시 크게 성장했네. 그것을 감안하고서도 마찬가지인가? 우리 세외삼천이 아직도 허락 따위를 얻어야 하는가 말이네."

예반악의 네모난 눈매와 굵은 검미가 꿈틀거렸다.

보고를 올리던 염소수염의 중년인은 허리를 굽이며 잘 보이지도 않는 눈동자를 빛냈다.

"빙궁과 검각에서 조사한 내용을 참고해야겠지만, 그 어떤 변수로도 현재의 상황을 변화시킬 수 없다는 것이 제 생각입니다."

"그 어떤 수로도?"

예반악은 상심한 목소리로 되물었다.

조금의 가능성이라도 찾아내라는 암묵적인 강요였다.

"예, 그 어떤 수로도 불가능합니다. 단."

"단?"

"마교 내에서 역모가 일어나거나 천추성주가 죽으면… 가능합니다."

"흠. 마교에선 역모가 일어나야 하고, 천추성에선 성주가 죽어야 한다?"

"그렇습니다. 단주님께선 마교의 힘이 어느 정도라고 생각하십니까?"

탁무가 반문했다.

"마교주는 십 년 전에 이미 풍우신장을 앞에 두고 돌아선 적이 있다. 그가 아직 악마대능력을 익히지 못했음을 의미하지. 그렇다면 그……."

"단주님, 말씀 도중에 죄송합니다."

"말하게."

"십 년 전의 그 일에는 아직 밝혀지지 않은 내막이 많습니다. 추측으로 단정하기엔 마교의 힘이 너무나 거대합니다. 백마들의 힘은 세상에 알려진 것 정도가 아닙니다. 현재 단주님의 능력이시라면 백마 열 명 정도는 충분히 상대하실 수 있습니다. 하나 단주님께서 죽인 열 명의 백마가 다음날 곧바로 채워진다면 어찌시겠습니까? 백마 열 명을 상대하느라 사용하신 진기를 하루 만에 회복하실 수 있습니까? 그 다음날에도 똑같다면요? 즉, 마교는 교주가 아니더라도 뒤를 맡아줄 고수가 수없이 준비되어 있습니다. 우리에겐……."

탁무는 말끝을 흐렸다.

"인정하네."

"마교 내에서 역모가 일어나면 그들끼리 자중지란하게 될 겁니다. 물론, 마교주라는 거인이 뒤에 존재하는 것은 그다음 일입니다."

"마교를 무너뜨리는 것은 불가능하다?"

예반악은 실망스런 목소리로 물었다.

"세외삼천의 주인들과 동 림주가 마교주의 백초를 막을 수 있다면 가능합니다. 물론 천추성주의 힘을 빌려야겠지요."

"힘을 빌려?"

예반악이 버럭 소릴 질렀다.

그러나 탁무는 지지 않고 말을 이었다.

"몇 달 전에 근래에는 보기 드물게 천추성과 마교의 고수들이 싸웠습니다. 그리고 그곳에서 악마대능력으로 추정되는 무공이 나타났습니다. 악마대능력이 어떤 무공인지 아는 사람이 없기에 그저 그럴 것이라 추측하고 말았죠. 하나, 그 무공을 마교 소교주 장주극이 사용했다면 얘기는 달라집니다. 천추성주의 대제자를 비롯해 화산검선까지 있었지만 누구도 장주극을 막지 못했다고 합니다."

듣고 있던 예반악의 눈빛이 점점 딱딱하게 굳었다.

탁무의 말 속에는 부정적인 표현들이 너무 많았다.

"탁무."

예반악은 참지 못하고 탁무의 말을 잘랐다.

"예."

"자네의 보고는 훌륭해. 언제나 그렇듯이 말이야. 하지만 빠진 내용이 있군."

"예?"

"세외사대천왕을 아무것도 아닌 존재로 만들어 버린 잠마성황이란 자가 얼마나 강할까?"

“아직 그에 대해서는……”

“바로 그거야. 잠마성황에 대해 사람들은 몰라. 하지만 나는 알지. 아니, 세외사대천왕의 후예들은 알고 있네. 마교의 오마제 따위들과는 비교도 안 되는 강자지. 나는! 그런 자를 막을 수 있게 됐네.”

예반악은 어깨를 뒤로 늘리며 형형한 안광을 일으켰다. 그 기세는 탁무가 지금까지 말한 모든 것을 무시하고도 남을 정도로 강했다.

'단주님의 능력이 이미 오마제를 뛰어넘으셨다고?'

탁무는 아직 오마제에 대한 정보를 얻지 못하고 있었다. 예반악의 말처럼 된다면 좋겠지만, 예반악도 아직 오마제를 만나보진 못했다. 결정을 미루는 것이 좋았다. 하지만 말을 해서는 안 된다. 그 순간 죽을 수도 있으니.

침묵으로 답하는 탁무를 보며 예반악은 고개를 끄덕였다. 인정했다고 여긴 것이다.

“잠마성황의 흔적을 찾는 데 좀 더 박차를 가하라.”

“알겠습니다.”

탁무는 밖으로 나오며 아무리 생각해도 이해할 수 없는 한 가문을 떠올렸다.

종리세가.

궁왕 종리강이라면 중원뿐만 아니라 세외에서도 알아주는 고수였다. 그런 고수의 아들이 뭐가 아쉬워 검각의 명령을 듣는지 몰랐다.

잠마성황의 흔적을 찾으라는 뜻은 종리제청에게 독촉을 하라는 뜻이기 때문이다.

*   *   *

호북성 천문(天門)의 한 골짜기에선 싸움이 한창 진행 중이었다. 죽어가는 인물들은 한결같이 가슴에 마(魔) 자가 새겨진 복장을 하고 있었다.

콰직.

"커헉!"

뼈 부러지는 소리와 함께 유연한 그림자가 마인들의 몸을 지나갔다.

멈춰 선 그의 어깨에는 궁이 메어져 있었다.

종리세가의 후계자에게 전해지는 궁이었다.

종리제청은 돌아보지도 않았다.

이때, 창 휘두르는 소리가 들렸다.

큐. 큐.

종리제청의 눈동자가 옆으로 돌아갔다.

땀을 소매로 훔치며 한 청년이 다가왔다.

악씨세가의 삼색신창을 들고 바싹 마른 입술을 비비는 악군휘였다.

“…….”

“…….”

두 사람은 서로를 알고 있었다.

종리제청이 마교의 무리를 처단하겠다는 기치를 세운 뒤 사대세가의 힘을 모을 때부터 함께 움직인 두 사람이었으나, 지금까지 이렇다 할 대화를 나눌 시간이 없었다.

악군휘가 말안장에서 꺼낸 술병을 건넸다.

“종리 형이시죠? 악군휘라고 합니다.”

“알고 있다. 나보다 어리니 말을 놓겠다.”

종리제청은 받은 술병을 거꾸로 세워 목젖을 몇 번 움직거리고는 ‘카’ 하고 주독을 뱉어냈다.

“사대세가연합을 왜 만드셨죠?”

“자네는 왜 들어왔나?”

“제가 먼저 물었습니다.”

“한 여자 때문이네.”

“…….”

“사랑해서, 잃고 싶지 않아서 싸우는 중이네.”

“여자와 사랑이라. 큭. 종리 형은 좋겠소. 만날 여자라도 있으니. 내 해바라기는 죽었는데…….”

“해바라기?”

“어릴 때 친구였소.”

악군휘는 술병을 뺏어 입으로 가져갔다.

말없이 바라보는 종리제청의 눈이 반짝였다가 이내 원래의 무감정한 눈으로 돌아갔다. 남 얘기는 별로 관심 없었다.

그를 주축으로 만들어진 사대세가연합은 세외삼천을 도왔다. 정확하게 말하면 검각을 돕고 있었다. 더 정확하게는 창희소를 위해 움직였다.

창희령을 잊지 못하는 종리제청에게 창희소는 창희령의 환생이었다. 죽었다는 소문을 들은 후 그녀를 찾아 얼마나 헤맸는지 몰랐다. 당연히 창희소의 등장은 그에게 빛이었다.

그의 아버지, 종리강의 명령은 중요하지 않았다.

강호의 안녕?

세가의 번창?

그런 것엔 관심없었다.

오로지 창희령의 관심을 받는 것이 중요했다.

멀리 검각의 전서구가 날아오는 것이 보였다.

악군휘가 뭐라고 말을 걸었으나, 이미 그의 귀에는 아무것도 들어오지 않았다.

"푸하! 이보게, 악 소제. 창 소저가 온다는군. 나를 보러 온다는 거야. 푸하하하!"

"……."

방금 전에 사랑하는 여인이 죽었다는 말을 전혀 듣지 못한 모양이다. 하긴 상관없었다. 악군휘는 악군휘 나름대로 힘을 써야 하니까.

서문혜를 죽게 만든 원흉은 잠마혈존이 아니었다.

모른 척한 천추성이었다.

악군휘의 머릿속에는 그랬다.

"가세. 마중을 가야지."

종리제청에게 웃음을 주는 여인이 있든 없든 악군휘와는 별 상관없었다.

오직 한 사람만 눈에 어른거렸다.

서문혜의 마음을 뺏어간 빌어먹을 낯짝의 등천화.

그녀를 구해낼 실력도 안 되는 놈이 왜!

눈앞에 있으면 당장 창으로 쑤셔 버리고 싶었다.

'혜야……'

주변 정리를 사대세가의 무인들에게 맡기고 두 사람은 자리를 떠났다.

두 사람은 왜 그렇게 마교의 무리들이 맥을 못 췄는지 모르고 있었다. 골짜기 위에서 한 사람이 그들을 돕고 있었음을.

"잘난 녀석들이로군. 아무런 의심도 없이 자신들의 능력을 과신해 버리다니. 저런 녀석들하고는. 젊은 시절… 흠, 내게 젊은 시절이 있기는 했던가? 아무튼 마음에 들기는 하는군. 끌끌."

노인의 목소리에는 정기가 넘쳤고, 두툼한 몸과 강직함이 두드러지는 눈이 도드라져 보였다.

그의 뒤에는 마교의 고수들로 보이는 백마의 시체 세 구가 나뒹굴고 있었다.

그에게는 너무도 쉬운 일이었다.

"십 년을 기다렸으니 충분하지. 성주가 나의 도전을 받아 주었으니 그전까지 최대한 협조를 해야지. 그러다 보면 내 양손을 쓰게 해줄 자가 나타나겠지. 끌끌."

노인은 심드렁한 목소리로 말을 하면서 사대세가의 무인들이 완전히 사라질 때까지 지켜봤다.

"성주가 십 년 전보다 얼마나 강해졌는지 궁금하군. 십이천강추. 생각만 해도 짜릿해."

풍우신장의 무공 발전을 궁금해할 수 있는 유일한 사람. 그는 이미 십 년 전에 풍우신장한테 인정을 받은 고수이기 때문이다.

마교주를 단신으로 찾아갈 정도의 배포를 가진 사람이었으나, 한 가지 약점이 있었다. 바로 사람들과 대화를 잘 못한다는 것이다.

싸우는 것은 누구와도 할 수 있지만, 대화는 누구와도 못하는 희한한 체질을 지녔기 때문이다.

폐쇄된 생활을 오래 한 탓이었다.

그와 대화를 할 수 있는 사람은 풍우신장이 유일했다. 대화라고 해봐야 별것없지만, 그것만으로도 노인은 풍우신장의 부탁을 들어주었다.

아들이 폐인이 되어 돌아왔다고, 마교와 당분간 싸움을 하지 않아야 할 것 같다고.

그 말 한마디에 노인은 강호를 떠났다. 물론 풍우신장한테는 칩거한 곳을 알려주었다. 그 덕분에 다시 강호로 나온 것이다.

몇백 년은 족히 됐을, 이제는 사람들의 기억 속에서 사라진 한 사람의 무인이 있었다. 강호사상 가장 많은 사람을 한 장소에서 죽인 무인이.

무려 몇백 명이 넘는 인간들이 그의 손에 죽었다.

강호패자를 추구하는 세력들의 연합과 무인 한 명과의 대결.

당시에 남아 있던 기록에 의하면 그 무인의 손에서 번개가 일어나며 땅에 웅덩이를 만들어 천라지망을 펼치던 무리들을 일제히 태워 죽였다고 한다.

벽력대제(霹靂大帝).

노인은 그의 진전을 이었다.

그것만으로도 오마제를 단신으로 막아내는 기함을 토할 수 있었다.

소문에는 오마제를 막은 무인이 풍우신장일 거라 했지만, 사람들이 노인을 모르기에 추측한 것일 뿐, 실제로는 노인이 오마제를 막은 것이다.

세상은 지금도 노인을 모르지만 풍우신장과 장찬익은 노

인에 대해 알고 있었다.

만병무제.

풍우신장이 지어준 별호이자 악마대능력을 익힌 장찬익을 물러서게 만든 이름이었다.

그가 돌아온 것이다.

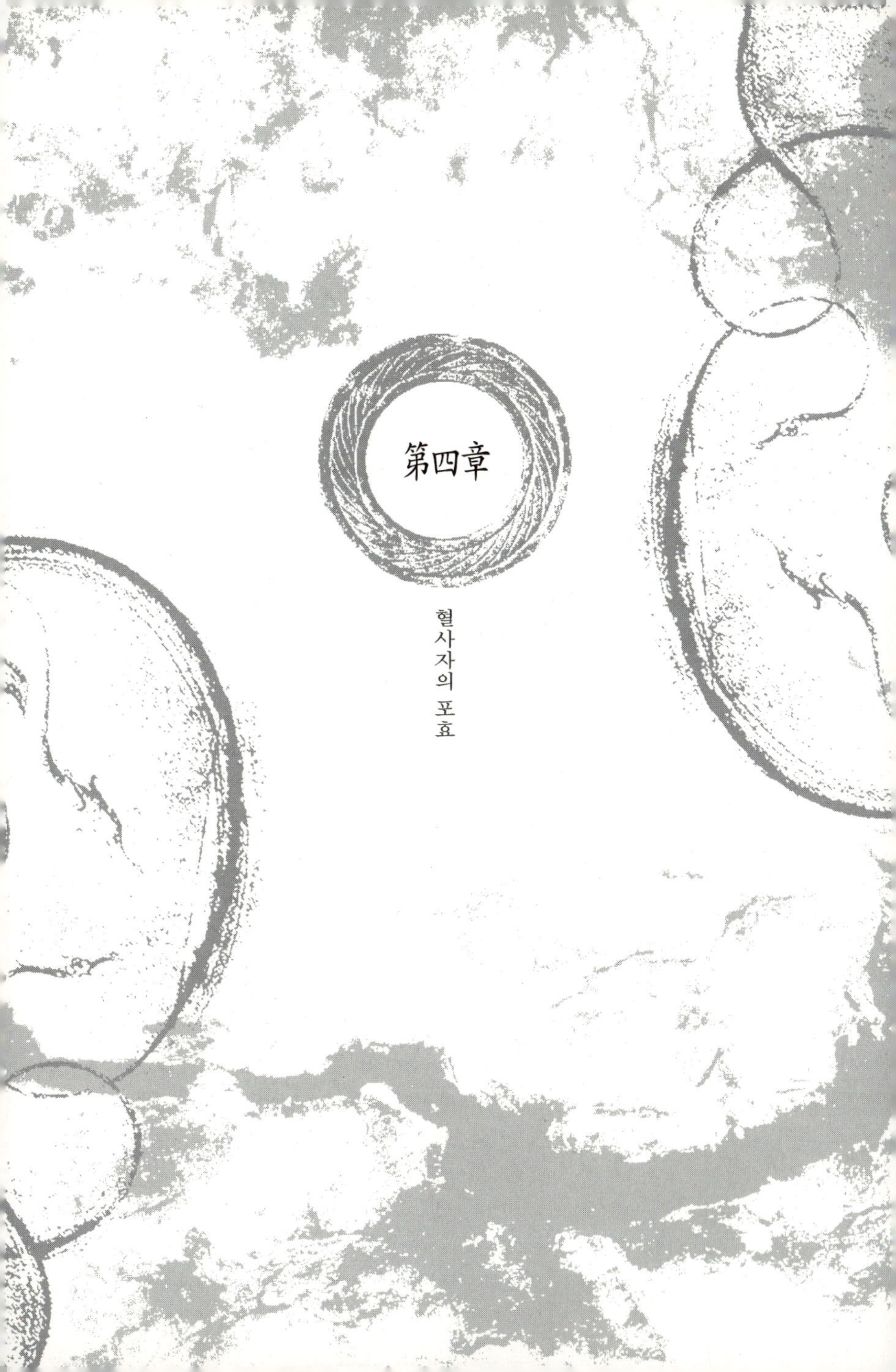

第四章

혈
사
자
의
포
효

步法
無敵

후오옥—

돌개바람이 자잘한 낙엽과 돌멩이를 쓸며 휘몰아친 곳은 흑포를 뒤집어쓴 인영들과 삐쩍 마른 사내가 멈춰 선 곳이었다.

삐쩍 마른 사내의 시선이 위로 올라갔다.

매 한 마리가 허공에서 그들을 떠나지 않고 있었다.

"……"

뼈 위에 가죽 한 겹 붙은 것처럼 앙상한 몸의 사내는 매의 움직임을 잠시 지켜보다가 고개를 돌렸다. 그의 뒤쪽에 있던 여섯 명의 흑포인이 일제히 그를 쳐다봤다.

마교 서열 십구위 구루마존이 삐쩍 마른 사내의 신분이었
으나, 지금은 그런 신분이 아무 소용없었다.

흑포인 여섯 명을 안내해야 하는 하잘것없는 신세로 전락
했기 때문이다. 안내를 받아도 시원찮은 신분인 그에게 이런
일을 시키다니, 백마전이 드디어 돌은 모양이다.

벌써 한 달째였다. 이들 여섯 명의 흑포인은 말수도 적었
다. 행동도 무척 굼떴다. 그중 가장 짜증나게 한 것은 눈치가
밥통들이란 것이다.

'이것들을 모두 죽여 버리고 실수라고 해?

저들의 정체가 구중뢰의 육중천마라는 것을 들었다.

몰랐다면 손을 썼겠지만, 이미 듣고 말았다.

거리를 조금만 좁혀도 쏟아지는 살기는 그 혼자서 감당할
수준이 아니었다. 특히 가운데 있는 흑포인의 무공은 짐작이
가질 않았다.

이때, 공중을 선회하던 매가 울면서 구루마존의 어깨로 내
려왔다.

유령신보, 출(出) 천추성.
마화혈주를 만나 지시를 받으라.

간단한 내용이 적힌 쪽지가 매에게 잡힌 새의 발목에 묶여
있었다.

“목표물이 떠났소.”

구루마존의 한마디에 여섯 명을 씌우고 있던 흑포가 들썩였다 잠잠해졌다. 내공의 출수를 마음대로 조절할 수 있는 경지에 이른 자들이었다.

하나라면 몰라도 둘 이상은 힘들었다.

“갑시다.”

구루마존은 상대하기 귀찮다는 듯이 앞장섰다.

그때, 그의 등에 섬뜩한 예기가 닿았다.

“……!”

미묘하지만 움직일 수 없게 만드는 예기.

살기였다.

다른 흑포인들보다 항상 반 족장 먼저 움직이는 자.

그의 정체가 구중뢰의 신 혈사자라는 것까지는 모르고 있었다.

“인도자여, 쪽지의 내용을 말하라.”

쇠사슬이 목에 걸려 목소리가 찢겨지는 것 같았다.

“나만 따라오면 되오.”

구루마존은 털어놓고 싶은 마음을 붙잡고 한 발을 앞으로 움직였다.

슥.

혈사자를 제외한 다섯 명의 흑포인이 움직였다.

한 걸음.

그걸로 구루마존의 건방짐을 막기엔 충분했다.

"알았소. 마화혈주를 만나면 모든 것을 알게 된다고 하오."

"마화혈주?"

"지독히 예쁜 계집이요. 가시를 품고 있어서 만지지는 못하지만, 교뿐만 아니라 강호를 통틀어 가장 예쁜 계집이오."

"계집……."

그 말을 끝으로 혈사자는 침묵했다.

나머지 흑포인들의 움직임도 멈췄다.

*　　　*　　　*

야우십팔영의 대형 막조는 최근 들어 인상 쓸 일이 많아졌다. 조용하던 강호가 마교와 천추성의 움직임으로 바빠진 탓이다.

강호에 바람이 불기 시작했다.

이럴 때는 정신 바짝 차리고 정보를 모아야 큰돈이 된다는 것을 그는 누구보다 잘 알고 있었다.

오늘만 해도 벌써 세 건이었다.

"사대세가가 뭉친 것이 새삼스러울 리 없지만, 시기가 묘해. 더구나 뒤를 봐주는 자가 있어. 그렇지 않고서야 마교를 상대로 저렇게 승승장구할 리가 없지."

백마 몇 명만 풀면 해결될 일을 마교에서는 수수방관하고 있었다. 물론 그것은 겉으로 드러난 모습일 뿐, 사실 여부는 확인되지 않았다.

막조는 마교의 움직임에 대한 정보를 하루에도 몇 번씩 입수했다. 사대세가의 건방진 발광을 제압하기 위해 고수들이 나오지 않았을 리 없었다. 하지만 그들이 모습을 드러냈다는 정보만 있지, 그들이 돌아갔다는 정보는 아직까지 한 건도 없었다.

그들 중에는 분명히 백마에 속한 고수들 한둘쯤은 있을 거란 것이 막조의 추측이었다.

"사대세가연합 때문인가? 낭인들이 갑자기 뭉치기 시작한 것도 이상하고, 백마에 의해 사라졌다던 사사천림이 다시 모이는 것도 수상해. 또 조용하기만 하던 구대문파도……."

생각이 복잡해지자 막조의 얼굴이 조금 전보다 많이 일그러졌다.

"그건 그렇고, 유령신보 미친 거 아냐? 마교와 잠마의 코털을 건드려 놓고 천추성의 보호를 거부해? 말이 안 돼. 뭔가 천추성의 내부에 밝혀지면 안 되는 사정이 있는 게 확실해. 에이, 그런 건 내가 신경 쓸 거 없고. 이것들을 어떻게 엮어서 돈을 만들지 생각해야 돼. 어떻게 엮는다… 양쪽에 필요한 정보, 나만이 알고 있는 정보가 어떤 게 있을까?"

그때였다.

그의 눈에 몇 장의 서찰이 들어왔다.

하남으로 향하는 일단의 무리들…….
인질을 잡고서 유령신보를 유인하는…….
사대세가연합을 응징하기 위해…….
낭인들을 모으는…….
사사천림과 구대문파의 움직임이…….

어느 하나 연관 짓기 힘든 나열들이었으나, 막조의 눈에는
모두 하나처럼 보였다.
유령신보를 잡기 위해 마교에서 일단의 고수들을 보냈고,
인질을 잡고서 유령신보를 유인하는 무리와 합류시키려 하고
있다.
왜 이렇게 읽히는 것일까?
추측에 불과하지만 이것이 맞는다면 대박이 아닐 수 없었
다. 이 정보를 천추성에 넘기고, 유령신보의 위치를 파악해서
마교 쪽에 넘기면, 어쩌면 양쪽에서 돈을 받을 수 있을 것 같
았다.
"우횡!"

막조의 부름에 우횡은 달려왔다가 사색이 되어 고개를 절
레절레 흔들었다.

"왜? 왜 못하겠다는 건데?"

"유령신보를 보셨잖아요!"

"그래, 그때 봤잖아?"

"그, 그런 게 아니라니까요! 놈은, 놈은… 하여간 전 못해요."

이유도 명확하지 않으면서 일단 명령부터 거절하고 보는 우횡의 막가는 용기에 막조는 혀를 찼다.

"이유나 들어보자. 이 절호의 기회를 버리려는 의도가 뭔데?"

"…없어요. 무조건 못해요."

"우횡!"

"못합니다."

"그럼 나가."

"예?"

"너, 야우십팔영에서 나가. 곽부, 이 새끼 끌어내. 무슨 일을 시킬 수가 없어. 못해? 하지 마. 나도 말 잘 듣는 놈하고 일 좀 하자. 나가."

막조의 포기하는 손짓에 곽부가 조용히 우횡을 데리고 밖으로 나갔다.

밤이 됐다.

우횡과 조를 이룬 두 명의 야우십팔영이 밤길을 쏜살같이 달렸다.

"유령신보와 만나는 것이 아니라 거래만 성사시키고 돌아오는 것이다."

우횡은 곽부의 설득으로 겨우 마음을 돌렸다.
등천화와 항상 붙어 다니던 갈피독이 단독으로 하북성을 향했다는 말을 듣고 그를 찾아가는 중이었다.
낭인들을 모을 수 있는 사람은 현 강호에 오직 낭왕 갈피독밖에 없었다.
삼 일을 꼬박 달려서 하북성에 도착했고, 반나절을 투자해서 갈피독이 있는 곳을 알아낸 우횡 일행은 서둘러 찾아갔다.
세 사람은 이곳을 향할 때만 해도 낭인들의 집단에 대해 별 생각이 없었다.
그러나 막상 갈피독이 있는 곳에 도착하자 수백 명은 족히 되는 낭인들이 곡주(曲周) 전체를 점령하고 있었다.
"큭. 나를 찾았다고?"
갈피독이 멀리서 고갯짓으로 우횡을 불렀다.
우횡은 그를 본 적이 있었다.
'이 정도는 아니었던 것 같은데……'
존재감이 이전에 봤을 때와 완전히 달랐다.
등천화와 함께 있을 때는 지금처럼 등골이 섬뜩할 정도는

아니었다. 하지만 갈피독의 앞까지 걸어가는 동안 손바닥에
는 땀이 흥건해져 있었다.

함께 간 두 사람이 우횡을 앞으로 떠밀었다.

"저, 저희는 정보매매집단 야우십팔영에서 나왔습니다."

우횡은 당황해서 입을 열었다.

"정보매매집단 야우십팔영? 그런데?"

"유령신보에 대한 정보가 있습니다."

"뭐?"

갈피독의 눈꼬리가 올라갔다.

반문이 아니란 것은 그의 표정만 봐도 알 수 있었다. 하지
만 우횡은 무슨 실수를 했는지 전혀 짐작하지 못했다.

"마교에서……."

우횡은 분위기가 묘해지자 말을 흐리며 뒤를 돌아봤다. 도
움을 받기 위해서였으나 두 사람은 딴청을 피우며 시선을 외
면했다.

"마교에서 뭐?"

여차하면 목숨이 위험해질 수 있는 순간이었다.

우횡의 머릿속이 갑자기 하얗게 변하더니 아무 생각도 나
질 않았다.

성질 급한 갈피독이 어느새 다가와 우횡의 목을 잡아당겼다.

"컥!"

"할 말이 뭐야?"

"정보를… 파, 팔려고… 왔습니다."

우횡은 머릿속이 텅 비어가는 것을 느끼면서도 끝까지 고집을 꺾지 않았다.

갈피독의 손이 스르르 풀렸다.

목숨을 걸고 이곳까지 와서 흰소리를 하진 않으리란 판단을 한 것이다.

"대가는?"

"황금……."

턱.

우횡의 말이 끝나기도 전에 금낭 하나가 바닥에 떨어졌다.

"필요한 만큼 가져가면 된다."

"일단 확인을……."

우횡 대신 함께 간 동료 중 한 명이 금낭을 열려 했다. 하지만 그는 금낭에 손을 대기 바로 직전에 행동을 멈춰야 했다. 그의 목에 막도 한 자루가 닿아 있었기 때문이다.

"아, 알았습니다. 때로는 신용이 현물보다 훌륭할 때가 종종 있지요. 헤헤헤."

금낭에서 손을 뗀 자는 식은땀을 흘리면서 우횡에게 말을 하라는 신호를 보냈다.

"마교에서 유령신보를 유인하기 위해 인질을 잡아놓고 있습니다."

"누군데?"

“그의 신원은 아직 밝혀지지 않았지만 유령신보와 연관이 있
는 자라고 합니다. 장소는 무안(武安) 백첨봉(白尖峰)입니다.”
“백첨봉?”
“예.”

무사히 곡주를 벗어난 세 사람은 숨이 턱까지 차올라도 누
구 한 사람 멈추자고 하는 사람이 없었다.
“형님들, 금낭을 풀어보지 않아도 괜찮나요?”
우횡은 두 사람을 바라보며 물었다.
그러자 그제야 두 사람도 숨을 몰아쉬며 멈추자는 신호를
보냈다.
“그, 금낭?”
“아까 낭왕이 준 금낭이요.”
“뭐? 너 정말… 후, 힘들다. 거기에 금덩이가 들어 있다고
여기는 것은 아니겠지?”
알 수 없는 대답에 우횡이 의아한 표정을 지었다.
금낭에 금덩이가 없으면 왜 정보를 넘겼느냐는 표정인 것
이다.
“하하하하.”
“킥킥킥. 우 제, 봐.”
한 사람이 금낭을 열었다.
“……!”

거기에는 동전 한 꾸러미가 들어 있었다.

"그럼 왜……."

"순진하기는. 우리 임무는 조건없이 정보를 건네는 거였어."

"처음부터요?"

"처음부터."

"왜죠?"

"그래야 낭왕이 유령신보를 찾아갈 테니까. 우리보다는 빠를 거 아냐?"

"아……."

그제야 우횡은 막조의 사기에 자신이 당했다는 것을 깨달은 얼굴이 됐다.

"너무 억울해하지 마. 유령신보를 만나는 것보다 낫다고 한 건 자네니까."

"……."

우횡은 반박도 못하고 가만히 있었다.

선택을 한 것은 자신이기 때문이다.

"대형은 가끔 보면 사람 같지 않을 때가 있어. 그러니 돈을 벌겠지만."

"우리가 대형을 따르는 이유이기도 하지. 킥킥."

두 사람의 깊은 공감대에서 우러나오는 웃음이 우횡을 사정없이 괴롭혔다. 소외됐다는 감정을 갖게 만든 것이다.

　　　　　*　　　　　*　　　　　*

　무안 비달산 백첨봉.

　수많은 봉우리들 속에 유난히 뾰족하게 솟은 하얀 봉우리가 백첨봉이었다.

　등천화는 도약을 위해 한 번씩 땅에 떨어질 법도 한데 높낮이의 변화 없는 상태로 땅과 수평이 되어 나는 것처럼 달렸다.

　"허!"

　등천화가 지나간 자리에 모습을 드러낸 문대성이 탄성을 내뱉으며 잠시 멈춰 섰다.

　전력을 다해도 등천화와 나란히 움직일 수 없기에 방향만 가늠하며 따라가고 있었다.

　만저유에 관한 얘기를 알게 된 것은 며칠 전이었다.

　갑자기 갈피독이 전해주라고 했다며 웬 낭인 한 명이 서찰을 전하고 갔다. 서찰에는 만저유가 마교에 잡혀 있으니 빨리 무안 백첨봉으로 가보라는 내용이었다.

　문대성은 곧장 서찰에 적혀 있는 장소로 달려갔고, 그곳에서 등천화를 만난 것이다.

　만저유가 봉공이 되기로 하긴 했지만, 싸움 중에 사라져서 인질이 된 것을 제외하면 그가 한 일은 없었다.

모른 척해도 그만이었다.

그러나 등천화는 문대성의 얘기가 끝나자마자 머물던 곳을 정리하고 떠날 채비를 했다.

그 모습에 문대성이 오히려 말렸다.

서두르지 말고 좀 더 알아본 후에 움직이자.

등천화의 대답은 간단했다.

"엄… 만 봉공이 위험하다고 하지 않았나요?"

왜 말리는지 모르겠다는 어리둥절한 표정이라니.

문주가 봉공을 구하러 가는 것은 당연한 것이다.

"후후후."

그냥 웃음이 나왔다.

시선을 들어 전방을 바라봤다. 한참 전에 봤던 백첨봉의 크기가 전혀 커지지 않았다. 아직도 멀었다는 뜻이었다.

'적을 상대하려면 적을 먼저 알아야 한다. 이번에 마교와 잠마, 그리고 천추성에 관해서 모두 파악을 해야 한다. 초문의 식솔들에겐 미안하지만 그렇게 하지 않으면 문주님께서 너무 위험해.'

문대성은 초문을 나오면서 어린아이를 제외한 나머지 식솔들을 모두 강호로 내보냈다. 이번 일만 무사히 넘어갈 수 있다면 초문의 정보는 큰 힘이 될 것이다.

콰쾅!

"헛! 뭐지? 문주님!"

등천화는 갑자기 나타난 검은인영들의 공격에 달리던 속
도를 급하게 멈추며 음보로 땅을 짚고서 방향을 옆으로 비틀
었다.

쾅음이 터지고 검은인영들의 공격이 이어졌다.

긴 막대와 같은 무기가 양쪽에서 다가왔다.

쉬악—

자보를 펼쳐 두 사람의 공격범위에서 멀찌감치 물러서며
음자삼차파를 날리려 했다.

"어?"

등천화는 발을 뻗으려다가 고개를 돌려 등 뒤를 돌아봤다.
그 순간, 공간을 비명 지르게 만드는 갈고리가 눈앞에서 번뜩
였다.

화웃.

등천화는 오른쪽으로 돌아가던 몸을 재빨리 왼쪽을 기울
여 회전시켰다.

핏.

"……!"

끈적끈적한 느낌이 볼로 흘러내렸다.

등천화는 공격한 자를 확인하지도 못하고 피를 닦아야 했
다. 상대의 길을 전혀 느낄 수가 없었다.

그때였다.

“묵조수(默爪手)를 피하다니.”

억양없는 음성.

등천화가 목소리의 주인을 확인하기 위해 고개를 돌리려 할 때였다. 준비하고 있던 흑포인 둘이 공격해 왔다.

콰욱―

두 흑포인은 빨랐다.

하지만 등천화를 잡기엔 무리였다.

“헛!”

“이럴 수가!”

두 흑포인은 분명히 자신들의 공격에 죽었어야 할 등천화가 잔영만 남기고 사라지자 헛바람을 삼키며 주위를 둘러봤다.

“휴, 겨우 피했네.”

“……!”

“……!”

두 흑포인이 동시에 등천화의 음성을 쫓아 고개를 돌렸다.

등천화가 멀쩡하니 코를 매만지고 있었다.

“좋아하긴 아직 이르다.”

흑포인은 경고를 한 후 등천화의 뺨에 상처를 낸 자의 옆으로 섰다.

“아까는 갑작스러워서 당했지만, 이젠 어림없어요. 그전에 한 가지만 물을게요.”

등천화는 뺨에 상처를 낸 자에게 말을 건넸다.

그러나 그는 말을 받아줄 생각이 없는 듯했다.

지면을 타고 날아오는 흑포인의 공격으로 대화는 무의해졌다.

스슷.

등천화의 다리를 노리는 그와 손잡이 달린 칼날을 날리는 두 명이 양쪽에서 덮쳐 왔다.

'이 사람들을 피하는 건 어렵지 않은데… 그다음이 더 문제네.'

바람의 길을 밟으면 셋의 공격을 피하는 건 어렵지 않았다. 문제는 이들을 보내주면 다음 공격은 셋이 아니라 여섯이 된다는 것이다.

막아야 했다.

등천화의 발이 빠르게 움직이며 먼지를 일으켰다.

과웅—

주위를 울리는 진동음이 잠시 끊겼다가 이어졌다.

쿠콰앙!

"끄음."

거친 폭음을 뚫고 신음 소리가 흘러나왔다.

구루마존은 나무 위에 서서 등천화와 육중천마의 싸움을 지켜보고 있었다.

혈사자는 무슨 생각인지 한 번 나서고는 아직까지 침묵을 지키고 있었다. 물론 그가 나서지 않아도 나머지 다섯 명의 합공은 대단함은 인정할 만했다, 적어도 등천화가 음자삼차파를 펼치기 전까지는.

"저, 저놈… 대단하구나! 저들 셋의 합공은 오마제나 칠천마와 맞먹는 힘이라고 해도 과언이 아니거늘."

그는 이곳까지 달려오면서 육중천마들과 자신의 격차를 뼈저리게 실감했다.

"구중뢰옥주의 사부라는 말을 허투루 들은 것이 실수였어. 저들을 누가 감옥에서 평생토록 썩은 육신들이라고 할까. 이제 곧 그 수법을 쓸 것이다. 그럼 유령신보란 저 애송이는 죽음을 벗어나지 못하게 된다."

이곳으로 오면서 육중천마들은 단 한 번 그에게 위협을 가했다. 그 한 번으로 저들 앞에서 비루먹은 강아지처럼 낑낑대야 하는 수모를 겪어야 했다.

구루마존의 손가락 하나 꼼짝할 수 없게 만든 그 수법이 나오려 하고 있었다.

"옭아매라!"
혈사자는 처음으로 명령을 내렸다.
세 명의 아우를 물러서게 한 것을 인정한 것이다.
사사삭.
혈사자를 제외한 다섯 명의 흑포인이 구성 중 오성의 위치에 자리를 잡았다.

“엄……”

자리를 잡기 전에 움직였어야 했다.

혈사자의 정체가 궁금해서 자꾸 신경이 쓰였다.

'나를 막는 걸 보면 마교와 한패인 것 같은데… 전혀 다른 길을 갖고 있어서 헷갈리네……'

등천화가 고개를 갸웃거릴 이유는 충분했다.

여섯 명 모두 몸을 감싸고 있는 길들이 마교의 고수들과 완전히 달랐다. 혈사자의 공격을 느끼지 못한 데에는 이유가 있었던 것이다.

슈와와—

다섯 명이 뿜어내는 길이 서로 얽히기 시작했다.

혈사자는 뒤쪽에서 등천화를 지켜봤다.

'방어를 포기한 건가?'

그가 보기엔 그렇게 보였다. 하나 조금 전에 보여주었던 신기를 떠올리면 아직 안심할 수는 없었다.

등천화만 죽이면 자신들의 임무는 끝이었다.

그들에게 명령을 내린 자는 두 가지를 약속했다.

구중천마의 모든 것을 가져간 어범지를 직접 처단할 수 있는 권리와 구중뢰를 나올 수 있는 자유를 주겠다고 했다.

그런 것 따위 전부 필요없었다.

오로지 어범지만 만나게 해주면 됐다. 그래야 그 개자식의 목을 반으로 자를 수 있을 테니까.

"끝내라."

혈사자의 허락이 떨어지자 다섯이 일제히 등천화를 향해 연거푸 장력을 떨쳤다.

콰콰콰!

한 사람이 연속해서 네 개씩, 모두 스무 개의 기운이 유형화되어 등천화를 향해 날아갔다.

등천화는 장력들이 다가오기도 전에 터질 것 같은 압력을 느꼈다.

"이익!"

억지로 몸을 비틀었다.

펑!

가까스로 비튼 등천화의 몸에 열한 번의 충격이 고스란히 전해졌다. 그것도 거의 동시에 맞아서 쓰러지지도 못했다.

"흐억!"

"그 정도의 공격도 막지 못하면 끝이겠군."

혈사자의 얼굴은 흑포에 가려 보이지 않았지만 실망한 것처럼 느껴졌다.

그가 볼 때 등천화는 어범지와 비교해도 한참 모자란 녀석이었다. 저런 녀석을 죽이기 위해 구중천마 전원이 투여됐다니 어이가 없을 지경이었다.

"끝… 음?"

껄끄러운 목소리가 계속되려는 찰나.

혈사자의 눈에 이상한 광경이 들어왔다.

공격을 성공시킨 다섯 아우의 낯빛이 썩 좋지 않았던 것이다.

번뜩!

혈사자의 시선이 재빨리 등천화를 향했다.

정신을 잃거나 괴로움에 몸부림 쳐야 하는 등천화가 말짱한 상태로 서서 그를 쳐다보고 있었다.

'저놈 아직도 발을 움직이고 있다.'

등천화를 처음 봤을 때부터 저것이 신경을 거슬리게 만들었다. 묵조수를 피할 때도 발은 계속해서 움직이고 있었다.

'언제든 몸을 움직일 수 있게 만든 거라고?

"아… 음… 그게… 그럼……."

등천화는 들리지 않게 뭐라고 계속해서 중얼거렸다.

혈사자는 어처구니가 없었다.

어떻게 반격도 하지 않고 스무 개의 장력을 해소시킬 수 있단 말인가?

의문은 말도 안 되는 생각을 하게 만들었다. 등천화가 조금 전의 공격을 피할 수 있었음에도 일부러 맞아준 것일지 모른다는.

그러나 이내 혈사자의 고개가 가로저어졌다.

"끝내라!"

운이 계속 따라줄 리 없었다.

그러나 그것은 운이 아니었다.

그의 예상대로 등천화가 일부러 맞아준 것이다.

혈사자의 명령이 떨어지고, 잠시 주위에 죽음과 같은 침묵이 흘렀다.

팽팽한 긴장감이 장내에 감돌았다.

한동안 석상처럼 미동도 않던 다섯 명이 다시 손을 움직였다.

똑같은 공격을 펼치려는 것 같았다.

등천화는 고개를 가로저었다.

"이제 그만 해도 되지 않나요? 저곳에 제 도움을 기다리는 분이 있어서 가야 해요."

"인질을 구하러 말이냐?"

혈사자가 예의 억양없는 목소리로 반문했다.

"어? 알고 계세요? 그럼 마교에 속한 분들인가요?"

"그들의 부탁을 들어주기로 했다."

"마교가 아니면 그만 손을 거두세요. 다치게 하고 싶지 않아요."

등천화는 혈사자 등을 다치게 하고 싶지 않다고 했다. 너무 뻔뻔하게 말하는 바람에 혈사자는 자신의 귀를 의심했다.

"지금 우리가 다친다고 했느냐?"

혈사자의 몸에서 가공스러운 무형의 살기가 뿜어져 나왔다.

"이럴 시간이 없는데……."

등천화는 멀리 뾰족이 솟아 있는 백첨봉을 바라봤다.

이들 여섯 명은 말처럼 쉬운 상대들은 아니었다.

무슨 이유에서였을까?

수많은 봉우리에 둘러싸인 백첨봉의 모습이 유독 눈을 파고들었다.

'참으로 고고하구나. 저 위에 서면 뭐가 보일까?'

만저유는 인질로 붙잡혀 있고, 눈앞에는 언제 공격해 올지 모르는 적들이 살기를 벼르고 있는 상황이었다.

이런 생각을 할 때가 아니었다.

"어려서 건방질 수 있다. 하지만 내가 있는 곳에서 한눈파는 행위는 용납될 수 없다."

혈사자는 다섯 흑포인에게 다가갔다.

파르락.

펄럭이는 흑포만 봐도 그가 등천화에게 얼마나 분노하고 있는지 여실히 드러났다.

등천화가 멍하니 다른 생각에 몰입되어 있을 때, 혈사자의 묵조수가 출수되는 것과 동시에 다섯 명의 흑포인 역시 손을 썼다.

츠르르르―

묵조수의 뒤를 이어 스무 개의 장력이 이전보다 더욱 선명한 형태를 띠며 등천화에게 향했다.

묵조수는 혈사자를 구중뢰의 신으로 만들어준 무공이다. 어둠만이 존재하는 구중뢰 안에서도 묵조수만은 누구나 알아볼 수 있었다.

그 자체로 빛을 뿜어내는 신기.

음(陰)의 기운이 외부로 나오며 생성되는 마찰에 의해 강기가 여러 가닥으로 변하는 무공이었다.

빛에 의해 위력이 드러나는데, 묵빛은 가장 낮은 단계의 묵조수이고 색이 사라지는 정도에 따라 위력을 더해가게 된다.

지금 등천화를 향한 묵조수는 빛이 나지 않았다.

혈사자의 묵빛 손만이 허공을 메우고 있었다.

시간차를 두고 뒤를 잇는 장력들.

이 또한 범상한 위력이 아니었다.

수십 개의 별이 암흑을 뚫고 땅으로 쏟아진다는 표현이 어울릴 정도로 아름답고도 장엄했다.

빛이 사라진 공간에 숨은 빛 덩어리가 춤을 춘다.

오성만마도해결(五星萬魔圖解訣).

구중천마 전원이 펼쳐야 진정한 위력이 나오는 구성만마도해결이었으나 혈사자가 있기에 문제가 되질 않았다.

이들 중 어느 한 사람도 무시할 수 없는 초절정의 위력을 지니고 있었다. 그것을 여섯 명이 동시에 펼친 것이다.

쾅!

폭음이 차분했다. 아니, 폭음과 무관하게 장력과 부딪치는 등천화의 동작이 차분했다는 말이 옳았다.

한 번 본 색깔은 이리저리 뒤섞여도 본래 색을 지니고 있게 된다. 등천화는 장력들이 어디를 때리고 싶어하는지 모두 느낄 수 있었다.

쾅!

두 번째 장력을 음자삼차파로 지그시 눌렀다.

아직도 밀려드는 장력이 많이 남았다. 특히, 혈사자의 빛이 사라진 공격은 정면에서 막기엔 너무 날카로웠다.

"합!"

등천화의 기합과 함께 신형이 하늘로 솟구쳤다.

슈우욱.

"……!"

혈사자의 고개가 들려지며 하마터면 흑포가 벗겨질 뻔했다.

허공으로 솟구친 등천화는 아래쪽을 내려다봤다.

수십 개는 족히 될 것 같은 길들이 서로 엇갈리기 바로 직전이었다.

시간이 없었다.

이 긴장감.

칠천마나 잠마도존 등을 상대하면서 느꼈던 것과는 또 달랐다. 무공에 절대는 없었다. 어떠한 무공이든 상대적인 것이기 때문이다.

백첨봉을 바라보며 얻었던 심상은 간단했다.

슈슉.

솟구쳤던 신형을 땅을 향해 내린 것밖엔 없었다.

그러나 그 모습은 마치 백첨봉이 허공에 떠올랐다 내려앉는 것 같은 위압감을 지니고 있었다.

'이, 이런 말도 안 되는 일이…….'

혈사자는 구중뢰에 갇힌 이후부터 지금까지 딱 한 번 평정을 잃었다. 제자인 어범지가 사부들을 농락하고 마교에 붙었을 때였다. 지금은 그때보다 더 심했다.

등천화가 그를 비롯해 다섯 명의 일시에 뿜어낸 기운을 단번에 뿌리친 것만 해도 놀랄 일인데, 그것을 오히려 내리누르고 있었다.

뜨드드드등!

다섯 명의 구중천마는 손을 거두기엔 늦었다는 것을 본능적으로 알고서 등천화와 함께 죽는 쪽을 택했다. 하지만 그 방법이 통하기엔 너무 늦은 후였다.

등천화의 발이 쉴 새 없이 허공을 밟으며 아홉 가지의 보법을 통해 힘을 아래로 쏟아내고 있기 때문이다.

아래쪽 다섯 명은 팔을 올리기도 힘든 빡빡한 기운으로 인해 혈맥이 툭툭 불거지고 있었다.

푸하악—!

다섯 명의 입에서 일제히 피가 쏟아졌다.

“크헉!”

“웩!”

등천화의 공격은 단순했지만 그들은 어떻게 해볼 수가 없었다. 흑포 아래로 흐르는 그들의 피가 땅을 붉게 물들였다.

아직 한 사람이 남아 있었다.

“멈춰!”

혈사자는 전력을 다해 묵조수를 뻗었다.

콰콰콰!

허공에 떠 있는 등천화의 주위에서 폭음이 터졌으나, 거기까지가 한계였다. 손목의 충격도 잊고 혈사자는 포기하지 않고 계속해서 손을 썼다.

콰콰콰!

“어?”

내려오던 등천화의 신형이 주춤한 것은 그때였다.

그러나 혈사자의 묵조수는 아직 그치지 않았다. 등천화의 상태가 어떤지도 모르고 무작정 손을 쓰고 있는 것이다.

“크아아아아!”

혈사자의 입에서 포효가 터졌다.

쾅!

“……!”

등천화의 예상을 뛰어넘는 힘이었다.

이천마의 공격을 막기 위해 바람의 응집체를 만들었을 때와 비슷했다.

모든 힘을 쏟아내기 위해 양손에 기를 집중시키는 혈사자의 길이 보였다.

'모으자.'

백첨봉의 모습에서 얻은 심상은 바쁘게 발을 움직이지 않아도 마치 이미 지니고 있었던 것처럼 수많은 길을 쏟아냈다.

스스슷.

혈사자의 손과 등천화가 만들어낸 바람의 응집체가 서로 부딪쳤다. 아니, 부딪침과 동시에 떨어졌다.

쾅!

"컥!"

혈사자는 거칠게 바닥에 내동댕이쳐졌다.

그가 쉴 새 없이 기침을 하며 억지로 일어섰을 때는 어깨와 복부 전체가 붉게 물들어 있었다.

"으으으……."

제멋대로 비틀려진 손을 뻗어 등천화를 가리키며 기이한 신음을 흘렸다.

"할 말이 있나요?"

"이, 이게 무슨… 으윽……."

"백첨봉… 을 보고 떠올린 거예요."

등천화는 비웃음도 아니고 동정심도 아닌 웃음을 지었다. 그를 상대하며 얻게 된 심상으로 만든 길이기 때문이다.

"백첨… 큭… 그렇… 단순하게… 커흑. 나, 혈사자… 제자 어… 범… 지… 노, 놈을… 납작하게… 죽여… 야, 약속… 커헉!"

혈사자는 제자 어범지의 조잡한 얼굴을 떠올리며 그대로 바닥에 몸을 떨어뜨렸다.

쿵!

"……."

등천화의 시선은 그를 향해 있지 않았다.

그를 통해 얻은 백첨봉의 심상과 그 심상이 표출된 길에 의해 쓰러지는 혈사자의 모습이 묘하게 겹쳐졌기 때문이다. 마치 그 모든 것이 하나로 연관되어 있는 것처럼.

바람의 응집체를 좁은 구멍을 통해 쏘아내는 것과 아홉 가지 보법을 이용해 만든 무거움을 하나로 만들 수 있다면?

두 가지의 연결고리가 떠오르려 했다.

그때였다.

"문주님!"

퍼뜩.

등천화가 막 자신만의 세계로 빠져들려는 순간, 문대성의 목소리가 그 모든 것을 깨뜨리고 말았다.

"엄… 뭐지? 내가 뭘 생각하려고 했던 거지?"

등천화는 문대성을 돌아보면서 방금 전에 떠올렸던 심상을 놓치지 않으려 했으나, 한 번 지나간 심상은 다시 돌아오지 않았다.

"이들을 전부… 문주님께서……?"

문대성은 살아 있는 사람이 등천화밖에 없는 것을 보고 있으면서도 질문을 던졌다.

등천화는 인정도 부정도 하지 않고 웃기만 했다.

이들의 길을 차신이 끊었다는 것이 제대로 실감나지 않은 까닭이다.

'엄… 아쉽다. 뭔가 큰 걸 잃은 것 같아.'

백첨봉을 돌아봤다.

그 위용은 여전했다.

문대성으로 인해 깨진 순간은 돌아오지 않을지 모르지만, 백첨봉을 떠올리면 언제든 바람의 응집체를 무겁게 펼칠 수는 있을 것 같았다.

그것이면 된 것이다.

"서두르죠, 문 봉공."

"예? 예……."

사실 문대성도 하고 싶은 말이 있었다.

그를 막고 있던 구루마존이 갑자기 줄행랑을 놓아서 무슨 영문인지 알 수가 없었는데, 이곳을 보니 어느 정도 짐작이 갔다.

등천화가 상대한 여섯 명의 흑포인을 둘러봤다.

어느 한 사람도 멀쩡하게 죽은 자가 없었다.

다가가 한 사람의 흑포를 벗겼다.

“헉!”

문대성은 급히 물러섰다.

흑포 안의 모습은 인간의 그것이 아니었다.

등천화와 문대성이 사라진 자리.

키는 약간 작지만 미남자로 불리기에 전혀 손색이 없는 자가 나타났다.

“우헤. 대사부, 죽었어?”

얼굴과 전혀 맞지 않는 목소리가 미남자의 입에서 흘러나왔다.

“예쁜이가 있다고 해서 왔는데 썩은 몸뚱이들까지 얻게 됐네? 우헤. 그러게 잘하지 그랬어. 예쁜이에게 얘기 다 들었어. 나를 만나게 해달라고? 왜, 죽이고 싶었나 보지? 나는 늙은이들을 전혀 죽이고 싶지 않은데. 봐, 지금도 늙은이들을 살리려고 영약까지 가져왔잖아.”

미남자의 손에 들린 병에서 환단이 부딪치는 소리가 들렸다. 그것을 꺼내 한 알씩 이미 시체가 된 구중천마 여섯의 입에 넣었다.

“다시 살게 해줄 테니까 너무 미워하지들 말라구. 우헤, 우헤헤헤.”

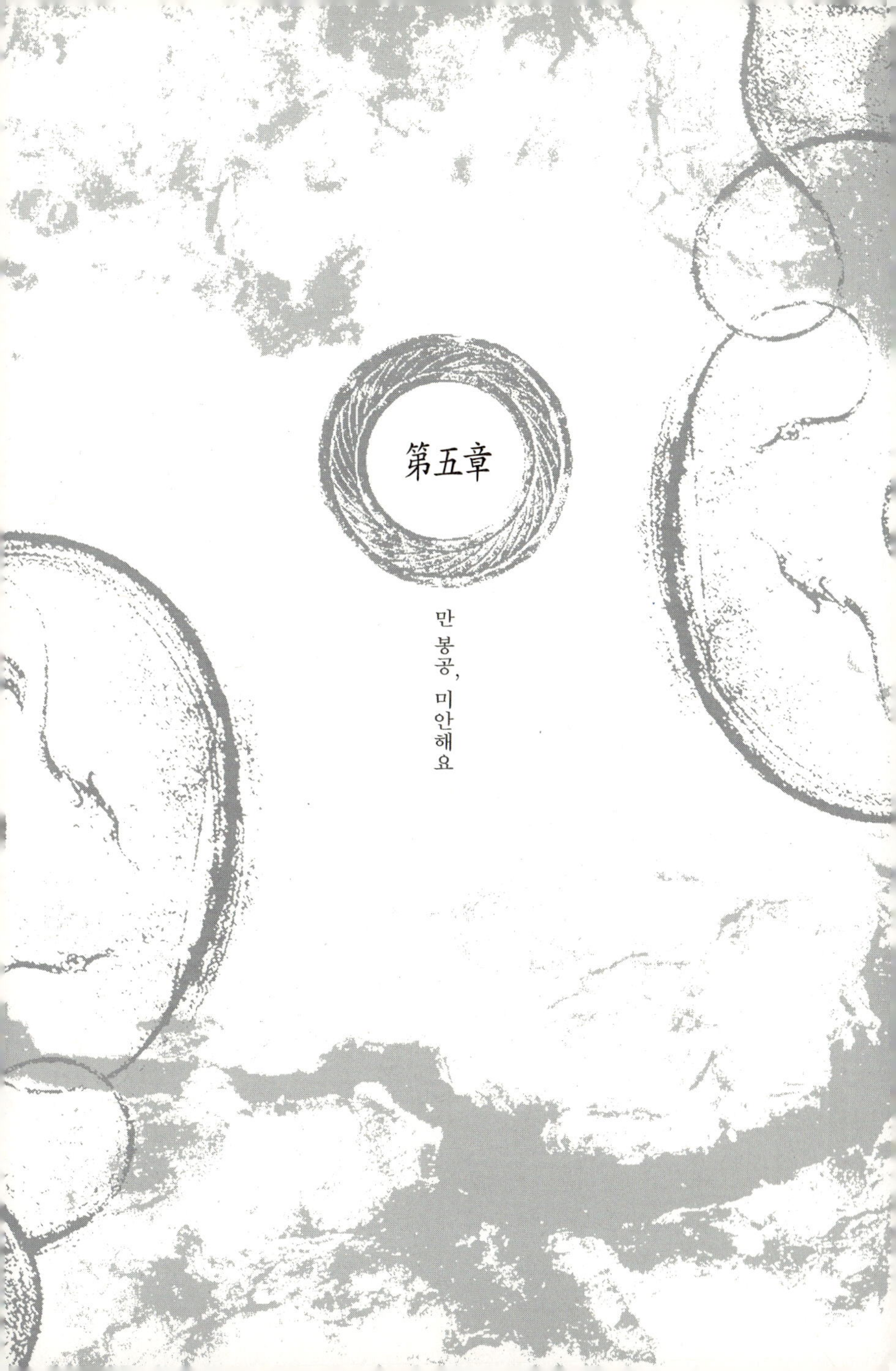

第五章

만 봉공, 미안해요

삐익— 삐익—

두 번의 호각 소리가 백첨봉 정상을 향했다.

"정말 실패했군."

보통 사람보다 머리 하나는 더 큰 노인의 거대한 체구와는 어울리지 않는 얇고 가는 목소리가 튀어나왔다.

칠천마 서열 삼위인 삼천마 중패가 바로 노인이었다.

그의 시선이 봉우리를 거쳐 아래쪽을 훑었다.

천험의 요지를 이용하기 위해 엄청난 비용을 들여 만든 지부였다.

총 오십여 가지의 기관진식이 매복되어 있고, 백마 못지않은 실력을 갖춘 고수들도 다수 있었다.

"우습군. 천하의 풍마께서 겨우 애송이 하나를 신경 쓸 줄이야. 구중천마를 제압한 걸 보면 실력은 있는 것 같지만 이 몸은 기본적으로 죄수 따위들과는 다르지. 크홍홍."

거대한 체구에서 흘러나오는 소름 끼치도록 얇은 음성으로 인해 벽에 금이 갔다.

찌직.

"자기가 못했다고 나도 못하는 줄 알면 곤란하지. 언제까지 이천마로 불릴 수 있을까? 크홍홍. 조심하라고? 방심하다 실수한 모양이지? 그리고 죄수들에게 이름을 붙여주다니, 죄수는 사람이 아니야."

등천화는 만만히 볼 자가 아니라는 풍마의 얘기가 그의 머릿속에서 사라지는 순간이었다.

무안 지부장 편목은 구중천마들이 유령신보를 죽였으면 세 번, 실패했으면 두 번 호각을 불라고 명령을 내려놓았다.

"실패한 것 같습니다."

"그래, 돌아가서 다음 지시를 전달해라. 호호호."

채운하는 의외라는 듯이 웃었다.

'구중천마가 모두 죽은 건가? 유령신보, 대단한걸. 이천마가 멀쩡하게 돌려보냈다고 했을 때 이상하다고는 생각했지만 말이야.'

편목이 인사를 하고 가든 말든 채운하는 신경 쓰지 않고 만저유가 갇혀 있는 곳으로 내려갔다.

구중천마의 능력에 대해 그녀는 어범지를 통해 모두 들었다. 그들 개개인의 능력이 어느 정도인지, 왜 그렇게 그들을 두려워하는지도.

그렇기에 지금의 결과는 더욱 의외였다.

밀실로 들어선 채운하의 눈에 손발이 묶인 채 거꾸로 매달려 있는 만저유가 들어왔다.

천외신마를 비롯해 백마전의 고위급 백마가 넘겨달라고 몇 번을 요구했으나 모두 거절하고 직접 유령신보를 잡겠다며 나왔다.

물론 풀어주지 않은 가장 중요한 이유는 만저유가 봐서는 안 될 것을 봤기 때문이다.

"읍읍읍……."

재갈을 물려놓아 말을 할 수 없는 만저유가 욕을 하고 싶은지 눈을 부라리며 채운하를 향해 몸부림을 쳤다.

"네 주군… 참, 문주라고 했지? 유령신보가 너를 구하러 이곳까지 왔다네? 아아, 그렇다고 기대는 하지 말고. 어차피 죽을 테니까. 호호호."

채운하의 웃음이 만저유의 귀를 파고들었다.

'나, 나를 구하러 문주가 왔다고?'

만저유는 꿈틀거리던 행동을 멈추며 눈을 부릅떴다.

오지랖도 넓은 작자였다.

해준 것도 없는데 왜 이곳으로 온단 말인가?

받는 것에 익숙하지 않은 사람답게 만저유는 속에서 불이 치솟았다.

“읍읍읍!”

동료라고는 한 번도 가져 본 적도 없는 그였다.

그에게 당연한 것만이 당연해야 하는 아주 외로운 사람인 것이다.

그 모습을 채운하는 기뻐하는 모습으로 본 모양이다.

“너무 좋아할 필요 없어. 할 말이 많아도 말을 할 수 없게 될 테니까.”

“……?”

만저유의 몸부림이 거짓말처럼 멈췄다.

그를 향해 다가오는 사람의 손에 낯선 물건이 쥐어져 있었다. 주둥이가 넓적한 집게처럼 생긴 물건. 그것이 만저유의 재갈이 물려 있던 입속으로 들어갔다.

“아, 안… 끄아아악……!”

*　　　*　　　*

둥천화가 달려가는 방향의 반대쪽.

일단의 무리가 조용히 백첨봉을 오르고 있었다.

소매를 없앤 간편한 복장들이었다.

그들은 벽에 등을 댄 채 봉우리를 돌아 마교의 무리들에게 접근했다.

"협!"

명령을 기다리던 마인이 발버둥 치다가 축 늘어졌다.

초승달처럼 휘어진 도가 그의 목을 지나 다른 자의 목을 긋고는 또 다른 목을 찾아 움직였다. 하지만 이곳에 있는 마인들은 녹록치 않은 자들이었다.

작은 소음에 고개를 돌리고 있었다.

그들은 백마와 비교해도 그리 떨어지지 않는 실력의 소유자들이었다. 모두 스무 명. 삼천마 중패의 명령만 기다리고 있었다.

"저들이 누군지 아느냐?"

"옷차림이… 낭인들로 보입니다."

"낭인?"

그때였다. 푸른 검광이 번뜩이는 것 같더니 어느새 그의 목을 향해 날아왔다.

스각―

"큽!"

엉겁결에 막기는 했지만 푸른 검광은 그가 어찌해 볼 수 있는 위력이 아니었다.

푸학.

그의 뻥 뚫린 복부와 함께 정적이 흘렀다.

"낭왕이다!"

마교의 무리들 중 한 명이 갈피독을 알아보고 소리쳤으나, 그가 할 수 있는 건 그것뿐이었다.

"비켜!"

중패가 데려온 스무 명 중 한 명이 몸을 날렸다.

낭왕 정도면 그에게 공을 안겨주기에 충분한 이름이었다. 그의 검이 갈피독의 여의마검과 부딪치기 전까지는 분명히 그랬다.

서격.

"……!"

여의마검의 푸른 섬광이 그의 검과 목을 한꺼번에 자르고 지나갔다.

등천화는 봉우리를 오르다 말고 중턱에서 번쩍이는 빛을 보고 반가운 표정을 지었다. 그 빛의 주인이 누군지 단번에 알 수 있었기 때문이다.

"어? 갈 봉공이 와 있네?"

반가운 마음보다 등천화를 반긴 것은 수십 개의 살기를 담은 예기였다.

콰콰— 콰콰콰!

등천화의 자리에 폭음과 함께 구멍이 생겼다.

그러나 등천화는 이미 그곳에 없었다.

쏟아지는 공격을 유유히 피하며 전진하고 있었다.

가볍게 땅을 밟았다가 음보로 발을 튕겨내는 것만으로 쉽게 피했다. 이들의 공격은 혈사자 등에 비하면 느리고 무뎠다.

피할 곳 없이 빽빽하게 공격을 가한 십여 명의 마인은 그런 등천화의 모습에 충격을 받았지만, 곧바로 반격이 이어지지 않자 눈빛이 금방 달라졌다.

"피하는 재주는 대단하지만 공격은 할 줄 모르는구나! 언제까지 피하는지 한번 보자!"

좀 전보다 더욱 기세가 커졌다.

마인 한 명의 외침은 금방 전염되어 나머지 마인들의 두려움을 깨뜨려 주었다.

등천화는 공격할 줄 모르니 마음껏 공격하자!

십여 명은 산개하며 다시 한 번 등천화를 향해 총공격을 퍼붓기 시작했다. 벌 떼와 같은 암기를 쏟아냈고, 검강을 만들어 날렸으며, 거대한 장력을 마구 쏘아댔다.

쏴쏴― 콰긍― 쩌정!

한 사람을 상대로 백마에 필적하는 실력을 가진 십여 명이 일제히 손을 쓰는 모습은 가히 장관이 아닐 수 없었다.

십여 명의 얼굴에 웃음이 피어났다.

등천화의 죽음을 믿어 의심치 않는 표정들이었다.

그러나 검을 사용하는 고수에겐 일검이 전부이며 권을 사용하는 고수에겐 일권이 전부이듯, 보법의 고수에겐 한순간이 전부였다.

아직 등천화가 움직이지 않고 있다는 것을 이들은 모르고 있었다.

팟.

무표정하던 등천화가 순식간에 그들의 시야에서 사라지고서 다시 나타난 곳은 그들 중 그나마 가장 가까운 곳에 있던 마인의 바로 앞이었다.

"흑!"

빠강.

마인의 얼굴에 등천화의 발자국이 찍혔다.

쫘극.

펑펑펑!

연속해서 십여 번이나 눈 깜짝할 사이에 움직인 등천화는 땅에 내려서면서 발을 놀렸다.

콰콰콰콰콰!

움직이면서 압축시킨 바람의 응집체를 그들의 공격과 정면으로 부딪치게 만들었다.

먼지와 짓이겨진 공간과 사물의 부서짐이 한데 어우러져 한 치 앞을 볼 수 없게 만들었다.

푸스스스—

십여 명의 마인이 어떻게 됐는지는 중요하지 않았다. 직접적인 타격 이후에 바람의 응집체를 십여 개로 쪼개서 쏘았으니 멀쩡한 사람이 있을 리 없었다.

먼지가 가라앉은 장내.

"이럴 수가……."

마인들의 부하 중 한 명이 신음을 내뱉었다.

진흙 위를 뱀 십여 마리가 일제히 사방으로 움직인 것과 같은 형상이 등천화를 중심으로 그려져 있었다.

멀쩡한 공간이 하나도 없었다.

유일하게 등천화만이 멀쩡한 모습으로 주위보다 약간 높은 땅 위에 서 있었다.

"도, 도대체 이런 신위라는 건……."

뒤늦게 도착한 문대성은 사방을 둘러보며 혀를 내둘렀다. 조금 전의 격돌을 직접 보지 못했음에도 어느 정도였을지 저절로 짐작이 갔다.

"빨리 만 봉공을 구해야 해요. 저 위까지 올라가려면 얼마나 많은 길을 끊어야 할지 모르지만, 뿌리를 끊기 전에는 어쩔 수 없는 거겠죠?"

등천화는 문대성에게 묻고 있으나, 질문은 아니었다.

그렇게 하겠다는 의지의 표현이었다.

"문주님, 지금 그 말씀이 무엇을 뜻하는지 알고 계십니까?"

“잠마라는 사람을 만나야겠어요. 마교주란 사람도.”

“만나서요?”

“서문 소저와 같은 사람이 생기지 않도록 해야죠. 자꾸만 그때 일이 생각나 마음이 아파요.”

“대협의 길을 가시겠다는 말씀이십니까?”

“대협… 엄… 하고 싶은 걸 하면 대협인가요?”

“예? 그, 그건 아니지만 모두를 위해서 자신을 희생하는 정신이야말로 대협의 마음이지요.”

“엄… 그런 건 몰라요. 한 사람의 길이 끊어지면 많은 사람들이 슬퍼한다는 걸 그들에게 알려주고 싶을 뿐이에요.”

‘그렇게 되려면 문주님의 능력이 무소불위가 되어야 합니다.’

문대성은 차마 말을 할 수 없었다.

“잘못된 건 아니잖아요.”

“그럼요. 옳은 일을 하시는 겁니다.”

문대성의 대답에 등천화는 신형을 돌려 세웠다.

“길이 안 보이면 못 끊지만, 보이면 끊을 수 있어요.”

“안 보이는 자를 만나면요?”

“한 분을 빼고는 다 봤어요. 길이 나오는 곳을 막으셨더라구요. 어떻게 하면 그럴 수 있는지 궁금했지만, 그걸 알려면 천추성으로 다시 돌아가야 해서 그만두었어요. 언제고 알게 되겠죠.”

등천화가 막 한 걸음 움직였을 때였다.

"네가 유령신보더냐?"

거대한 체구에 어울리지 않는 얇은 음성이 두 사람을 가로막았다.

"무기도 없이 저들을 뚫어버리다니. 너에 대한 평가를 조금은 높여볼까? 크흥흥."

이상하게 신경을 건드리는 목소리였다.

신경이 약한 사람이 들으면 벌써 달려들고도 남았을 것이다.

"엄… 그런 거 안 하면 안 되나요?"

"뭐?"

"문 봉공이 괴로워하니까 그만두세요. 주먹이나 쓰지……."

중패는 등천화의 말이 까불지 말라는 경고로 들렸다.

절로 잔인한 미소가 그의 입가를 감쌌다.

"크흥흥. 좋아, 감히 삼천마인 나를 대놓고 자극할 놈이 나타났단 말이지?"

"삼천마!"

문대성이 부르짖듯이 외쳤다.

초문으로 돌아가 제일 먼저 알아본 것이 마교의 전력에 대해서였다. 마교에서 가장 강한 고수들 중 오마제와 칠천마가 있다는 것은 강호에 몸담은 자라면 모를 수가 없었다.

중패의 산발한 머리카락 사이로 날카로운 살기가 발해졌다.

"너는 누구냐?"

"십보문의 봉공이오."

"십보문? 유령신보는 천추성의 개가 아니었던가?"

"허허. 당신이 마교의 개니까 다른 사람도 그렇게 보이시오?"

꿈틀.

중패의 양손이 부풀어 올랐다.

"죽⋯⋯."

"엄⋯ 흥분을 가라앉히세요. 얘길 들으니 삼천마라는 분인 것 같은데, 마교주와는 가까운 사이인가요?"

"큭."

등천화의 갑작스런 질문은 중패의 호흡을 끊으며 손쓸 순간을 놓치게 만들었다. 운용한 내공은 발출되어야 새로운 기운이 그 자리를 채우게 되는 것이다.

이런 식으로 출수하지 못하게 되면 내공은 고스란히 시전자의 몫이 되고 만다. 적을 앞에 둔 상황에서는 조금도 쓸모가 없는 짓이었다.

'이놈이 그런 고차원적인 수법을 썼단 말인가?'

중패의 의심을 없애주기라도 하려는지, 등천화는 아무것도 모른다는 얼굴을 하고 있었다.

"교주님은 네 입에 담을 분이 아니시다."

"모르세요?"

"모르는 것이 아니라… 오홍. 어린놈이 간악하구나. 하마터면 화를 낼 뻔했어. 크홍홍."

중패는 다급히 웃음을 터뜨렸다.

"엄… 모르는가 보네요. 어쩐다, 마교주를 만나야 하는데. 무작정 찾아 헤맬 수도 없고… 어쩔 수 없죠, 만 봉공부터 구해야지."

등천화의 말은 만저유를 구하는 것은 언제든지 가능하다는 식으로 들렸다.

"그 막돼먹은 자신감은 어디서 나오는 거지? 크홍."

중패는 코웃음을 쳤다.

칠천마 중 서열 삼위이며 성품으로 따지면 가장 잔혹한 사람이 그였다. 사용하는 무기는 강력한 거력이 살아 숨쉬는 오로지 양 주먹뿐. 힘만 놓고 보면 칠천마의 서열 일위도 장담하지 못하는 그였다.

하지만 대결이 힘만으로 되는 것도 아니고, 보법 위주의 무공을 사용하는 등천화가 그의 힘을 안 받아줄 수도 있는 문제였다.

그런 것들에 대해서 중패는 전혀 걱정하지 않는 것처럼 보였다. 감히 그의 공격을 누가 피하겠는가? 모든 것은 마음먹은 대로 될 것이다.

"네놈은 오늘 이 자리에서 죽는다. 크흥흥."

"에이, 항상 똑같네요."

"뭐?"

"풍마라는 분도 그런 말을 했거든요."

등천화는 뚱한 표정으로 상체를 이리저리 흔들며 담담하게 말했다.

"푸, 풍마? 이천마를 정말 만났느냐?"

중패는 깜짝 놀라 외쳤다.

"서로 대화를 나누지 않는 모양이죠? 두 분 모두 닮은 점이 있네요. 자신감 넘치는 모습은 보기 좋지만, 좀 심한감이 있어요."

'이놈, 정말로 이천마와 싸운 것 같다.'

풍마의 말이 사실이었던 것이다.

중패는 믿을 수가 없었다.

풍마라는 인간이 어떤 인간인데 살려줬단 말인가?

양손을 늘어뜨린 채 한 발을 앞으로 움직였다.

한 방이면 된다고 믿었다.

그 한 방이면 등천화의 얼굴을 납작하게 만들고 보이지 않을 곳으로까지 날아가게 만들 수 있다고 믿었다.

쿠— 왕.

그의 주먹은 보이지 않을 속도로 날아가 등천화의 얼굴을 가격했다. 물론, 중패의 눈에 그렇게 보였을 뿐이었다.

핏.

등천화가 사라진 자리에 중패의 주먹이 지나갔다.

“……!”

허공을 때렸다.

돌아서며 눈으로 먼저 등천화를 찾았고, 입으로는 위치를 알기 위해 질문을 했다.

“다람쥐같이 잘도 피하는구나.”

“그 말도 풍마라는 사람이 했어요.”

‘저쪽이다!’

중패의 신형이 돌아서며 다시 주먹을 뻗었다.

한 호흡에 백팔 번 주먹을 뻗을 수 있다고 해서 백팔번뇌마왕권이라고 불렸다.

“어림없는 소리! 이천마가 그런 말을 했을 리 없다. 나는 절대 방심하지 않아!”

음향은 그의 손이 지나간 후에 일어났다.

쿠콰콰콰콰콰!

폭포수 밑에라도 온 것 같은 착각이 일도록 과격한 음향이 끊임없이 이어졌다.

허공을 메우며 등천화에게 쏟아지길 무려 오십여 번이 지났을 때에야 처음으로 중패의 손에 묵직한 중량감이 전해졌다.

‘됐다!’

중패는 속으로 쾌재를 부르며 더욱 빨리 주먹을 뻗었다.

쾅!

또 묵직함이 전해졌다.

콰콰쾅!

연속된 폭음과 함께 중패의 신형이 조금씩 전진했다.

그럴 때마다 등천화는 뒤로 밀렸다. 덕분에 중패는 전혀 의심없이 자신의 승리를 확신하게 됐다.

어느새 그의 머릿속에는 등천화가 백마 못지않은 실력을 지닌 십여 명을 처리한 기억이 사라지고 없었다.

그토록 풍마가 주의를 주었건만, 중패는 자신도 모르게 방심을 하고 만 것이다.

"문주님을 저렇게 일방적으로 몰아붙이다니."

문대성은 마른침을 삼켰다.

긴장이 됐다. 등천화가 지금처럼 밀렸던 적이 없기 때문에 더욱 긴장이 됐다.

'응?

문대성의 눈에 등천화가 고개를 갸웃거리는 모습이 들어왔다. 무언가 마음에 들지 않을 때 짓는 표정이 뒤따랐다.

입술이 달싹이는 걸로 봐서는 무슨 말인가를 하고 있는 것 같은데, 들리지는 않았다.

'이상하네…….'

등천화는 아직도 그칠 줄 모르고 날아오는 중패의 주먹을 바라보고 있었다. 빠르고 정확한데다가 힘까지 갖춘 나무랄 데 없는 권이었다.

그러나 등천화에겐 그리 대단해 보이지 않았다.

피하는 것을 멈추고 음자삼차파를 날려 막아봤다.

구중천마 여섯 명을 상대할 때보다 막는 것이 손쉬웠다. 아니, 그 정도가 아니라 긴장감조차 느껴지지 않고 있었다.

등천화는 이런 기분을 어떻게 표현해야 할지 몰랐다.

빽빽하게 시야를 가린 중패의 권들은 일정한 길이 없이 뻗어 나오지만, 거기엔 순서가 있었다. 피할 방위조차 없어 보이지만, 실제로는 피할 방위를 찾지 못하게 가린 것에 불과한 것처럼.

쾅!

일부러 그런 것이 아니었다.

음자삼차파에 바람의 응집체를 넣어서 중패의 공격을 막았다. 뒤로 물러서긴 했지만 몸에 전해지는 충격은 거의 없었다.

"너 같은 애송이를 기다리는 놈이 불쌍하구나. 저 위쪽에 있는 놈을 살리려면 좀 더 힘을 내봐, 응? 크흥흥흥."

"……!"

등천화는 중패의 비꼬는 말에 눈이 번뜩 떠졌다.

심상을 떠올릴 때가 아니었다.

시선을 들어 백첨봉 정상을 올려다봤다.

만저유가 기다리고 있다는 것을 잊고 있었다.

"한눈팔 때가 아니라고… 헛!"

중패는 번뇌를 짊어진 자세로 몸을 회전시키다가 일순 모든 동작을 멈추었다.

등천화가 있어야 할 자리에 아무것도 없었다.

기를 개방해 등천화의 위치를 감지하려 했다.

상, 하, 좌, 우.

기척이 느껴지기만 하면 등천화는 죽은 목숨이었다.

그러나 등천화의 기억이 느껴질 리가 없었다. 허공 어디에도 바람의 길은 존재했다. 엇갈리는 바람의 길을 밟으며 움직이는 등천화는 바람, 그 자체였다.

백팔번뇌마왕권이 한순간에 백팔 번 주먹을 뻗을 수 있다고 해도 그것은 어디까지나 한정적인 것이다.

등천화의 보법은 한계를 넘어서는 중이었다. 그것은 한계를 지닌 사람에겐 공포스러울 수밖에 없었다. 지금처럼.

"꿀꺽."

중패의 초조한 마음이 소리로 들려왔다.

그때, 희뿌연 잔영이 한쪽에 모습을 드러냈다.

분명히 등천화였다.

바웅―

고막을 울리는 진동음이 일제히 등천화를 향해 뻗어갔다.
백팔번뇌마왕권의 정화라고 불리는 마왕출사로, 정해진 목표
를 향해 백팔 개의 주먹이 쫓아가는 형태로 펼쳐지는 무공이
었다.

쿠콰쾅!

여러 번 들려야 정상인 폭음이 단 세 번으로 그쳤다.

그리고 정적.

"후우……."

긴 한숨이 정적을 깨뜨렸다.

"문주님, 괜찮으십니까?"

"예. 빨리 만 봉공을 구하러 가요."

등천화가 코를 매만지며 발걸음을 뗐다.

문대성의 시선이 자연히 중패를 찾았다.

칠공에서 피를 뿜어내는 그의 몰골은 꿈에 볼까 두려울 정
도로 처참했다.

"……."

문대성은 고개를 끄덕이며 걱정스러운 눈이 됐다.

싸움을 끝까지 지켜본 그로서는 당연한 걱정이었다.

등천화는 모습을 드러내지 않고서도 중패를 제압할 수 있
었다. 등천화의 기척을 찾지 못하는 중패의 당황하는 모습을
본 까닭이다.

거기까지는 좋았다. 하지만 굳이 기척을 드러내 공격을 받

는지 이해할 수 없었다. 물론, 등천화의 심성을 알기에 혀만
찰 뿐이었다.

중패의 죽음.

이것이 얼마나 대단한 일인지 당사자인 등천화는 물론이
고 문대성 역시 짐작하지 못하고 있었다. 더구나 풍마와 싸울
때와는 비교도 할 수 없을 정도로 간단한 결과였다.

스슷.

흑의를 입은 인영이 두 사람이 지나간 곳에 모습을 드러냈
다.

"세상에 유령신보가 삼천마님을 죽일 줄이야……."

흑의인은 이곳에서 일어난 일을 채운하에게 보고하도록
되어 있었다. 이 싸움 이전에 있던 등천화와 구중천마의 싸움
에 대해서 모르기에 할 수 있는 말이었다.

만약 구중천마 중 여섯을 죽인 다음 삼천마를 제압한 줄 알
았다면 그의 놀람은 지금보다 몇 배는 더 컸을 것이다.

*　　　*　　　*

비 내리는 백첨봉과 달리 마교 총단의 하늘은 화창하기 이
를 데가 없었다. 그 하늘을 날아오르고 싶어하는 구조백에겐
더 없는 유혹이 아닐 수 없었다.

"후후후. 풍마, 이젠 포기할 만도 하지 않나?"

손을 뒤로 빼 허리 부근에서 맞잡으며 어깨를 한껏 뒤로 젖혔다. 피의 순환이 몸과 정신을 맑게 해주었다.

그때였다.

"크크크. 기분이 좋으냐?"

구조백의 머릿속을 관통하는 소리가 들렸다.

두근두근.

심장이 빠르게 뛰며 전신이 땀으로 축축하게 젖어들었다.

"어디요?"

"그동안 지켜보니 잘하더구나. 마제육가의 가주들을 다루는 솜씨가 제법이야. 크크크."

"……!"

구조백은 불안하게 눈동자를 떨었다.

보이지 않는 괴인의 말은 한 치도 틀리지 않았기 때문이다.

'그때, 그 약속을 하는 게 아니었어.'

마제육가를 떠나기 직전에 저 목소리를 들었다.

백마들에게 쩔쩔매는 실력으로 뭘 하겠느냐고, 힘을 줄 테니 사용하라고.

처음엔 누군가가 시험하는 줄 알고서 저 목소리의 주인을 끌어내기 위해 허락했다.

그것이 실수였던 것이다.

목소리의 주인은 기괴한 웃음과 함께 구조백을 제압한 뒤 사라졌다.

구조백이 눈을 떴을 때, 이전의 그로서는 상상도 못할 힘이 몸속을 돌아다녔다.

힘을 추앙하는 사람에게 그보다 더한 유혹은 없었다.

마교 총단을 나서기 전에 저 목소리가 다시 한 번 들렸다, 몸속의 힘을 사용할 때마다 한 가지 약속만 지키면 그 힘은 언제까지고 네 것이라는.

칠천마를 죽였다.

마제육가의 가주들을 아무도 모르게 제압했다.

또 명령을 내리러 온 모양이다.

"말하시오."

"나를 별로 반가워하지 않는구나, 그렇지?"

"반가워해야 하오?"

"오! 크크크. 역시 사람을 잘못 보지 않았어. 받은 건 생각 않고 명령하는 것만 거슬리지. 크크크. 오늘은 명령을 내리러 온 게 아니다. 선물을 주러 왔다."

"선물?"

"네게 준 힘과 함께 사용할 무공이다. 천살무극마공(天殺無極魔功)이라고 한다. 하늘을 죽일 수 있을 정도의 파괴력을 가진 무공이지. 흥미가 생기나? 이것만 있으면 풍마 따위는 눈에 차지도 않게 된다. 크크크."

"푸, 풍마를 죽일 수 있단 말이오?!"

"오오, 너무 흥분하지 마라. 그러다 풍마가 들으면 어쩌려

고, 응? 크크크. 놀라기는. 그걸 익히면 풍마뿐 아니라 그 이
상의 고수들도 가볍게 제압할 수 있다. 받아라.”

“내, 내게 뭘 원하시오?”

구조백은 이를 깨물며 물었다.

반문을 했다. 거절이 아닌 반문을.

“크크크. 곧 알게 된다. 곧…….”

그의 목소리가 점점 희미해져 갔다.

채운하가 잠마를 만나러 가던 대장간에서 멀지 않은 곳에
서 일어난 일이었다.

구조백은 자신의 피부색이 검게 변한 것을 몰랐다.

잠마의 힘이 전해졌으니 당연한 결과였으나, 그것을 모르
는 사람에겐 무의미했다.

괴인의 목소리를 들었을 때 이미 그의 신체는 암흑마기에
의해 탈바꿈했고, 잠마살존으로서 살아가야 할 운명에 빠지
고 만 것이다.

*   *   *

마안지부장 편목은 불쑥 솟아오르는 머리를 보고 화들짝
놀라 뒤로 자빠졌다.

“유, 유령신보!”

삼천마가 패했다는 보고를 받은 지 불과 한 시진도 지나지

않아 등천화가 무안 지부까지 온 것이다.

"채, 채, 채 혈주님!"

"봤다. 시끄럽기는."

"저저… 저, 저……."

편목은 계속해서 등천화를 손가락으로 가리키며 말을 더듬었다. 대답을 했는데도 계속 더듬거리는 편목의 모습에 채운하는 짜증스런 표정을 지었다.

퍽.

짧은 음향이 편목의 미간을 뚫었다.

"이제 좀 조용하네. 호호호. 유령신보의 얼굴을 이제야 보게 됐네요. 마중 나간 자들은 모두 죽었나요?"

채운하는 삐죽 입가를 비틀며 주위를 둘러보았다.

그녀가 있는 곳까지 올라오기 위해서는 꽤 많은 기관진식을 깨뜨려야 했을 텐데, 등천화는 뺨에 상처 하나만 보일 정도로 깨끗한 모습을 유지하고 있었다.

"엄… 사람이요? 아니면 장치들이요?"

등천화의 대답에 채운하는 놀란 기색을 숨기지 않았다. 스물하나, 둘? 그 정도의 기관진식을 깨뜨렸으면서 내상도 입지 않은 것 같았다.

채운하는 등천화에 대한 인식을 바꾸었다.

구중천마와 삼천마를 깨뜨린 건 우연이 아닌 것이다.

"삼천마와 싸운다고 해서 기대했는데, 기관진식까지 깨뜨리고 올라오다니 대단해요! 훗.”

자연스럽게 그녀의 입가에 섭혼소가 지어졌다.

유혹의 손길을 뻗은 것이다.

“당신이 너무 유명해서 한번 볼 생각에 장난을 한 건데, 좀 지나쳤나 보네요. 잠마혈존을 죽인 사람이 누군가 했거든요. 호호호.”

“나는 만 봉공만 데려가면 돼요. 더 이상 사람들의 길을 끊는 것을 원하지 않아요. 만 봉공은 어디 있죠?”

등천화는 채운하의 미소를 보자 얼굴이 붉어지고 현기증이 나는 것을 느꼈다. 외면하며 채운하가 가로막고 있는 문을 쳐다봤다.

“그는 당신을 전혀 주군으로 인정하지 않던데요? 그런 사람을 구하러 이곳까지 오다니… 좀 억울하지 않아요?”

“예. 억울하지 않아요.”

“호호호. 망설임이 전혀 없네요. 강호! 살아남는 것과 승리하는 것, 그리고 지배하는 것만이 존재하는 곳이죠. 유령신보, 당신은 뭘 하고 싶은 거죠? 사는 것, 승리, 지배?”

채운하는 슬쩍 목을 쓰다듬었다.

시각적으로는 섭혼소를, 후각적으로는 섭혼향이 등천화를 본격적으로 유혹하기 시작했다.

“엄… 왜 이리 어지럽지? 뭐라고 하셨… 아! 나는 그런 것 모두 필요없어요.”

"에이, 내게 다 말해봐요. 이곳까지 온 이유가 겨우 수하 한 명 구하자고 온 건 아니잖아요?"

채운하는 뒷짐을 지어 공격할 의사가 없음을 보여주며 한 발 한 발 앞으로 다가섰다.

"난, 만 봉공을 구하러 왔을 뿐인데요?"

"솔직히."

"진짜로요. 엄… 나는 좋아하는 사람들이 아무 일 없이 잘 지내길 바라요. 그뿐이에요."

"……."

거창하고 대단한 명분을 기대했던가?

채운하는 실망한 얼굴로 등천화를 바라봤다.

그녀의 유혹에 빠졌는지 아닌지 잘 구별이 가지 않았다. 얼 빠진 저 표정에선 아무것도 살필 수가 없었다.

작은 흔들림만 보였어도 어떻게든 파고들 수 있을 것 같은 데, 그 잠깐의 흔들림이 등천화의 눈에는 존재하지 않았다.

"만저유란 분을 풀어주면 돌아갈 건가요?"

"그래야죠. 그것 때문에 여기까지 왔는데요."

등천화는 일말의 망설임도 없이 대답했다.

채운하의 낯빛이 굳어졌다.

"결국… 끝을 봐야 하나요? 그렇게 남 걱정하며 사는 게 뭐 가 행복해요? 그럴 바엔 제 손에 죽어요. 그럼 다른 사람 걱정 할 필요도 없고 좋잖아요."

　마지막이라 여기고 채운하가 섭혼소를 최대한 끌어올려 호소했다. 하지만 등천화의 눈이 몽롱해지는 것 같더니 금방 생기를 회복했다.

"엄… 그건 안 되겠어요."

"호호호. 왜요?"

"내가 없으면 만 봉공과 같은 사람들이 또 생기잖아요. 그러지 말고… 마교주가 어디 있는지 알려주는 건 어떤가요?"

"교주님은 왜요?"

"당신 같은 사람을 보내지 말라고 만나서 다짐을 받으려고요."

"……."

등천화의 표정은 거짓이 아니었다.

그녀의 대답 여하에 따라서 당장 찾아갈 기세였기 때문이다.

"……."

그녀가 지금까지 만나본 남자들과는 전혀 다른 유형이었다. 멍청한 것 같지만 유혹에는 흔들리지 않는 이상한 유형인 것이다.

잠마를 제외한 모든 남자를 발에 낀 때만도 못하게 여기는 그녀에게 색다른 흥미가 일어났다.

"흐응, 구중천마와 삼천마가 왜 당했는지 알 것 같아요. 당신과 얘기를 하다 보니 안심이 되네요. 나를 해치지 않을 것 같다는 안심이.”

등천화의 저런 면이 방심하게 만든 것이다.

채운하는 배시시 웃으며 머리를 매만졌다.

“할 수 없죠.”

“만 봉공을 만나게 해줄 건가요?”

“호호호.”

등천화의 질문에 채운하는 여전히 웃었다.

무기를 꺼내야 할지 망설이는 중이었다.

그 무기를 꺼내는 순간 그녀는 암흑마기를 사용해야 했다. 그렇게 되면 반드시 등천화를 죽여야 하는데, 저 순진한 자를 그냥 죽이기는 아깝다는 생각이 들었다.

“그를 만나면 나를 죽이고 싶을 텐데, 괜찮겠어요?”

“엄… 만 봉공을…….”

“아니, 아니. 만저유는 멀쩡해요. 겁먹으니까 더 귀엽네? 호호호. 나는 잠마혈존이나 삼천마처럼 강하지 않아요. 그러니까 살살 다뤄줘요. 참, 이게 뭔지 알아요?”

채운하가 꺼내 든 것은 작은 비녀였다.

“암기인가 보네요.”

“어머, 어떻게 알았어요?”

쿳.

그녀의 손에 있던 비녀가 사라지는 것과 동시에 등천화도 제자리에서 사라졌다. 아니, 길게 신형이 늘어났다는 표현이 옳았다.

비녀의 방향을 바꿔 등천화를 쫓도록 시켰다. 하지만 비녀를 조종하는 동안 등천화는 완전히 사라지고 말았다. 그녀의 눈을 속일 정도로 빠른 움직임이었다.

'놓쳤다! 하지만… 하지만……'

채운하는 자신의 몸을 믿었다.

만저유가 발견한 동굴에서 잠마로부터 새로운 육체를 받았다. 이전의 암흑마기가 열이었다면, 지금은 오십, 그 이상이 자리하고 있었다.

얼마 전 백마 서열 이십삼위에 올라 있는 비마가 그녀의 말을 듣지 않아 단 일초에 목을 꿰뚫어 버렸다.

"추(追)!"

사라진 비녀가 넷으로 늘어나며 허공을 누볐다.

등천화를 찾는 건 어렵지 않았다.

"폭!"

허공을 누비던 비수가 그녀의 손짓에 이끌려 한 곳으로 몰려갔다. 그녀의 기에 반응하는 곳을 찾아내 방향만 바꿔주면 되는 수법이었다.

그러나 비수들은 등천화를 맞히지 못하고 그녀에게 되돌아갔다. 기기묘묘한 그녀의 수법은 그때부터 빛을 발했다.

그녀에게 날아오는 비수를 회수하는 것과 동시에 여덟 개로 늘여서 되던진 것이다.

“언제까지 기회를 보고 있을 셈이죠? 호호호. 이번엔 여덟 개예요.”

“엄… 당신… 잠마와 한 패인가요?”

“……!”

등천화의 허를 찌르는 한마디에 채운하는 숨을 크게 들이마셨다.

뭘 보고 저런 말을 한 거지?

혹시나 암흑마기를?

채운하는 비녀를 뿌리던 손을 거두고 몸을 살폈다.

암흑마기가 밖으로 흘러나온 흔적 따위는 없었다.

그러나 그녀를 지켜보는 투명한 눈에는 확신이 가득해 보였다.

“호호. 무슨 잠꼬대 같은 소리죠? 잠마? 우리와 그들은 적이란 것을 모르나요? 왜 그런 생각을 하는 거죠?”

채운하는 등천화의 반응이 재미있다는 듯이 말투까지 흉내 내며 거둬들인 비녀를 살포시 뒤로 보냈다.

핏.

그녀의 손을 떠난 비녀는 등천화가 있는 곳과 전혀 상관없이 엉뚱한 방향으로 모두 사라졌다.

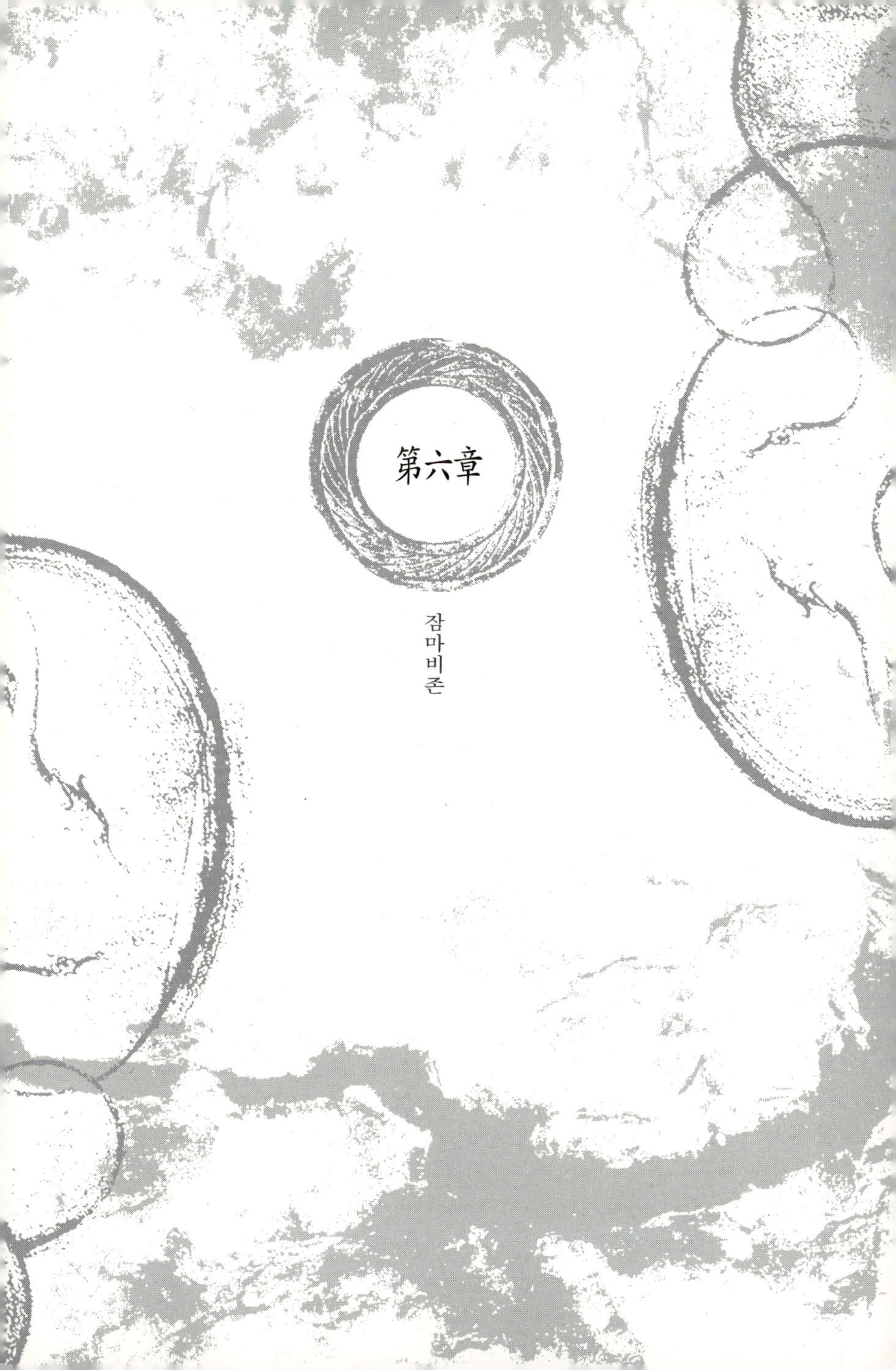

第六章

잠마비존

步法無敵

‘아닌가?

등천화는 채운하의 몸에서 잠마혈존과 잠마도존에게서 느꼈던 길을 본 것 같았다. 하지만 딱히 봤던 길이 암흑마기라는 확신은 없었다.

"그 나이에 당신과 같은 경지의 보법을 완성한 사람은 없을 거예요. 보법의 이름이 뭐죠?"

팡.

압축된 공기가 터지는 소리가 들렸다.

채운하는 아직까지 등천화의 위치를 파악하지 못하고 있었다.

‘아직… 아직…….’

“만 봉공은 어디 있죠?”

‘뒤, 뒤?!’

채운하의 떨리는 눈이 천천히 뒤로 돌아섰다.

등천화가 담담한 눈으로 그녀를 보고 있었다.

손만 뻗으면 언제든 죽일 수 있는 거리.

마름침이 절로 채운하의 입가에 고였다.

“내, 내가 죽으면 만저유가 어디 있는지 모를 텐데, 그래도 괜찮겠어요?”

애써 웃음을 잃지 않는 그녀는 슬쩍 옷을 벌려 가슴골이 드러나게 만들었으며, 한쪽 허벅지의 안이 보일락 말락 할 때까지 다리를 벌렸다.

‘조금만 그대로 있어라, 망할 자식아.’

그녀에겐 한 수가 남아 있었다.

조금 전에 뒤쪽으로 던진 비녀들이 제대로 도착만 해주면 암흑마기는 사용할 일이 없어질 것이다.

망설이는 등천화의 피곤한 얼굴을 보며 채운하는 점점 웃음을 얼굴 가득 피웠다.

‘온다!’

등천화의 뒤쪽에서 반짝이는 빛이 보였다.

“호호호. 만저유는…….”

채운하가 얼굴을 등천화 쪽으로 바짝 가져가자 등천화 역시 귀를 그녀에게 돌렸다.

번뜩!

"죽어!"

채운하의 양손을 하늘 위로 번쩍 올라갔다.

이제 곧 등천화의 등은 피로 물들 것이다.

그러나 당황해야 할 등천화는 너무도 태연했다.

"……?"

"엄… 암기는 내게 전혀 위협이 못 돼요."

"뭐?"

"만 봉공이 어디 있는지 알려주는 게 많이 힘든가 보네요. 어쩔 수 없죠. 혼자서 알아보는 수밖에."

팟― 푸스스―

등천화의 말이 끝나는 것과 동시에 그녀의 비녀들이 붉은 빛에 의해 산산이 부서지는 것이 보였다.

"저, 저런……."

"유일한 친구죠. 자전초예요."

퍼벅.

"악!"

등천화가 거짓말처럼 제자리에서 사라지자, 네 개의 비녀가 그녀의 몸을 뚫고 지나갔다.

"안 돼! 예쁜이, 내가 왔어!"

내려선 인영은 둘이었다.

굉장한 미남자와 낯익은 흑포를 뒤집어쓴 인영.

등천화는 어안이 벙벙한 표정으로 흑포인을 주시했다. 분명히 등천화가 얻은 심상에 의해 죽음을 맞이했던 혈사자가 분명했다.

"다, 당신… 기, 길이 분명히 끊겼을 텐… 길이 없다. 어떻게 된 거죠, 어떻게 길이 끊겨도 걸을 수 있는 거죠?"

등천화가 흑포인에게 천천히 한 걸음 내디뎠을 때, 미남이 채운하에게서 떨어지며 원독 어린 눈으로 등천화를 노려보고 있었다.

"예쁜이를 이렇게 만든 게 너냐?"

"이분 어떻게 살아 있는 거죠?"

"쿵. 쿵. 내, 내가 먼저 물었어!"

"어떻게 저럴 수가 있는 거죠?"

"이이… 예쁜이를 품어보지도 못했는데. 쿵. 쿵."

짝!

"저는 괜찮아요, 어 옥주님."

당장 공격할 것 같던 어범지의 얼굴이 갑자기 환해지며 재빨리 돌아섰다. 죽었다고 해도 하나 이상할 것 없던 채운하가 배를 움켜쥐며 일어서고 있었다.

"우혜! 예, 예, 예쁜이다! 우혜!"

산만하기 그지없었다.

인피면구를 쓴 구중뢰옥주 어범지와 마마환혼단에 의해

육체가 아직 저승으로 떠나지 못한 혈사자였다.

"괜찮아요. 제가 걱정이 돼서 와주신 거예요, 어 옥주님? 너무 감격스러워요."

"그, 그래? 쿵. 채, 채 혈주, 이번 일 끄, 끝나면 지키기로 한 약속 때문에 와, 왔어. 무, 물어보니까 유령신보란 놈이 시, 신출귀몰하다고 하잖아. 그래서 직접 왔어. 잘했지, 그치? 우헤."

어범지가 채운하를 향해 활짝 웃었다.

가짜 얼굴이기는 해도 채운하는 마음이 동하는 걸 느껴야 했다. 혀로 입술을 살짝 훔친 후 채운하는 어범지의 귀로 입을 가져갔다.

"잘했어요. 상을 받아야 하는데, 저자가 있네요. 금방 처리할 수 있죠?"

말을 마친 채운하의 이빨이 슬쩍 어범지의 귓불을 깨물었다.

"아흐! 흐헤헤. 그, 그럼! 빠, 빨리 끝내야지!"

방향이 물씬 풍기는 채운하의 입김에 어범지는 한껏 몸이 달아올라 강시화 된 혈사자를 향해 명령했다.

"대사부, 저놈을 죽여. 어서! 우헤. 쿵. 쿵."

어범지는 자신도 모르게 구중뢰에서의 버릇을 드러냈다. 의식하지 못할 정도로 채운하에 대한 욕구가 앞선 탓이다.

혈사자는 흑포를 뒤집어쓴 채 인형처럼 양손을 들어 올렸다. 양손에는 아무런 기가 느껴지지 않아야 하건만, 시체에서 길이 느껴지고 있었다.

"엄… 어떻게……."

등천화는 황당한 상황에 할 말을 잃어야 했다.

혈사자의 길을 끊은 사람이 자신이었다.

"쿵. 그것이 바로 환혼시다."

"환혼시?"

"혼만 없지, 능력은 살아 있을 때와 똑같아. 내가 그걸 개발하느라 얼마나 공을 들였는데. 우헤!"

어범지의 손은 말보다 더 바빴다.

채운하를 끌어안은 손이 그녀의 전신을 쉴 새 없이 훑었기 때문이다.

"저자부터 끝내고요. 참, 시킨 일은 마무리했나요?"

"지금… 아아… 그 일? 했지. 백마전은 지금 난리가 났을 거야. 구 가주가 손을 써서 천외신마를 몰아붙이는 중일걸?"

"구 가주? 구 사형이?"

채운하가 해연히 놀라 반문했다.

"쿵. 구조백 맞아. 내가 확실히 들었다고. 아니야? 마제육가의 가주가 구조백 아니야?"

"마, 맞아요."

"그렇지? 우헤! 역시 난 똑똑해."

어범지의 말이 막 끝났을 때였다.

쾅!

거친 폭음이 터졌다.

"뭐, 뭐야, 아직도 살아 있어? 대사부, 죽여! 이 빌어먹을 늙은아!"

어범지의 고함이 터졌어도 환혼시는 꼼짝도 하지 않았다. 이상한 일이었다. 마마환혼단을 준 사람의 명령만 듣는 환혼시가 꼼짝도 하지 않을 리가 없었다.

채운하의 눈동자가 좌우로 흔들렸다.

'무슨 일이 일어났지? 유령신보의 표정이 가히 좋지 않다. 저놈이 구 사형에 관해서 말을 하는 바람에 보지 못했어.'

채운하는 환혼시에게 다가가는 어범지를 말리지 않았다. 만일을 대비해 암흑마기를 끌어올릴 시간이 필요했기 때문이다.

<u>스스스</u>.

묵빛 안개가 그녀를 휘감으며 그녀의 피부를 검게 만들었다.

쩌적—

등천화에게 다가가던 어범지의 발걸음이 멎었다.

환혼시의 몸에서 기이한 소리가 났다.

"쿵. 뭐, 뭐… 어, 어……."

어범지의 눈앞에서 환혼시가 뒤로 넘어졌다.

쿵.

흑포가 벌어지며 실혼강시의 썩은 얼굴이 드러났다.

혼을 제압하기 위해 사용한 마마환혼단과 과기혼모수(果奇魂牟樹)의 수액이 시체의 내부에서 빠져나오고 있었다.

"당신!"

등천화가 딱딱하게 굳은 표정으로 소리쳤다.

"으힉!"

어범지는 자신도 모르게 몸을 움츠렸다.

등천화의 기세는 엄청났다.

당장이라도 폭발할 것 같은 기세가 한 올도 흩어지지 않고 어범지를 향했다. 이 상태로 조금만 지나면 싸워보지도 못하고 질려 버릴 것이다.

"크헤! 우, 웃기지 마! 난 그곳으로 안 돌아가!"

어범지는 구중뢰의 음습한 동굴과 빛이 없는 곳을 떠올리며 진저리를 쳤다. 사부들을 배신한 것도 그곳에서 나오기 위해서였다. 그런 곳을 다시 돌아가라고? 어림없었다.

누가 뭐래도 어범지는 고수였다.

그것도 마교에서 손에 꼽히는 고수였다.

환혼시를 어떻게 부쉈는지 몰라도 아직 승부가 난 것은 아니었다.

어떤 것도 부술 수 있는 수투가 남아 있었다.

어범지는 손을 비벼 수투를 확인했다.

막 두 사람이 손속을 교환하려 할 때였다.

"호호호. 저런 불완전한 환혼시를 믿고 있었다니. 겨우 그 걸 얻으려고 저 냄새나는 난쟁이에게 그 많은 아이들을 제공하다니! 좋아, 내가 직접 죽여주마."

채운하의 살기 어린 목소리가 등천화를 향했다.

전신이 검게 변한 그녀의 모습은 꿈에 나타날까 두려울 정도로 기괴했다.

"채, 채 혈주……."

아직은 미남, 어범지가 검게 변한 채운하를 손가락으로 가리키며 울상을 지었다.

"닥쳐, 난쟁아!"

채운하의 화를 내는 모습에는 이전의 그녀가 없었다.

"채, 채 혈주… 안 예쁘다. 예쁜이 없다… 예쁜이 데려와라, 예쁜이……."

어범지의 정신 나간 중얼거림은 등천화의 화를 전혀 가라앉히지 못했다.

잠마의 기운.

그녀의 눈에서 시작된 암흑마기가 전신에 퍼졌다.

비녀를 날리던 손이 아니라, 눈이 무기였던 것이다.

등천화의 전신이 분노로 팽팽해졌다.

등천화, 채운하, 어범지.

세 사람은 한동안 아무런 움직임 없이 멈춰 있었다.

정적을 깨뜨린 사람은 어범지였다.

"예쁜이… 내놔!"

"헛! 이런 미친 난쟁이!"

채운하가 짜증 어린 외침을 터뜨리며 자신에게 달려드는 어범지를 향해 손을 저었다.

쾅!

"큭."

"내놔!"

어범지의 질주는 아직 멈추지 않았다.

오로지 채운하를 갖겠다는 일념으로 이곳까지 왔건만, 보기 싫은 마녀가 자신에게 욕을 해대는데 어떻게 참겠는가?

등천화에게 겁을 먹은 것도 원인이 될 수 있었다.

그가 구중천마로부터 자신을 보호하기 위해 만들어낸 자구책이 환혼시였다. 그의 어떤 무공으로도 깨뜨려 본 적이 없었다. 그런 환혼시를 한 방에 부숴 버리는 괴물에게 겁먹지 않을 리 없었다.

그러나 등천화 대신 채운하를 선택한 것 역시 어리석긴 마찬가지였다. 암흑마기로 전신을 보호한 채운하는 환혼시 따위와는 비교도 할 수 없이 단단한 몸을 가졌기 때문이다.

쾅!

"케헥!"

그녀의 몸에 부딪치기도 전에 흔적도 없이 사라진 그의 힘은 역으로 그 자신을 향해 되돌아갔다.

"징그러운 난쟁이 새끼."

퍽.

그녀의 비녀가 어범지의 목을 꿰뚫었다.

"예, 예쁜… 어, 없다……."

어범지의 잘생긴 얼굴이 피로 물들며 인피면구가 벗겨졌다. 우둘투둘한 피부가 반쯤 드러나자 역겨운 냄새가 주위를 진동시켰다.

"……."

비녀를 회수해 돌아서려던 채운하는 뒤로 돌지 못하고 가만히 서서 바람이 부는 걸 느꼈다.

봤어야 했다. 등천화가 환혼시를 부수는 모습을 봤어야 했다. 그래야 어떻게 상대할지 머릿속으로 그려질 텐데.

"설명 좀 부탁할까? 어떻게 환혼시의 단단한 피부를 그처럼 쪼갤 수 있었지?"

"만 봉공은 무사하오?"

등천화의 말투가 바뀌었다. 분노하고 있다는 표시였다.

조금 전에 그녀가 봤던 모습에서 멍청함을 제거하면 저 말투와 어울릴 것도 같았지만, 걱정이 되거나 하진 않았다.

"호호호. 물론."

"보여주시오."

"대답부터 먼저."

"십보는 다니지 못하는 길이 없소. 공간을 밟는 걸음을 길

끊긴 시체가 볼 리 없잖소."

"공간을 밟는다라… 흥미로운데?"

"이젠 당신이 대답할 차례요."

"정 원하면 못 보여줄 것도 없지."

짝짝.

채운하가 박수를 두 번 치자 지부의 제일 높은 곳에서 한 사람이 나타났다. 그의 손은 줄을 잡고 있었고 그 줄에는 만저유가 거꾸로 매달려 있었다.

"이럴 수가……."

몸부림치는 만저유의 눈동자가 등천화의 가슴에 박혀들었다. 찡한 감정이 등천화도 모르게 눈시울을 뜨겁게 만들었다.

"조, 조금만 기다리세요. 곧 구해 드릴게요."

등천화는 애써 만저유에게서 시선을 떼어내 채운하를 노려봤다.

"호호호. 화가 난 모습을 보니까 무서운데?"

"그래야 할 것 같소."

"잠깐!"

"……."

"이 좋은 기회를 나보고 놓치라고 하면 안 되지. 만저유가 내 손에 있어. 이해를 못하는 거야, 모른 척하는 거야?"

"……."

"네가 내 말을 듣지 않으면 만저유가 저 높은 곳에서 떨어진다는 뜻이야. 이젠 알아들어? 호호호."

채운하는 만저유가 이토록 쓰임새 있을 줄은 짐작도 하지 못했다. 암흑마기를 끌어올린 상태에서는 등천화를 죽이는 건 일도 아니었으나, 쉬운 일을 굳이 어렵게 할 필요는 없었다.

"내 공격을 세 번만 막아내면 만저유를 풀어주겠다."

"……."

"물론 네가 세 번이나 막을 수 있다고는 믿지 않아. 하나, 세상에는 종종 믿기지 않는 일들도 일어나곤 하잖아. 어때, 한번 해보겠어? 아니면 만저유를 떨어뜨리고 싸움을 시작해보던가."

만저유를 거꾸로 매달아 들고 있는 사내는 채운하의 명령만 기다렸다. 명령이 떨어지면 줄을 놓고 내려가는 것이 그의 역할이기 때문이다.

"이봐."

애교스런 여인의 목소리에 사내의 고개가 돌아갔다.

그 순간, '화앗' 하는 빛무리가 그의 두 눈을 찔러왔다. 그로 인해 사내는 아무것도 볼 수 없게 됐고, 보이지 않는 세계에 대한 불신으로 손이 풀리게 됐다.

그걸 노린 인영이 바람을 일으키며 밧줄을 낚아챘다.

“만 노인, 괜찮소?”

만저유는 밧줄이 흔들린다 싶은 순간 위를 쳐다봤고, 그곳에서 건방진 중년인 갈피독을 봐야 했다.

“읍읍……”

“알겠소. 금방 구해줄… 이거 뭐야?”

갈피독은 끌어올린 만저유를 풀어주다 화들짝 놀랐다. 사내를 가볍게 처리하고 다가오던 동동이 심드렁하게! 돌아봤다.

“왜 그래요, 낭왕?”

“마, 만 노인의 혀가… 잘렸다.”

“에?”

동동은 사내를 내동댕이치고 곧장 달려왔다.

“저 계집이 그랬수?”

절레절레.

만저유는 고개를 가로 저으며 손으로 연신 뭔가를 적는 시늉을 했다.

“저 계집이 아니라고?”

절레절레.

역시나 이번에도 만저유의 고개를 가로저어졌다.

눈치 빠른 동동이 재빨리 만저유를 줄에 매달아 잡고 있던 사내의 옷자락을 찢어서 들고 왔다.

“뭘 알려주려는 거죠?”

동동의 말에 만저유가 처음으로 고개를 끄덕였다.

그리고는 곧장 목이 잘린 사내의 곁으로 다가가 그의 피로 무언가를 적어갔다.

쾅!

장난스러운 채운하의 손짓은 등천화의 내장까지 일제히 진동시킬 정도의 충격을 안겨주었다.

"아읍!"

"이제 한 번인데 참을 수 있겠어?"

발뒤꿈치에 의해 밀린 길이가 오 장은 족히 되는 것 같았다. 뒤쪽으로 밀린 흙이 충격을 흡수해 주어서 그나마 일어서는 건 문제없었다.

힐끔.

등천화의 시선이 만저유가 매달려 있던 곳을 향했다가 다시 채운하에게로 고정됐다.

"한 번인가?"

"아직 두 번 남았으니 한 번이 맞을걸?"

"잠마… 두 사람을 만나봤지만 이렇게 넓은 길을 만든 사람은 없었다. 조금 전의 공격을 막으려면 바람의 응집체를 세 번 이상은 만들어야겠다."

등천화는 혼잣말을 하며 무언가를 계산한는 듯이 손으로 숫자를 세기까지 했다. 하지만 등천화의 목소리가 아무리 작아도 채운하의 귀에는 모두 들렸다.

"막아? 내 공격을? 호호호. 그랬다가는 만저유가 바닥으로 떨어지는… 뭐야."

채운하는 등천화의 눈빛이 변하는 걸 깨닫고 재빨리 위쪽을 쳐다봤다.

"얼굴 까만 계집아, 만가 노인은 우리가 구했으니까 너무 안심하지 마. 킥킥킥."

"낭왕께서 한 가지 잊으셨네요. 곧 세외삼천의 주인들이 오니까 좀 오래 버텨. 그들은 잠마성황이란 자를 찾고 있대."

갈피독과 동동이 한바탕 흐드러지게 웃었다.

"저것들이……."

"잠마는 어디 있죠? 마교주를 만나기 전에 잠마부터 만나야겠네요."

"호호호. 말 못하는 장난감 하나 구해냈다고 너무들 하는데?"

"말 못하는?"

"내가 혀를 빼버렸거든."

"……!"

등천화의 안색이 딱딱하게 굳었다.

그 모습에 채운하의 머릿속이 빠르게 돌아갔다.

세 사람을 한꺼번에 죽이는 데 걸리는 시간은 못해도 반 시진 이상은 걸릴 것이다.

그 대부분은 아마도 등천화와 싸우게 될 테고, 나머지 두 명은 순식간에 해치울 수 있었다. 문제는 조금 전에 동동이 외친 한마디였다.

세외삼천의 주인들이 잠마성황을 찾는다고 했다.

잠마가 아닌 잠마성황이라고 했다.

'세외삼천에서 어떻게 그 이름을 알고 있지? 내가 모르는 뭔가가 있나? 빨리 이것들을 처리하고 잠마께 가서 물어보자.'

츠츠츠르릇.

그녀의 전신에서 작은 침들이 일제히 빠져나갔다.

등천화는 생각할 것도 없이 바람의 길에 올라섰다.

후왁―

음보로 바람의 길을 밟고서 그대로 꼬아버렸다.

지면을 밟을 때와는 격이 다른 수법임에도 등천화는 별 무리 없이 펼칠 수 있었다. 그 상태에서 반복했다.

한 번, 두 번.

이번엔 정 회전에서 반 회전으로 다시 정 회전으로 회전했다.

제자리에서 움직이는 이 동작.

보법 수련 하던 일보 앞, 일보 뒤의 움직임과 조금도 다르지 않았다. 하지만 그 위력은 바람이 아니라 태풍을 몰고 왔다.

한 점을 향해 날아가는 바람의 응집체는 마구 달려드는 채운하의 침을 흡수했다가 내뱉으며 입을 벌렸다.

잠마도존이 사용했던 마룡의 형상과 비슷했다.

지금 이 순간 떠오른 것이 그 모습이기에 바람이 알아서 응집과 해산을 일으키는 것이다.

쿠콰콰콰!

채운하는 모공을 통해 빼낸 암흑마기가 일제히 팅겨 나오기는 했지만, 그 덕분에 등천화의 공격에서 벗어날 수 있었다.

척. 척. 척.

여러 걸음을 뒤로 물러난 채운하는 악독한 안광을 발했다.

"호호호. 눈으로 보지 않고서는 믿을 수 없을 정도구나. 특별한 무공도 없이 오직 보법을 이용한 것만으로… 괴물… 같은… 놈. 하나 그 정도 힘을 쏟았으면 이젠 움직일 힘도 없겠지? 차라리 피하는 데 사용하지 그랬느냐!"

채운하는 먼지 쌓인 몸을 부르르 떨치며 다시금 암흑마기를 모았다. 두 사람의 거리는 처음보다 상당히 멀리 떨어져 있었다.

"아직도 움직일 힘이 남아 있다고 말하지 그러느냐?"

"얼마든지."

"그래? 그렇다면 이 수법을 받아봐라."

채운하의 몸 주위로 암흑마기가 꿈틀댔다.

꿈틀거리던 암흑마기는 그녀의 몸에서 나오려는 듯 마구 요동쳤다. 그 모습은 등천화의 눈에 악령의 움직임처럼 보였다.

절호의 기회일 수도 있었다.

그러나 등천화는 계속해서 바람의 응집체를 끌어 모았다. 교차되는 바람의 길을 끌어왔고, 되돌려서 더 많은 바람의 길을 만들었다.

'한 번. 그 이상은 힘들다. 너무… 피곤해. 어디로 가려는 거지? 길이 보여야 먼저 움직일 텐데……'

처음에 채운하의 암흑마기를 맞은 것이 문제였다.

속이 거북했다. 그 공격만 아니었어도 이렇게 무리할 필요는 없었다. 하지만 어쩔 수 없었다. 만저유를 구하기 위해서라도 바람의 응집체를 한꺼번에 세 번 이상 사용할 수 있도록 만들어야 했다.

채운하의 기를 모으는 시간이 생각보다 길었다.

츠르르릇.

'시작됐다.'

암흑마기가 그녀와 완전히 분리되어 흘러나오고 있었다. 지금? 아니면 조금 더 있다가?

바람의 응집체를 쏠 준비는 끝난 상태였다.

그러나 준비를 끝낸 사람은 등천화만이 아니었다.

"나는 이만 가겠다."

"……?"

"굳이 너와 싸울 이유가 내겐 없거든. 잠마의 주인을 보고 싶으면 언제든 찾아와."

"어디요!"

"그건 네가 찾아야지. 잠마는 어둠이야. 네 그림자에 숨어 있을지도 모르고, 아주 멀리 떨어져 있을지도 모르지. 만저유가 죽을 테니 영영 알 수 없게 되겠지만."

"……!"

등천화의 몸이 제자리에서 사라졌다.

"늦었어."

채운하는 코웃음 치고는 무안 지부의 아래쪽으로 몸을 날렸다.

"안 돼! 모두 피해요! 갈 봉공! 동 소저! 만 봉공을 데리고… 아, 안 돼에에에에!"

길이 보였다. 길게 뻗은 선이 만저유가 있는 곳에 등천화보다 먼저 닿은 것이다.

쿠릉.

곧 일어날 폭발을 예고하는 낮은 신호음이었다.

그곳의 상황이 등천화의 눈에 들어왔다.

만저유를 부축하고 있는 갈피독이 눈에 들어왔다.

쉭.

등천화의 신형이 허공에서 순간적으로 사라졌다.

퍽.

갈피독을 걷어찬 후, 곧바로 동동의 허리를 휘감아 갈피독이 날아가는 방향과 똑같은 곳으로 날려 보냈다.

마지막으로 만저유의 손을 잡고 지붕 아래로 뛰어내렸다. 멀리, 검은 피부의 여인이 뒤를 돌아보는 모습이 보였다.

"곧 다시 보게 될 것이다, 유령신보! 호호호!"

채운하는 백첨봉 아래로 떨어져 내리며 손을 흔들었다. 어디 잡으러 올 테면 와보라는 표정이 그녀의 얼굴에 가득했다.

콰콰콰콰콰콰!

"헛!"

등천화는 쫓아가려다 지붕이 터져 나가는 폭음에 재빨리 만저유의 손을 앞으로 당겼다.

혼자라면 얼마든지 여파에 휘말리지 않을 수 있겠으나, 만저유 때문에 고스란히 받아내야 했다.

건물에서 깨져 나온 바위들이 일제히 등천화를 덮쳤다. 대부분은 등천화가 바람의 길을 밟으며 피했기에 괜찮았으나, 땅에 내려서자마자 떨어지는 바위에 후두부를 내주고 말았다.

꽝!

"……"

반으로 쩍 갈라진 바위가 등천화의 머리 위에서 두 쪽이 났다.

등천화의 시선.

잡고 있는 손의 끝부분에 닿아 있었다.

어깨부터 잘려진 손.

몸이 붙어 있어야 할 만저유의 몸이 어디론가 사라지고 없었다.

"……."

아무 말도 하지 못했다.

구해냈다고 생각한 건 착각이던 모양이다.

만저유의 몸도, 얼굴도 사라졌다.

"으… 으… 으아아아아아아!"

등천화는 만저유의 손을 놓고 곧장 허공으로 솟구쳤다. 채운하가 사라진 방향을 가늠한 후, 곧장 아래로 떨어져 내렸다. 아니, 달려갔다.

쾌에엑.

"쿨룩……."

갈피독이 벽속에 박힌 몸을 움직거리며 빠져나왔다.

머리에 쌓인 먼지가 그를 회색인간으로 만들었다.

"끄음… 망할! 나도 여자야! 좀 살살 다루면 안 되겠니! 아고고, 좋은 일 해보겠다고 여기까지 숨도 안 쉬고 달려왔는데 이게 뭐냐… 아고고……."

동동의 목소리가 한쪽에서 들려왔다.

"킥킥킥. 안 다쳤는가?"

허리를 잡고 삐딱한 자세로 걸어오는 모습에 갈피독은 웃음을 터뜨렸다.

"웃음이 나오나, 갈 아우?"

"어? 문 형님, 오셨어요?"

문대성이 인상을 쓰며 주위를 둘러보라는 시늉을 했지만, 갈피독은 무슨 뜻인지 모르겠다는 듯이 천천히 걸어나오는 것이 전부였다.

"문주님께서 안 보이시네."

"예? 그럴 리가요."

"만 공 역시 보이질 않아."

"그러고 보니… 저, 저건!"

갈피독이 주위를 둘러보다 한 곳에 시선을 고정시키고는 소리쳤다.

"왜 그러나?"

"만가 늙은이의 옷인데……."

갈피독은 천천히 다가가 손을 들어 올렸다.

그 자세 그대로 뒤를 돌아봤다.

동동에게 확인을 하려는 것이다.

동동은 인상을 쓰며 저 멀리 어딘가를 노려보고 있었다.

"맞아요. 복수하러 간 것 같네요. 미쳐! 가만히 좀 있으면 안 되나? 또 따라가야 하잖아. 으이구."

동동에겐 그 팔의 주인이 누구인지 전혀 중요하지 않았다. 단지 등천화가 또 사라졌고, 그를 쫓아 다시 움직여야 하는 것이 중요했다.

"다른 연인들은 잘도 기다려 주고 그러더만. 내게 무슨 남자 복이 있겠어."

"소저, 잠시만 기다리시오."

문대성이 떠나려는 동동을 붙잡았다.

"왜요?"

"나는 문주님의 봉공 중 한 명이오. 문주님과 잘 아는 사이 같은데 얘기 좀 나눌 수 있겠소?"

"그 사람의 봉공이요?"

동동은 어리둥절한 눈으로 문대성과 갈피독을 번갈아 바라봤다.

마교의 무안 지부인 이곳은 시설이 좋았다.

삼천마가 등천화에게 죽은 뒤 대부분의 무사들은 줄행랑을 쳤고, 남아 있던 자들은 지부장인 편목이 죽는 것과 동시에 자취를 감췄다.

동동은 등천화를 쫓아가려다 문대성에게 설득당하고 이곳에 머물기로 했다.

"문주님과는 어떤 사이인지 물어봐도 괜찮겠소, 소저?"

"에?"

동동은 눈을 동그랗게 뜨고 쳐다봤다.

등천화와의 관계?

문대성의 질문은 그녀에게 너무나 반가운 질문이었다. 동동은 고른 치아를 드러내며 활짝 웃었다.

"이곳까지 온 걸 보면 모르세요? 연인이죠."

"여, 연인……."

"그렇지 않고 마교의 무리들이 득시글거리는 곳까지 올 리가 없잖아요."

말은 그럴듯하지만 문대성이 듣기에는 그렇게 믿어달라고 하는 것처럼 들렸다.

"이름이 뭐요?"

갈피독은 동동이 썩 마음에 들지 않는지 대뜸 질문을 던졌다.

"동동. 사사천림의 림주예요."

"사사천림!"

"호호호. 아세요?"

"흐음……."

"……."

갈피독은 동동을 유심히 바라보다가 문대성에게 잠깐 따로 보자는 시늉을 했다.

"왜 그러나?"

"사실인 것 같소. 만가 노인이 죽기 직전에 문주님이 나를 구한 다음, 곧바로 저 여자를 구했으니까."

"그것뿐인가?"

“그것뿐이오.”

문대성은 갈피독의 당당한 대답에 잠시 난감해졌다.

그런 얘기는 굳이 자리를 피해서 할 필요가 없기 때문이다.

그때였다.

“얘기 다 끝났으면 이곳을 어떻게 손볼지 의논 좀 해요, 두 분.”

동동이 두 사람을 보며 싱긋 웃었다.

문대성과 갈피독 정도의 연배는 그녀에겐 너무도 친근했다. 그녀의 사부들이 모두 두 사람과 비슷한 나이이기에 친근감이 더했을지도.

하지만 갈피독과 문대성의 입장에선 썩 느낌이 좋지는 않았다.

“무, 무슨…. 이곳을 왜 손을 봐야 하오?”

“킁. 심심하면 소저 혼자 하지 그러시오?”

문대성과 갈피독의 반응이 좋지 않았다.

그러나 동동은 그런 두 사람의 의견을 간단한 동작만으로 가볍게 무시해 주었다.

“빨리 오세요.”

갈피독과 문대성은 서로를 쳐다봤다.

“우리가 쉽게 보였나?”

“문주님과 관계가 있기는 있는 모양인데, 일단 저 소저의 말을 따라보세. 어차피 이곳에서 문주님을 기다려야 하니까.”

문대성이 먼저 동동을 따라나섰다.

뒤쪽에서 갈피독의 툴툴거리는 목소리가 들렸다.

*　　　*　　　*

마교 총단의 백마전.

"다시 말해봐라."

장주극의 회색빛 눈썹이 꿈틀거리며 채운하를 몰아붙였다. 그녀로서는 장주극을 만난 것이 불운 중의 불운이었다.

총단으로 돌아오자마자 백마전에 손을 써둔 자들을 모으려 할 때, 장주극이 들이닥친 것이다.

눈앞의 장주극을 보고 어찌 되돌아 나가겠는가?

어쩔 수 없이 그 자리에서 무안 지부에서의 일을 보고해야 했다. 물론 유령신보 때문에 망친 일에 대해서는 언급을 하지 않았다. 어디까지나 그녀는 마교의 마화혈주로서 그곳으로 간 것이기 때문에.

"소교주님, 제가 성급했습니다. 천외신마께서 그럴 리가 없습니다. 설마 소교주님의 능력을 의심했으려고요. 저를 봐서 모른 척해주시면 안 되겠습니까?"

채운하는 울상을 지으며 무릎을 꿇었다.

"다시 말하라고 했다, 채 혈주."

"천외신마가 말하길, 유령신보를 잡아오면 소교주님께서

좋아하실 거라고… 악!"

채운하의 몸이 앉은 상태로 벽에 처박혔다.

"크크크. 죽고 싶어 환장을 했군. 그게 무슨 말이야. 나는 못하고, 자기는 할 수 있다는 걸 보여주겠다는 거야, 뭐야!"

장주극의 눈에서 기이한 눈빛이 흘러나왔다.

나가떨어진 채운하는 진저리를 쳤다.

'엄, 엄청난 힘이다! 자칫했으면 암흑마기가 나올 뻔했어.'

돌아보는 장주극의 시선과 마주칠까, 채운하는 고개를 숙인 채 눈동자를 연신 굴렸다.

"크하하! 채 혈주, 너는 어떻게 생각하느냐?"

"예?"

"내 능력이 어떠냔 말이다!"

"후, 훌륭하십니다."

"그렇지?"

장주극은 천천히 채운하에게 다가갔다.

그리고는 그녀의 머리를 치켜들어 눈높이를 맞추었다.

"복종하라."

"지, 지금도 저는 소교주님께 복종을… 헉!"

장주극이 다시 한 번 그녀의 머리를 잡아챘다.

"아니, 아니. 나를 섬기라는 말이다. 이 몸이 곧 천하를 지배할 테니 섬기란 말이다."

둥—

채운하는 갑자기 백마전의 공간이 팽창되는 것을 느꼈다.
장주극의 기가 확장되면서 일어난 현상이었다.

채운하의 눈동자가 가라앉았다.

"유, 유령신보는 어찌할 생각이십니까?"

"응?"

광포해지던 장주극의 기세가 거짓말처럼 걷혔다.

그러나 그것도 잠시, 유령신보에 대한 증오심이 이전보다
더욱 거세게 피어났다.

채운하의 눈동자가 촛불로 향했다.

삼분의 일쯤 녹아내린 촛불이 하늘거리며 춤을 추고 있었
다. 섭혼향의 효력이 발휘되는 것 같았다.

장주극의 몸에서 반응이 왔다.

열기가 피어났으며 수컷의 사냥 본능이 깨어났다.

"유령신보 따윈 언제든 찢어죽일 수 있어."

"그래도 유령신보는……."

"그만!"

장주극의 목소리가 차가워졌다.

'뭐지?'

채운하는 방금 전까지 뜨거웠던 열기가 삽시간에 식었다.
하지만 여전히 촛불은 춤을 추고 있었다. 멈출 줄 알았던 손
길이 그녀를 무자비하게 안았다.

"처, 천천히……."

"모든 것은 내가 결정한다, 모든 것은."

'이 정도의 기세라면 그분 못지않다.'

잠마를 떠올렸다.

그가 보여준 능력을 몸으로 느끼던 그녀였다.

장주극의 남자로서의 능력이 아니라, 무인으로서의 능력
이 그녀의 전신으로 느껴지고 있었다.

숨쉬기 버거운 장주극의 가슴을 그녀는 거부하지 않았다.
아니, 오히려 숨 막힐 듯 죄어오는 장주극의 목을 힘껏 끌어
안았다.

채운하는 두려웠다. 그렇기에 괜찮을 것이라 생각했다. 자
신의 의지와 무관한 상황이라고 합리화하면 그만이기에.

第七章

하나를 얻으면 하나를 잃는다

　　수십 명의 호위를 받으며 움직이던 거대한 마차가 백첨봉을 정면에 두고 멈췄다.

　　"이곳에 있다고?"

　　마차 안에서 느긋한 목소리가 들렸다.

　　그러자 앞장서던 청년이 뒤로 돌아섰다.

　　"예, 아버님."

　　청년은 예명이었다.

　　동동의 행적이 이곳으로 이어진 것을 사사천림의 정보망을 통해 알아내고 곧장 예반악과 함께 온 것이다.

　　마차에서 지나치게 격식을 차린 옷차림의 중년인이 나왔다.

"오! 과연 철사대제의 후예답다. 이런 곳을 준비해 놓고 있었구나. 총단이라면 이 정도는 돼야지. 파하하. 가자, 가서 철사대제의 후예와 미래를 의논하자꾸나. 명아, 다른 세외삼천의 주인들도 이곳으로 오라고 연락해라."

예반악은 활짝 웃었다.

백첨봉의 지세는 그의 마음에 쏙 들었다.

대막에서만 생활하던 그에게 창끝처럼 솟아오른 백첨봉의 모습은 신기하기만 했다.

그러나 예명은 예반악의 행동이 좋지만은 않았다.

동동은 한마디 말도 없이 사라졌다.

거기에는 필시 이유가 있을 것이다.

초대도 하지 않은 곳을 방문하는 사람을 일컬어 불청객이라고 했다.

'오기로 했던 검각과 빙궁의 주인들이 아직도 도착하지 않았다. 무슨 일이지? 아버님께서는 그런 점을 전혀 생각지도 않고 계시는 건가?

사대세가를 움직이는 종리제청과 악군휘는 신궁과 신창이란 별호까지 얻으며 신룡으로 이름을 떨쳤다.

물론 여기엔 숨겨진 도움이 있었다.

만병무제가 알게 모르게 뒤에서 그들을 보호했기에 가능한 것이다.

이런 사실을 예반악과 예명이 알 리 없었다.

종리제청과 악군휘가 전해주는 정보만 받으면 그만이었기 때문이다.

"아버님, 사대세가의 주력이 우리를 뒤따라오고 있습니다. 그들이 저곳으로 간다는 건……."

"괜찮다. 철사대제의 후예도 그들에 대해 모두 알고 있다. 우리는 서로 하나가 되어야 한다. 그래야 잠마성황을 죽이고 우리의 영역을 이곳에 남길 수 있는 거야."

예반악의 강력한 의지로 인해 예명은 아무 소리 못하고 길을 인도했다. 그와 나란히 움직이는 옥서시의 안색이 별로 좋지 않았다.

"어머니와 창 소저에게선 연락이 없나요?"

"옥 소저가 모르면 나도 모르오."

"오기는 오는 거야, 뭐야. 혹시 중간에 무슨 일이 일어난 건가?"

"세외삼천은 함께 움직이자고 맹약을 했소. 그러니 그럴 일은 없을 것이오. 우리가 걱정해야 할 일은 저곳이오. 동 소저가 과연 우리를 반길지, 아니면 다른 사람들과 함께 있을지……."

예명은 주먹을 주억거리며 기를 움직였다.

긴장할 때면 취하는 행동이었다.

"헉! 유, 유령신보!"

“여, 여기에 당신이 왜…….”

예명과 옥서시는 깎아지른 벽에 붙어 있는 건물로 들어서다 깜짝 놀라 뒷걸음질 쳤다.

머쓱한 얼굴로 두 사람을 맞이하는 사람이 등천화였기 때문이다.

“두 분, 그동안 잘 지냈어요?”

등천화는 코를 문지르며 웃었다.

“당신이 왜 여기에 있는 거죠?”

“왜긴, 그가 여기 주인인데 당연히 있어야지.”

뒤쪽에서 동동이 모습을 드러내며 등천화의 옆에 나란히 섰다.

“동 소저, 이게 어찌 된 일입니까?”

예명이 물었다.

“내가 묻고 싶은 말인데? 다들 이곳엔 웬일이지?”

정말로 모르겠다는 표정으로 동동이 반문했다.

“그날, 갑자기 사라져서…….”

“그래? 세외삼천의 회합이 있다고 하더니 그 일은 어떻게 됐어?”

동동은 옥서시에게 심드렁하게 물었다.

완전히 전혀 모르는 남을 대하듯이 말할 때마다 툭툭 내뱉고 있었다.

“그 회합에 당신도 있어야 하는 거 아닌가요?”

옥서시가 쏘아댔다.

"내가? 왜?"

"당신이 세외사대천왕 중 한 분의 진전을 이었잖아요!"

옥서시의 이런 당당함에는 이유가 있었다.

그것을 한눈에 알아보고 동동이 팔짱을 끼며 코웃음 쳤다.

"오호, 열화마왕께서도 함께 오신 모양이네?"

그 말을 기다렸던 듯 마차에서 예반악이 내렸다.

"철사대제의 후예여, 얘기 다 들었다. 이곳에서 우리를 기
다린 것이 아니라니 실망이군."

"그때 말씀드렸을 텐데요? 제가 함께 움직이려면 한 사람
의 허락을 받아야 한다고."

"그 사람이 여기 있다는 말인가?"

"여기요."

동동은 자연스럽게 등천화를 가리켰다.

전후사정을 모르는 등천화가 의아한 표정을 짓는 건 당연
했다.

"그 청년의 허락을 받아야 한다고? 철사대제의 후예가?"

"사실 철사대제의 진전을 얻은 사람은 이 사람이에요. 저
는 그걸 받은 것뿐이고요. 그러니 이 사람에게 허락을 받아야
지요, 안 그래요?"

"그럼 철사대제의 후예가 둘?"

"아니요. 이 사람은 천사잠류신도를 몰라요. 제게 알려주

기만 했을 뿐이니까요."

'알려주기만 했다고?'

예반악은 동동의 말을 이해할 수 없었다.

등천화가 철사대제의 무공을 얻고도 동동에게 양보했다는 뜻으로 들렸기 때문이다.

그는 단언할 수 있었다, 이 세상에 철사대제의 무공에 눈이 멀지 않을 자는 없다고.

"자네, 정말로 철사대제의 무공을 모르나?"

예반악의 표정이 진지했다.

"모릅니다."

"그래? 자네에겐 안됐군. 명아, 오늘부터 우리가 이곳을 쓰자. 세외삼천의 총단으로 이곳보다 좋은 곳은 찾지 못할 것이다. 파하하."

예반악은 파안대소를 터뜨렸다.

그러나 그의 결정에 동감하는 사람은 그가 데려온 부하들뿐이지 나머지 사람들은 뜨악한 표정을 짓고 가만히 서 있었다.

"아버님, 무슨 말씀이세요?"

"세외사대천왕의 신화가 시작될 곳이 이곳이란 말이지, 무슨 말이겠느냐? 파하하. 나는 열화마왕이다. 과거 축융단의 단주였었지. 자네는 이곳을 마련한 성의를 봐서 죽이지는 않겠네."

예반악이 서늘한 표정으로 등천화를 살폈다.

분위기가 이상하게 돌아가자 갈피독이 뒷골이 뜨듯해진다는 표정을 짓고서 걸어나왔다.

"쿵. 미치겠군. 이곳은 주인이 있다고 동 소저가 하는 말을 못 들었어?"

츠르릇.

여의마검의 푸른 검신이 모습을 드러냈다.

"갈 봉공, 그만두세요."

등천화가 나서려는 갈피독을 막으며 굳어진 얼굴로 예반악을 쳐다봤다. 예반악은 하지 않아야 하는 말을 하고 말았다.

'죽이지는 않겠다' 라는 말을 할 수 있는 사람은 세상에 존재하지 않는 것이다.

"예 소협이 걱정하고 있습니다. 돌아가세요. 예 소협 등과의 인연을 생각해 며칠 머무는 것은 허락하겠습니다만, 저분들의 목숨이 마치 예 대협의 것처럼 말씀하진 마세요. 참기 힘듭니다."

등천화는 뒤쪽에 서 있는 갈피독, 문대성, 동동을 가리키며 인상을 썼다.

"참기 힘들다? 푸하하!"

등천화의 차분한 말에 예반악이 파안대소를 다시 터뜨렸다.

갈피독 등은 등천화의 이런 반응을 처음 보는지라 잠시 멍한 표정으로 서로를 쳐다봤다.

그러나 당하는 입장인 예반악에게는 그보다 더한 치욕은 없었다.

"감히!"

화아악―

예반악의 몸 전체가 순식간에 불꽃으로 뒤덮였다.

열화마왕권을 사용하게 되면 일어나는 내공이 외부로 표출된 현상이었다. 그 여파로 내공이 약한 사람들은 일제히 뒤로 물러서는 진풍경이 연출됐다.

갑자기 심각해진 상황에 가장 걱정스러워진 사람은 동동이었다. 채운하와 싸울 때 등천화가 다친 것을 그녀는 알고 있었다.

상처가 걱정된 것이다.

그때였다.

픽.

'뭐지?'

동동은 등천화와 예반악을 번갈아 쳐다보다가 갑자기 손으로 입을 막았다.

"저, 저……."

곧바로 공격할 기세였던 예반악이 움찔거리며 뒤로 물러서는 모습이 보였다.

그녀의 머릿속에 이틀 전의 일이 떠올랐다.

이틀 전.

동동은 등천화가 바위 앞에 서 있는 모습을 봤다.

똑바로 선 자세로 일보를 내디디고, 물러서고 있었다.

생각할 것이 있는 모양이었다.

동동이 자리를 피해주려는 순간, 어디선가 소리가 들려왔다.

쉭― 뽁.

자세히 들으니 바위에서 들리는 것 같았다.

아미를 찌푸리고 바위를 살펴봤다.

그곳엔 주먹 크기의 구멍들이 숭숭 뚫려 있었다.

하지만 소리 때문에 생긴 흔적은 아니었다.

그녀가 지켜보는 와중에도 소리는 계속해서 들렸기 때문이다. 그것은 등천화가 바람의 응집체를 쏘아내면서 일으키는 소리였다.

구멍이 점점 작아져서 손가락 하나 정도까지 줄어든 것이다.

움직이면 잡을 수 없는 사람이 이젠 저런 무시무시한 공격까지 할 수 있게 됐다는 사실에 동동은 등골이 오싹해졌다.

그날 이후 등천화에게 더욱 잘해준 것은 두말할 것도 없었다.

지금 그걸 사용하려는 것이다.

불꽃으로 뒤덮인 예반악의 모습은 지옥사자와 같았지만, 뒤로 물러서서 지켜보는 동동의 눈에는 오히려 위태위태해 보였다.

등천화는 예반악의 길이 일어나려 할 때마다 바람의 응집체로 맥을 끊었다. 바위를 뚫을 때와 비슷한 소리가 들렸다.

일보의 의미가 달라지는 소리이기도 했다.

퍽. 퍽. 퍼벅.

둔탁한 소리가 빨라지면서 예반악의 움찔거림 역시 빈번해졌다.

보여야 막을 수 있었다. 제아무리 강력한 호신강기라도 보이지 않는 공격으로부터 한도 끝도 없이 몸을 보호할 수는 없는 노릇이었다.

"……!"

예반악의 표정이 공포에 젖었다.

겨우 예명과 또래인 청년에게 일방적으로 이런 수모를 당하다니!

문제는 그의 몸이었다.

생각처럼 말을 듣지 않았다. 당연한 것이, 예반악은 지금 그물에 걸린 물고기와 같았다. 퍼덕거릴 때마다 그물에 더욱 얽혀드는 것이다.

"으합!"

예반악은 이대로 끝날 수 없었다.

기합과 함께 불덩이가 사방으로 날아갔다.

기를 끊어서 상대로 하여금 지옥에 갇힌 것처럼 만드는, 열화마왕권 중 가장 위력이 강한 후반부에 들어 있는 열화지옥이란 초식이었다.

엄청난 열기가 벽을 녹이고 주위를 완전히 재로 변하게 만들었다. 하지만 한꺼번에 기를 쏟아내면 그다음은 무방비 상태가 된다는 것을 그는 잊고 있었다.

퍽.

"컥!"

짧은 신음과 함께 그의 몸을 감싸고 있던 열기가 수그러들었다. 그는 어깨를 감싼 채 믿지 못하겠다는 표정으로 등천화를 노려봤다.

어떻게 당했는지도 모르고 이대로 그만둘 순 없었다.

그는 다시 내공을 끌어올리려 했다.

그때였다.

"예 대협, 그만두세요. 아시잖아요, 안 되는 거."

동동이 예반악을 부축하며 고개를 가로저었다.

"내가 이토록 허무하게… 겨우……."

"너무 억울해하지 마세요. 나중에 말씀드리려 했는데… 휴, 어쩔 수 없이 지금 해야겠네요. 저 사람, 얼마 전에 잠마의 고수와 싸운 적이 있어요. 제가 직접 봤죠. 여자였는데, 얼마나 강한지 저는 싸울 엄두가 안 나더라구요. 게다가 저 사람은 마교의 삼천마를 죽이고 나서 지친 상태였거든요? 그런데도 결국 그 여자를 쫓아냈어요. 그때 봉공 한 명을 잃고 화가 많이 난 상태예요. 그래서 예 대협이 '죽이지는 않겠다'는 말을 했을 때 꼭지가 돈 거라구요. 예 소협과 옥 소저는 이곳에 두고 가세요. 저도 철사대제의 후예인데 모른 척하고 있을 수는 없잖아요. 저 사람을 도와 잠마를 없애면 그 공이 어디로 가겠어요. 예?"

"……."

예반악은 자신의 발아래를 내려다봤다.

열화마왕권을 끌어올렸음에도 앞으로 나간 적이 없었다.

패배, 너무도 어처구니없는 패배였다.

그의 선대가 잠마성황에게 당할 때 어떤 기분이었는지 알 것 같았다.

"멀리… 대막에서 오고 있을 정예들에게 알려야겠군, 오지 말라고."

예반악은 열화마왕권을 익히면 천하최강은 아닐지라도 마교나 천추성과 어깨를 나란히 할 수 있을 줄 알았다.

꿈에 불과했던 모양이다.

그의 축 처진 어깨를 보고 예명이 달려왔다.

"아버지, 괜찮으세요?"

“괜찮다. 이것을 받아라.”

예반악은 품에서 두루마리 하나를 예명에게 건넸다.

“열화마왕권의 구결이 적힌 비급이다. 네게는 대성했다고 했지만, 모자란 부분이 있었다. 너무 늦게 수련을 시작한 탓이지. 너는 할 수 있을 게다. 지금의 내 모습을 눈에 잘 새겨두어라. 그래야 한다. 너는 이곳에 남아 동 소저를 도와라.”

“아버지.”

“명아, 안 되는 건 안 되는 게다. 잠마성황이란 자를 만나 볼 기회도 없었지만, 선대의 절망감이 얼마나 컸을지 알 것 같다.”

더 무슨 말을 이어야 할까.

예명은 예반악이 하고 싶은 말을 듣지 않아도 알 것 같았다. 하지만 예명은 직감하고 있었다. 예반악이 건네준 열화마왕권을 대성한다고 해도 등천화를 상대할 수는 없다는걸.

“잊지 않겠습니다.”

예명은 스스로를 속이지 않았다.

그렇게 믿을 것이기에.

거대한 마차는 곧바로 예반악을 태우고 사라졌고, 예명과 옥서시는 등천화가 ‘거처’라고 부르는 건물에 잔류했다.

*　　　*　　　*

언제 가을이었는지도 모르게 겨울은 순식간에 다가왔다.

풍우신장은 거처를 나와 산책을 하던 중이었다.

회색구름이 하얀 솜구름을 가리고 있었다.

바람이 오늘따라 건조했다.

풍우건중은 아버지의 등을 바라보며 최대한 경건한 목소리로 입을 열었다.

"유령신보가 잠마의 무리들을 끌어내고 있습니다. 강호에서는 유령신보를 환우제일신보라 부르며 추앙한다고 합니다."

곧바로 반응이 있을 줄 알았던 풍우신장은 뒷짐을 진 채로 하늘만 바라보고 있었다.

"곧 잠마의 숨겨진 세력은 물론이고, 마교의 진짜 정예도 모습을 드러낼 텐데, 아버님께선 어떻게 할 생각이십니까?"

세 살짜리 어린애도 아는 순서를 풍우신장이 모를 리 없었다.

"후후후. 건중아, 마교는 한 사람에게 휘둘리는 세력이 아니다. 서두를 것 없다."

"하지만……."

"저 구름을 좀 봐라."

풍우건중은 풍우신장이 가리키는 하늘을 쳐다봤다.

하얀 구름이 떼를 지어 몰려오고 있었다.

"네가 십 년 전에 그 몸이 되어 돌아왔을 때, 나는 모든 것을 미루고 네 몸을 고치기 위해 동분서주했다."

"알고 있습니다."

"하나 결국은 못 고쳤다."

"죄송합니다."

풍우건중은 고개를 들지 못했다.

"이제와 말을 한다만, 이 아비는 십 년 전… 십이천강추를 완성했다."

"……!"

"네가 다쳐서 돌아왔을 때, 나는 마교의 소행임을 믿어 의심치 않았다. 그들이 내가 십이천강추를 완성한 걸 알고서 시선을 돌리려는 줄 알았던 것이다."

"와, 완성하셨습니까?"

"허허허. 그래, 완성했다. 하지만 나만 완성한 것이 아닌 모양이다. 오랫동안 강호에 있다 보니 직접 보지 않아도 알 수 있는 일들이 하나둘씩 늘어나는구나."

"무슨 말씀이신지……."

"무공을 완성한 사람이 나뿐만이 아니란 뜻이다. 마교주 역시 완성한 것 같다. 섣불리 움직여선 피해만 늘어난다. 최소한의 피로, 최대한의 결과를 만들어내려면 어떤 방법이 좋겠느냐, 건중아?"

풍우건중은 곧바로 대답하지 못하고 잠시 숨을 돌렸다. 그

에게 아버지가 조언을 구하고 있었다. 언제나 그에게는 거인
이기만 했던 아버지가 조언을 구하는 것이다.

"한 번에 모든 것을 끝내야 합니다. 하나, 지금은 시기가
좋지 않습니다. 세외삼천의 움직임과 잠마를 끌어내 처리해
야 합니다. 그리고 곧장 마교와 일전을 벌어야 하는 것이 순
서라고 생각합니다."

"흠. 그럴듯하구나. 세외삼천은 무제가 잘 막는다고 해도
잠마를 막을 세력이 없구나. 아니지, 유령신보에게 무제를 도
우라고 하면 어떻겠느냐?"

풍우신장은 대화를 하면서 길을 알려주고 있었다.

그러나 풍우건중의 안색은 그리 좋지 않았다.

"왜 그러느냐?"

"아버님, 유령신보를 이용하시려는 겁니까?"

"대의를 위해서 움직이는 자만이 영웅인 게다. 지금 움직
여야 영웅이 될 수 있다."

풍우건중은 풍우신장의 확신에 찬 얼굴을 바라보다 고개
를 가로저었다.

"그는 어디로 튈지 모르는 사람입니다. 천추성의 얼굴이
되겠다고 위사로 있다가, 어느 날 갑자기 마교의 백마들을 우
후죽순으로 때려눕혔습니다. 그러다 이제는 한 세력의 주인
을 잡겠다고 움직이고 있습니다. 하나 더욱 웃긴 것은… 그런
그의 행동이 전혀 우스꽝스럽지 않다는 것입니다. 이젠 누구

도 유령신보를 건드리려고 하는 사람이 없습니다. 그는 돌아
오지 않습니다."

"아니다. 그런 인재는 천추성에 와야 한다. 그래야 영웅이
될 수 있다."

풍우건중은 풍우신장이 고집을 꺾지 않는다는 것을 잘 알
고 있었다. 지금은 이해시키기보다는 지켜보는 수밖에 없었
다.

"말은 전해보겠습니다."

밤이 됐다.

구름에 가려 보이지 않을 것 같던 달이 밤의 끝자락을 잡으
며 모습을 드러냈다.

날씬한 인영이 은밀하게 풍우건중의 거처로 스며들었다.

잠시 후, 풍우건중의 처소에 불이 켜졌다.

"알고 있었다."

풍우건중의 담담한 말에 옥상아는 해연히 놀랐다.

조심스럽게 꺼낸 얘기였다.

"나는 예상하고 있었다."

"어, 언제부터… 혹시 처음부터 알고 계셨던 건가요? 그러
면서 어떻게 한마디도 안 하실 수가 있었죠?"

풍우건중은 고개를 저었다.

"현도의 백치가 된 모습을 보고 어찌 그런 생각을 했겠느

냐. 한동안 지켜봤다. 그러다 이상한 점을 발견하게 됐다. 나는 잠마에 의해 폐인이 됐을 때 절망했다. 절망은 무서운 거지. 희망이 꺾인 사람이란 뜻이니까."

"용 공자님은 바보스럽지만 계속 움직였어요."

"그들에게 당한 거지. 그들의 수법이 발전했다고 해야 하나? 후후. 천추성의 정보를 가져오라고 한 모양이더구나."

"아아……."

옥상아는 침음했다.

"상아, 너무 걱정하지 않아도 된다. 현도가 전한 이번 정보는 오히려 그들을 불러낼 수 있는 계기가 될 테니까. 잠마든, 마교든."

풍우건중은 길게 한숨을 내뱉었다.

언제부터 등천화를 믿었다고 모른 척할 용기가 생겼다는 말인가?

"그는… 참으로 이상한 사람이다."

"누구를 말씀하시는 건지……."

"유령신보라고 불리는 유령 말이다. 하하하."

옥상아는 풍우건중의 시원한 웃음을 지켜보다가 자신도 모르게 몸을 날려 품에 안겼다.

잠시 후, 풍우건중의 방 안은 어둠에 잠겼다.

다음날 용현도는 치료를 위해 어디론가 옮겨졌다.

　　　　＊　　　　＊　　　　＊

　사부인 국진력을 만났을 때부터 지금까지 등천화는 언제나 한 가지를 얻고, 한 가지를 잃는 경험을 반복해 왔다.

　사부님을 얻었으니 가족과 떨어져야 했고, 태어나 처음으로 마음을 털어놓았던 여인이 떠나고서야 주위 사람들을 지켜야겠다는 책임감이 생겼다.

　변하지 않는 과정.

　새롭게 얻는 것을 두렵게 만드는 과정.

　이것을 성장이라고 했다.

　등천화는 문득 달빛을 진 어깨가 무거워진 것 같은 느낌이 들었다. 그 달빛만큼이나 반가운 사람이 기다리고 있었다.

　멀리 등불이 보였다.

　그곳을 향해 다가갈수록 주변 숲들이 소리를 냈다.

　도착한 곳에는 등천화의 예상대로 반가운 얼굴 둘이 앉아 있었다. 환하게 웃는 풍우건중과 등불 때문인지 볼이 붉게 물든 풍우산산이었다.

　"잘 지냈는가?"

　풍우건중이 먼저 입을 뗐다.

　풍우산산도 하고 싶었던 말인지라 얼굴을 들어 등천화를 바라봤다.

　"그럼요. 두 분은요?"

등천화는 빙긋 웃었다.

"앉지 그러나."

풍우건중은 자리에 앉으라는 손짓을 했다.

두 사람 모두 약간 여윈 것도 같았다.

"앉으세요, 등 소협."

풍우산산은 등천화가 얼마 전에 봉공 한 사람을 잃었다는 소식을 듣고 걱정했는데, 의외로 밝은 음성이 흘러나오자 안심이 됐다.

"사사천림주에, 세외삼천의 작은 주인들까지 거뒀다고?"

"거두긴요, 동 소저가 알아서 한다고 허락만 하라고 해서 그렇게 한다고 했을 뿐인걸요."

"동 소저가? 하하하."

등천화는 동동의 얘기가 나오자 코를 슥 문질렀다.

그 모습에 풍우산산이 아미를 찌푸리며 쳐다봤다.

그때였다.

"흥! 여기서 노닥거리려고 은밀히 빠져나오셨어!"

허공에서 날카로운 여인의 음성이 들렸다.

"막아!"

옥상아의 외침에 백의를 입은 십사 인이 탁자를 보호하기 위해 나타났다.

"엄… 동 소저, 벌써 왔어요?"

"동 소… 어머! 저, 저 여자는……."

풍우산산이 입을 가리며 깜짝 놀랐다.

그녀였다. 천추성 정문에서 풍우산산에게 무안을 주고 가 버린 기분 나쁜 여인, 동동.

옥상아는 풍우산산보다 먼저 동동을 알아봤다. 하지만 당한 것은 반드시 갚아야 하는 그녀였기에 철수 명령을 내리지 않았다.

"동 소저, 싸우지 말고 이리 와요."

등천화는 마치 옆에 있는 사람에게라도 말하는 것처럼 빈 자리를 가리켰다. 그러자 동동은 손을 거두며 미끄러지듯이 옆에 앉았다.

그 모습에 풍우건중은 고소를 금치 못했다.

동동에 대한 소문이 전혀 과장되지 않았기 때문이다.

사황련이란 신생 조직을 만들고 지옥천사라는 별호를 가진 여인답게 기세가 대단했다. 등천화의 한마디에 고분고분해진 것을 제외하면 소문 그대로였다.

"여기 앉으면 돼요?"

입이 잔뜩 나온 동동은 등천화의 옆에 앉으며 물었다. 벌써 앉았으면서 능청스러운 행동이었다.

"벌써 앉았으면서… 아, 이분들께 인사드려요. 천추성에 있을 때 도움을 주신 분들이에요."

"동동이에요. 풍우 소저는 구면인데, 이분은 처음 뵙네요. 설마… 에이, 천추성의 소성주이실 리는 없고……."

동동은 복사꽃처럼 활짝 핀 풍우산산에게 경계의 눈초리를 보낸 후, 풍우건중을 돌아봤다.

"풍우건중이라 하오."

풍우건중이 자리에서 일어나 포권을 취했다.

"어머!"

이번엔 동동이 놀란 음성을 터뜨렸다.

"당신 정말 대단해요. 소성주와 친분까지 있다니. 어머어머!"

동동의 호들갑에 등천화는 낮게 한숨을 뱉으며 고개를 저었다.

'왜 저 여자는 등 소협한테 저리 다정한 거지?'

풍우산산은 동동의 등장 이후부터 불안해서 제대로 앉기조차 힘들었다.

자연스러운 대화며, 등천화를 바라보는 저 눈빛이며, 당장이라도 안겨들 것 같은 행동은 뭔가!

불안한 그녀의 시선이 동동과 마주쳤다.

'오호, 불안하지? 더 불안하게 해줄까?'

동동의 눈빛과 마주친 풍우산산은 도저히 자신의 마음을 억제할 수가 없었다. 처음으로 마음속에서 외치는 소리에 귀를 기울였다. 다가가서 저 여자가 등천화에게 접근하지 못하게 하라고, 너라면 충분히 할 수 있다고. 그녀의 또 다른 그녀가 소리치고 있었다.

지금이 아니면 안 될 것 같은 이 느낌이, 격정적인 열정이 갑자기 불이 되어 그녀를 위로 솟구치게 만들었다.

"상아, 등 소협과 긴히 할 말이 있으니 오빠와 동 소저를 잠시 따로 있게 해주겠니?"

"예?"

"못 들었어?"

서릿발 같은 풍우산산의 눈빛에 옥상아는 자신도 모르게 찔끔거렸다.

"하하하. 알았다, 이 오라버니는 알아서 일어서 주마. 동 소저, 잠시만 저와 대화를 하실까요?"

"싫은데요."

"등 소협을 믿지 못하시는 모양이군요."

"뭘 못 믿어요?"

동동이 발끈해서 소리치자, 풍우건중은 양손을 들어 막는 시늉을 하면서 웃었다. 아마 등천화가 동동을 향하지 않았으면 하고 싶은 말을 하고 말았을 것이다.

"흥! 난 저 사람을 믿어요. 어차피… 그런 사이인데요 뭐. 호호호."

동동은 보란 듯이 웃고는 풍우건중과 함께 자리를 피해주었다.

두 사람이 나가고 난 후, 풍우산산의 격정은 그때부터 밀려들기 시작했다.

무슨 말을 하려고 두 사람을 보냈는지 전혀 생각이 나질 않았고, 등천화에게 할 말도 전혀 떠오르지 않았다.

"……."

등천화는 풍우산산이 먼저 말을 꺼내도록 침묵을 지켰다.

답답했다.

'척' 했으니 이번엔 등천화가 '착' 해줘야 하는 차례였다.

"엄… 풍우 소저?"

"예?"

"두 분이 나갔는데요."

"예에……."

"……."

"동 소저, 어때요?"

뜬금없는 말에 등천화는 고개를 끄덕였다.

"좋은 사람이에요."

"……."

"……."

"저는요?"

풍우산산의 얼굴이 좀 더 붉어졌다.

이럴 생각으로 온 것이 아닌데, 동동의 등장으로 완전 엉망이 되어버리고 말았다. 등천화에게 고백을 받아야 하는데 오히려 고백을 하고 만 꼴이기 때문이다.

동동은 풍우건중과 함께 나오면서 계속 툴툴댔다.

풍우건중이 보기엔 참으로 이상한 현상이었다.

아무리 강호의 여인이라고는 하지만 이렇게까지 자연스럽게 자신의 의지를 표현할 수 있다는 것이 이해가 가질 않았다.

"등 소협을 사랑하나 봐요?"

"예."

"……."

풍우건중은 너무도 당당한 동동의 대답에 일순 할 말을 잃었다.

세외삼천과의 관계가 어떻게 됐으며, 그들이 앞으로 어떻게 하겠다고 했는지 물어보려 했다가 말이 쏙 들어가고 말았다.

"근데, 천추성의 소성주께서 무슨 일로……."

"험험. 사황련에 대해 궁금한 점이 많아서요. 세외삼천이 물러갔으면 앞으로 마교와 잠마의 공격이 심해질 텐데 어떻게 대처하실 생각이며……."

"세외삼천의 작은 주인들이 있잖아요. 그들이 한동안 사황련의 한 축씩을 맡아주면 잘되지 않겠어요?"

"그들이 자신들의 적을 도와주기로 했다고요?"

"적? 누가요? 그들이 강호에 자리 잡을 수 있는 기회인데 개네들이 왜 저희들을 적으로 삼죠?"

‘강호에 자리를 잡… 아! 그래서 순순히 물러난 거구나.’

풍우건중은 그제야 상황이 이해가 됐다.

그러나 동동의 설명은 반쪽짜리였다.

세외삼천의 주인들은 다음 대의 후계자들을 통해 새로운 꿈을 가지고 떠났기 때문이다. 물론 그것 역시 등천화가 존재한다면 꿈에 불과하겠지만.

"다치진 않으셨어요? 얘길 들으니 이번에 싸운 사람들은 무서운 고수들이라고 하던데요."

풍우산산은 등천화가 대답을 망설이자마자 서둘러 화제를 돌렸다.

엉뚱한 대답이라도 나오면 그 창피함을 어떻게 감당해야 할지 아직 준비가 안 된 탓이다.

"그분들은 별로 무섭지 않았어요. 풍우 성주님이 계시잖아요."

"예? 아버지를 만난 적이 있으세요?"

"성을 나올 때요."

"그러셨구나."

"참! 나중에 놀러오세요. 풍우 소저가 지낼 방 정도는 있으니까요."

"……."

풍우산산은 정신이 아득해지는 것 같았다.

조금 전 질문에 대한 답이 이제야 들려온 것이다.

"고, 고마워요."

"뭘요."

등천화는 풍우산산의 몽롱한 눈빛에 불안감이 들었으나, 별일 아니라 생각해 버리고 말았다. 풍우산산이 지낼 방이란 의미에 대해 조금만 생각했어도 그런 말을 하진 않았을지도.

그러나 이미 엎어진 물이었다.

두 남매가 천추성으로 떠난 후, '거처'로 돌아가는 등천화에게 동동이 쉴 새 없이 바가지를 긁었다. 물론 그것을 바가지라고 여긴 것은 그녀 혼자뿐이었다.

만저유를 잃고 아직까지 지내기에 불편함이 없는 '거처'를 얻었다. 역시나 하나를 잃으면 하나를 얻는 모양이다.

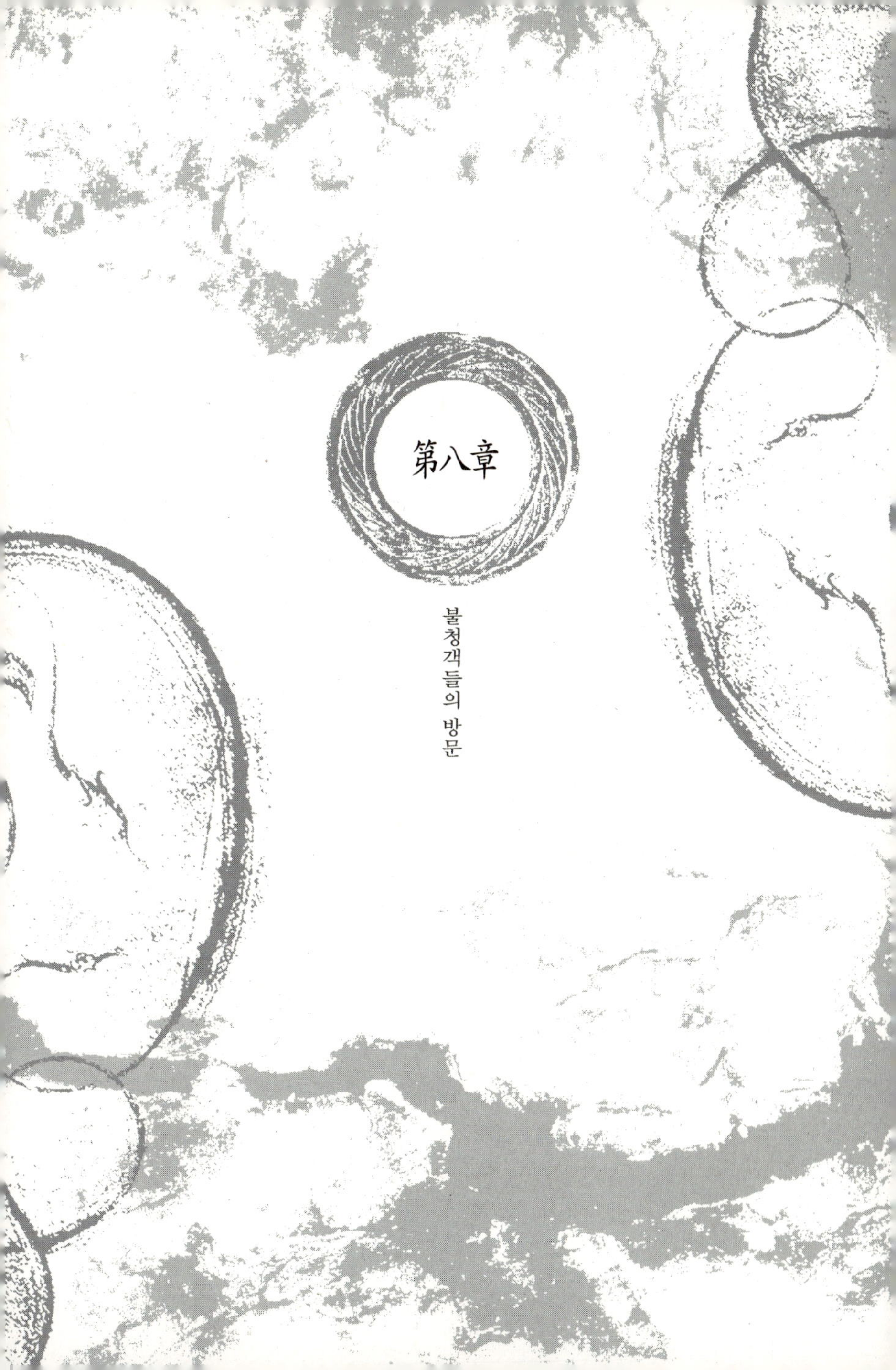

第八章

불청객들의 방문

步法
無敵

땅— 따다당.

사공운은 자신이 들고 있던 잔을 바닥에 떨어뜨렸다.

지난 몇 달 동안 그는 원하는 것을 모두 얻었다.

등천화를 내쫓았고 원로원의 지지를 받았으며, 차기 성주
로는 그밖에 없다는 소문까지 듣게 됐다.

그러나 모든 것을 이뤘음에도 잊을 수 없는 기억 때문에 지
금처럼 술을 마셔야 했다.

"지, 지금 뭐라고 했느냐?"

그의 앞에는 풍우신장, 풍우산산과 동행했던 무인이 무릎
을 꿇고 있었다.

사공원은 두 남매가 등천화와 무척 다정하게 대화를 주고 받았다는 보고에 화가 난 것이다.

"아가씨는 유령신보를 만난 후 곧장 성으로 돌아오셨습니다."

사공운은 허탈해졌다.

지루한 침묵이 계속됐다.

"알았다. 앞으로는 아가씨에 관한 보고를 하지 않아도 좋다."

이를 악문 음성을 듣고서야 수하는 조심스럽게 방을 나갔다.

"무벽을 괜히 죽였어."

무벽이 있었다면 저 수하의 입이 다시는 열리지 않도록 조치를 취했겠지만, 이젠 자신이 알아서 해야 했다.

부글부글 속이 끓어올랐다.

사랑?

그런 감정이 아니었다.

질투심이었고, 패배감이었다.

사공운은 풍우산산을 원하지만, 그녀는 그를 내켜하지 않았다. 이유는 등천화 외엔 없었다. 무공에 이어 여자까지 뺏겼다는 생각에 몸서리를 쳤다.

곧 마교와 대대적인 싸움이 있을 거라며 풍우신장은 제자들에게 제마천강을 전수했다. 독학할 때와는 발전 속도가 비교할 수 없을 정도로 빨랐다.

이젠 사공운은 과거의 사공운이 아니었다.

폐인이 된 풍우건중에게 천추성주의 권좌가 전해질 리 없
으니 후계자는 뻔했다.

원로들의 입에서 다른 말이 나오지 않도록 풍우산산과 혼
사를 치르기만 하면 되는데, 이 모든 계획이 세워졌는데 결정
적으로 방해꾼이 나타난 것이다.

"흐흐흐. 유령신보, 네놈이 또다시 내 발목을 잡으려고 하
는구나. 하지만 이번엔 내가 직접 너를 찾아가마."

참을 수 없었다.

벅벅.

몸을 마구 긁었다.

그는 이미 풍우건중의 도움으로 십이천강추를 칠성 가까
이 완성하고 있었다. 물론 이런 사실은 풍우신장이 알 리 없
었다.

어느 날 갑자기 풍우건중이 그를 찾아와 숨겨진 제마천강
의 원리를 전해주었다. 자세한 설명과 꼼꼼한 지도로 그는 제
대로 된 제마천강을 얻었다.

때마침 풍우신장의 배려로 천추약전이 개방됐고, 덕분에
제자들은 모두 자신들의 내공을 극한까지 끌어올릴 수 있었
다.

원로원의 원로들이 발 벗고 나섰고 그중 가장 큰 특혜를 받

은 사람이 사공운이었다.

등천화가 아무리 빨리 움직여도 볼 수 있는 망안과 제마천강이 그에겐 있었다.

만나는 즉시 지옥을 선사할 것이다.

*　　　　*　　　　*

쏴아아―

어둠을 뚫고 하얀 수증기를 피워 올리며 겨울비가 쏟아졌다.

어둠과 서리 낀 창밖을 바라보는 등천화의 눈에는 그런 것은 아무래도 좋았다. 아무것도 보이지 않고, 아무것도 들리지 않는 것을 즐기고 싶은 듯 표정까지 무표정하게 서 있었다.

'만 공을 지켜내지 못했어.'

만저유의 마지막 얼굴이 계속해서 등천화를 잠 못 이루게 했다.

이때, 누군가가 문을 두드렸다.

이 시간에 문을 두드릴 수 있는 사람은 갈피독과 문대성뿐이었다. 등천화는 모른 척했다. 아무도 만나고 싶지 않은 까닭이다.

그러나 방문을 두드리는 소리가 다시 이어졌다.

똑똑.

“……?”

뭔가 이상했다.

두 사람이 아닐지도 모른다는 생각이 들었다.

“들어오… 엄… 대공자…….”

들어선 사람은 사공원이었다.

“맞다, 바로 나다.”

사공원은 앉으라는 말도 하기 전에 자리에 앉았다.

“얘기 들었다. 삼천마를 골로 보냈다고? 후후후. 득의양양해도 괜찮을 텐데 왜 그리 우울한 거지?”

사공원의 비비꼬인 말투에 등천화는 빙긋 웃으며 마주 앉았다.

“안 들키고 이곳까지 온 걸 보면 대공자도 많이 달라진 것 같은데요?”

“후후. 그런 말까지 할 줄 알게 됐구나. 나야 달라졌지. 십이천강추를 익혔거든.”

번뜩.

사공원의 눈빛이 사납게 일렁였다.

자랑하고 싶은 표정이 역력했다.

“예에… 한데, 무슨 일로……?”

“너와 해결을 봐야 할 일이 있어서 찾아왔다. 단도직입적으로 말하지. 나와 비무를 하자.”

“…….”

이상한 상황이었다.

갑자기 찾아와 비무를 하자? 하지만 더 이상한 것은 등천화 역시 싫지 않다는 것이다.

"좋습니다."

"이유를 묻지 않느냐?"

"이유가 있나요?"

'이유? 그런 것을 내가 왜 말해줘야 하는 거지?'

사공원은 코웃음 쳤다.

너를 꺾지 않고서는 제마천강을 대성할 수 없을 것 같다고, 성주님의 십이천강추를 얻기 위해 너를 밟으러 왔다고 말하고 싶지 않은 것이다.

"없다."

"그럼, 나가죠? 옆방에 갈 봉공과 문 봉공이 자고 있으니 이쪽으로."

등천화는 창문을 가리켰다.

"갈 봉공? 문 봉공? 후후후. 무슨 문파의 문주라도 된 것처럼 말을 하는구나."

"십보문의 문주거든요. 따라오세요."

등천화가 대수롭지 않게 대답을 해주고는 먼저 몸을 날렸다. 창문에서 뚝 떨어지더니 곧장 산을 향해 달려갔다.

역시나 보법이었다.

'십보문주?'

사공원은 고개를 갸웃거리다 신법을 펼쳐 허공을 가로질러 쫓아갔다.

쏴아아―

좀 더 강해진 빗줄기가 사공원의 몸에 닿기 무섭게 증발했고, 등천화는 그 비를 고스란히 맞았다.

둘은 서로를 마주 보았다.

"일전에 너는 오직 보법만 펼쳤다. 특이했지. 그런데도 그 자리에 있던 마교의 소교주란 놈을 격파했다. 덕분에 상처를 좀 받았지. 그래서 네 숨겨진 실력을 시험하기로 했다."

"그게 전부예요. 제가 할 줄 아는 건 보법 외엔… 아! 암기 다루는 것도 할 줄 알긴 하네요."

"암기? 뭐, 그런 건 상관없다. 할 줄 아는 건 뭐든 펼쳐 봐라. 나는 강해졌으니까."

똑바로 걷지 못하는 사람들이 하는 소리였다.

그들은 항상, 나는 똑바로 걷는데 다른 사람들 눈이 잘못돼서 삐뚤게 보이는 거라고 한다.

등천화는 자신도 모르게 '픽' 하고 웃음을 터뜨렸다.

"지금 나를 비웃는 거냐?"

사공원의 눈에서 살기가 줄기줄기 뻗어 나왔다.

"아니요. 그냥 우스워서요."

"내, 내가 우습다고?"

"아니요. 대공자가 한 말이 우습다고요."

"뭐!"

등천화는 사공원이 화를 내는 데도 개의치 않았다. 오히려 빙긋 웃기까지 했다.

"뭐라고 해도 좋아요. 대공자는 비무를 하러 왔고, 나는 응하면 되는 거잖아요. 복잡하게 생각하지 말아요."

"왜 너지? 어째서 너냔 말이다!"

사공원의 목소리가 떨렸다.

풍우산산이 왜 등천화를 선택했느냐는 질문이었다.

그러나 질문을 받은 등천화는 아무런 생각이 없었다.

답답함을 떨쳐 내기 위해 비무에 응했을 뿐이기 때문이다.

"내가… 너보다 못한 게 뭐지? 왜 하필이면 너야!"

사공원의 목소리가 점점 분노로 바뀌고 있었다.

등천화는 여전히 아무런 말을 하지 않았다.

"대화를 하고 싶으신 건가요?"

"너 따위와 무슨 대화! 나는 곧 천추성의 후계자가 된다."

"예? 풍우 공자님이 아니셨나요?"

"강호에는! 강자만이 모든 것을 차지할 수 있다. 그 누구도 폐인에게 후계자 자리가 돌아가는 것을 원치 않아."

"폐인… 지금 풍우 공자님을 폐인이라고 한 건가요?"

"그렇다. 그는 폐인이다. 무공을 펼칠 수 없으면 아무 소용 없는 세상이 강호니까."

등천화는 가슴속이 더욱 답답해졌다.

머칠 전에 봤던 풍우건중의 몸에서 미약하긴 해도 길이 만들어지는 것을 봤다.

저런 말을 들어야 할 정도는 아닌 것이다.

"겨우 후계자란 자리 때문에 그런 말을 막 하나요?"

"……!"

"답답함이나 풀어보려고 했는데, 좀 후련해질 수 있겠네요. 오세요."

"뭐?"

"비무하자면서요?"

"……."

할 말을 다 한 사람은 사공원 자신인데, 저 등천화의 얼굴에서 피어나는 웃음은 뭐란 말인가? 사공원의 얼굴이 보기 싫게 일그러졌다.

곧바로 두 사람은 대치 상태로 들어갔다.

사공원은 양손을 뻗어 제마천강을 일으켰고, 등천화의 움직임을 보기 위해 망안을 최대한 발휘했다.

"그것… 망안이네요. 그 정도로는 안 돼요."

'헛!'

등천화의 대답에 사공원은 속으로 헛바람을 삼켰다.

망안이 펼쳐졌음에도 등천화가 말을 한 것이다.

풍우신장의 망안을 깨뜨린 등천화에겐 너무도 간단한 일

이었으나, 사공원의 놀람은 평정까지 잃게 만들었다.

평범하게 서 있는 등천화의 다리는 쉴 새 없이 흐느적거리고 있었다. 그렇게 보였다. 하체가 상체를 따라가던 이전의 움직임이 왜 그렇게 보였는지 이해할 수 있을 것도 같았다.

망안이 깨졌다면 십이천강추를 펼쳐야 했다.

양 어깨, 양 손바닥, 그리고 양쪽 무릎에서 둥근 빛 덩어리가 모습을 드러냈다.

등천화는 사공원이 제마천강을 만들어내는 과정을 모두 지켜보고 있었다. 아니, 그냥 보였다. 단전에서 시작된 길이 쭉 뻗어 어깨를 타고 내려와 손으로 이어졌다. 하지만 더 늘어나진 않았다.

'저 빛 덩어리들이 나오기 전에 깰 수 있으면… 바람의 응집체를 저 빛 덩어리들보다 많게 떨쳐 낼 수 있을까? 예 대협과 싸울 때와는 또 다르다. 예 대협의 무공이 준비를 끝내야 넓어지는 길이라면, 대공자의 길은 언제든 만들 수 있는 방식인 것 같다. 어쩐다…….'

생각은 곧바로 실천을 일으켰고, 등천화의 신형이 지면 위로 떠올랐다.

사공원은 등천화의 이러한 변화를 직접적으로 보진 못하지만 느낌으로 어느 정도 알 수 있었다. 등천화의 안정된 자세와 쉴 새 없이 흐르는 예기가 절로 그를 압박해 왔다.

악마대능력을 깨뜨리던 등천화의 모습이 왜 이 순간 겹치는지 몰랐다.

사공원은 스스로에게 질문했다.

나는 그 당시의 장주극보다 강한가?

당시의 등천화와 자신의 위치를 바꾸어봤다.

잠마혈존을 가볍게 터뜨려 버리는 악마대능력과 마주 섰다.

자, 이제 어떻게 할 테냐?

환영 속의 장주극이 묻고 있었다.

나는 십이천강추를 사용할 것이다.

여덟 개의 빛 덩어리가 그대로 장주극을 때렸다.

그러나 승리를 쟁취한 사공원의 모습은 그 자리에 없었다. 반탄력에 의해 몸이 날아가는 모습이 머릿속에 새겨진 것이다.

"으헉!"

"……."

등천화는 담담한 표정으로 사공원을 보고 있었다. 그 눈을 보자 사공원은 갑자기 투지가 사라지며 허탈함이 밀려들었다.

비에 젖은 등천화가 불쌍하기는커녕 비와 완전히 동화된 모습에 살기조차 일어나지 않았다.

벽.

언제고 풍우신장이 그릇이라고 했던 그것이 등천화를 감싸고 있었다. 그것을 보게 된 것만 해도 사공원으로서는 엄청난 발전이 아닐 수 없었다.

그러나 그걸 인정하기 전에 사공원은 자신이 만든 합리화의 포장에 빠져들었다.

'내가 손을 써도 저 녀석은 나를 어쩌지 못한다. 내 뒤에 천추성이 있는 한, 결코 그러진 못할 것이다.'

사공원은 수그러들려는 투기를 다시 세웠다.

그때였다. 지금까지 가만히 지켜보기만 하던 등천화의 몸에 이상한 변화가 일어났다.

상체와 하체가 희뿌옇게 변한 것이다.

'저게 왜 저러지?'

보고자 하는 것만 보려고 할 때는 그것으로 족하지만, 안 보이는 미지의 것을 만들어내기 위해서는 전체를 봐야 했다.

사공원은 마음속의 패배로 인해 냉정한 눈을 되찾았으나, 그로 인해 등천화의 전체를 보게 됐다.

언제나 흐르는 물이 조금 전에 봤다고 어찌 같은 물이겠는가?

등천화는 지금 흐르고 있었다.

뜨려고 했던 물은 이미 지나가고 없었다.

지금!

등천화의 지금을 찾아야 했다.

"큭……."

사공원의 눈동자가 한동안 계속해서 흔들리다가 이내 등

천화에게 고정됐다.

"내가… 또… 또!"

끝까지 졌다는 말은 할 수 없었다.

"길이 이전보다 훨씬 넓어졌어요. 덕분에 좋은 경험 했습니다."

등천화는 사공원이 대결을 포기한 이유를 알 수 있었다. 등천화의 길을 그에게 보여주었으니 바보가 아닌 이상은 대결이 무의미하다는 것을 깨달았을 것이다.

조금 전에 떠오른 심상이 제대로 전해진 결과였다.

이 느낌은 백첨봉을 바라보며 깨달았던 심상과는 다르지만 궁극적으로는 같은 느낌이라고 할 수 있었다.

지금까지 등천화는 피하거나 상대의 길을 끊는 것이 최선이라고 생각해 왔다. 하나 예반악과의 대결과 사공원과의 대결로부터 새로운 방법을 깨닫게 된 것이다.

"큭큭큭……."

사공원의 자조 섞인 웃음이 한동안 계속됐다.

'졌다. 저놈은 이미 성주님이 아니면 잡을 수 없는 유령이 됐어.'

사공원은 어느새 이곳까지 온 이유를 까먹고 말았다.

한 여인을 사랑하기엔 얻고 싶은 것이 너무 많은 그였다.

반면에, 등천화는 시야가 환해지면서 조금 전의 느낌을 잊지 않기 위해 머릿속으로 새기는 중이었다.

투둑— 툭.

강해졌던 빗줄기가 서서히 줄어들었다.

＊　　　＊　　　＊

붉은색 선이 그어진 종이가 무려 아홉 장이었다.

백안마군부터 시작해서 삼천마 중패까지.

유령신보란 자에게 죽은 백마들의 이름이 종이에 적혀 장찬익의 앞에 올려졌다.

"애송이라고 하지 않았던가? 그 애송이에게 아홉이나 죽었다. 그것도 백마 이상의 고수들이 말이야."

장찬익의 목소리는 보고 있는 종이에 적힌 이름들과 전혀 상관없는 사람처럼 나직했다.

위험하다는 신호였다.

"소교주님께서 직접 죽이겠다고 하셔서……."

풍마가 기어들어 가는 목소리로 대답했다.

"내가 아는 풍마는 유령신보를 죽이고 나서 죽일 수밖에 없는 상황이었다고 설득할 수 있는 사람이었는데. 아닌가?"

"죄송합니다."

"며칠이나 걸리겠는가?"

등천화를 죽이는 데 걸릴 시간을 말하는 것이었다.

풍마는 바로 대답하지 못했다.

천추성의 전력이 사천성으로 집결하고 있다는 보고도 받
았고, 세외삼천의 고수들로 보이는 자들이 다시 모여들고 있
다는 보고 역시 받았다.

이 상태에서 등천화를 죽이기 위해 전력을 빼낸다면 어디
까지 밀릴지 장담할 수 없었다.

"자네는 찾게. 애송이를 처리할 사람은 있으니."

"예? 누가……."

"자네가 절대적으로 신뢰하는 사람이라면 알겠지?"

풍마의 안색이 하얗게 질렸다.

그를 떠올리는 것만으로도 충분히 공포스럽기 때문이다.

"어떻게 그분을……."

"싸울 상대가 없다는 건 고독한 거야. 삼천마가 죽었다고
하니 흥미를 느끼더군. 아마… 본좌의 생각으로는 유령신보
란 애송이를 죽이고 난 다음을 걱정하는 것 같았네. 그래서
도전할 수 있는 권리를 주겠다고 했지."

장찬익의 설명에 풍마는 마른침을 몇 번이나 삼켰는지 몰
랐다. 그 권리를 자신에게도 달라고 말하고 싶은 탓이다.

"찾아. 그리고 그에게 알려줘라."

"천추성의 움직임이 심상치 않습니다. 사황련이란 신생 세
력도 가담할 기세입니다. 이런 때에 세외삼천까지 합세하
면……."

"세외삼천은 들어오기도 전에 알아서 돌아갔으니 됐고, 사

황련은 유령신보만 없애면 해결되는 것 아니더냐, 풍마?"

"……!"

풍마는 자신도 모르게 입을 쩍 벌렸다.

장찬익은 모든 상황을 이미 풍마보다 더 자세히 알고 있었다.

"너무 놀랄 것 없다. 오랜만에 마뇌를 만났을 뿐이니까. 앞으로는 바빠질 것이다."

'마, 마뇌 공효릉! 군사께서 아직 살아 계신다는 말씀인가? 십 년 전에 이미 백 세를 넘기신 분이?'

쭈글쭈글한 피부에 몸통과 맞먹는 머리 크기를 가진 노인의 모습이 풍마의 뇌리를 스쳐 갔다. 마교인이라면 누구나 존경해마지 않는 군사였다. 하지만 그가 종적을 감춘 지 벌써 십 년이나 됐다.

그러나 다른 사람도 아닌 장찬익의 입에서 그가 살아 있다는 말이 나왔다. 그럼 살아 있는 것이다.

"알겠습니다."

*　　　*　　　*

그녀는 머리를 올려 드러낸 목선만으로도 요염했다.

몸에 착 달라붙은 비단이 하늘거리는 걸음걸이와 맞물려 묘한 여흥을 안겨주는 모습이 보기 좋았다.

굳이 흠을 잡는다면, 자연스럽게 걷다가 멈추었다를 반복한다는 정도? 몇 가닥 흘러내린 머리칼이 목을 간지를 때마다 긁는다는 정도?

그 외에는 없었다.

"들어가요."

그녀의 뒷모습과는 완전히 다른 목소리가 튀어나왔다. 오늘을 위해 하룻밤을 투자한 동동의 목소리였다.

문을 열고 안으로 들어가자 그녀가 온 것도 모르고 등천화는 창밖을 내다보며 생각에 잠겨 있었다.

"무슨 생각을 그렇게 해요?"

"그냥요… 이것저것. 이 시각에 동… 소저가… 맞나요?"

등천화는 깜짝 놀라 뒤로 물러서며 창에 등을 부딪쳤다. 볕에 그을린 얼굴은 그대로인데 입술은 붉었고 눈이 커진 동동이 그곳에 있었다.

"호호호. 놀랐어요? 사사천림에 있을 때는 평소 모습인데 이곳에선 화장할 기회가 거의 없었잖아요. 어때요, 괜찮아요?"

괜찮지 않으면 안 될 것 같은 눈빛은 등천화의 고개가 절로 끄덕여지게 만들었다.

"이리 와요."

동동은 가져온 다기들을 내려놓고 우려낸 차를 따랐다. 그녀의 몸에서 풍기는 사향(麝香) 때문에 차향이 죽는 줄도 모르고 열심이었다.

"좋네요."

"그쵸? 이거 준비하느라 얼마나 고생했게요."

"평소 모습이라면서요?"

"……."

"…예?"

"어렸을 때요."

동동은 더 이상 말을 못 붙이게 등천화의 시선을 외면하고는 찻잔을 건넸다. 내려갈 때와 달리 올라온 그녀의 얼굴에 웃음이 가득했다.

"무슨 생각을 그리 골똘히 했어요?"

"만 공이요."

"오… 호호호."

분위기 좀 잡아보려고 갈피독과 문대성에게 등천화의 방 근처에는 얼씬도 하지 말라고 해놓은 상태였다.

그러나 그 모든 노력도 상황이 받쳐 줘야 빛을 발하는 것이지, 말을 할 때마다 분위기가 깨져 버리면 어쩌란 말인가?

"엄… 그때 갈 봉공과 만 공을 도와주고 있었잖아요. 그때 만 공이 아무 말도 안 했어요?"

이번엔 등천화가 분위기 왕창 깨지는 질문을 했다.

동동은 잠시 눈만 깜빡였다.

거짓말을 못하기는 등천화나 그녀나 매한가지였다.

더구나 지금과 같이 정색을 하고 물어보면 방법이 없었다.

"쳇. 이래서 사부들이 원망스럽다니까. 선머슴처럼 키워서 의리를 저버리는 게 안 돼. 으이구. 산통 다 깨진 마당에 뭘 가려. 말은 안 하고 글자를 적어줬어요."

"글자?"

"크… 차 맛이 원래 이렇게 써요?"

동동이 혀를 쏙 내밀며 인상을 썼다.

"차는 원래 써요. 나도 처음에 마셨을 때 썼어요. 만 공이 뭐라고 썼는데요?"

"마묵산."

"예?"

"마묵산에서… 둥그런 표시 세 개하고 반달 표시 두 개, 그리고 동그란 구멍을 그렸어요. 뭐라고 손짓을 하다가… 끝이에요."

동동은 차를 한 잔 더 따라서 훌쩍 들이킨 후 옆으로 돌아앉았다.

속이 상한 것이다.

'얼마나 노력해야 저 인간과 합방이 가능한 거야? 이렇게 하면 된다더니… 갈 노인네 말은 역시 들으나마나야.'

풍우산산의 매력적인 모습을 보고 일단 등천화와 합방을 결심한 그녀였다. 하지만 그녀에게 남녀 관계에 대한 조언을 해줄 사람이라곤 한 명밖에 없었다.

갈피독.

그의 조언은 말도 안 되는 소리였다.

급한 사람은 그녀이니 등천화에게 양해를 구하라고 했다. 그때만 해도 미쳤냐고 펄쩍 뛴 그녀였으나, 곰곰이 혼자서 생각해 보니 갈피독의 말이 어이없게도 그럴듯하게 여겨졌다.

정신을 차렸을 때는 어느새 조신한 옷까지 갈아입은 자신이 다기 그릇을 들고 등천화의 방까지 온 것이다.

갈피독의 조언에 따라 양해를 구할 결심까지 하고 왔건만, 오히려 이상한 쪽으로 휘말리고 말았다.

'다음 기회나 노려야겠다.'

다음날.

등천화는 갈피독과 문대성을 동동과 함께 불렀다.

밤새 잠도 못 자고 내린 결론을 알려주기 위해서였다.

"아무래도 말을 해야 할 것 같아서요."

갈피독과 문대성은 의아한 눈으로 등천화를 쳐다봤으나, 동동은 올 것이 왔다는 표정으로 고개를 숙였다.

"잠마를 만나러 가야겠어요. 엄… 말을 하지 않으면 또 저번처럼 화내실까 봐…… 함께 가지 않을 거란 건 잘 아시죠? 이곳에 계세요."

"문주님, 이곳 때문에 마교의 움직임이 이상합니다. 움직이지 말라는 것이 아니라, 지금은 때가 좋지 않다는 것입니다."

문대성은 최대한 만류하는 쪽으로 말을 꺼냈다.

갈피독에게 도와달라는 눈짓을 보냈으나, 그는 동동을 노려보면서 안면 근육을 씰룩거리기만 했다.

등천화가 왜 갑자기 저런 결정을 내렸는지 알 것 같았기 때문이다. 당연히 동동을 노려보며 투덜거렸다.

"장한 일 했네. 양해를 구하라니까, 엉뚱한 고백을 해버렸군. 쿵. 이래서야 어디 앞으로 조언을 해줄 수 있겠어? 쯧쯧."

갈피독이 대화와 전혀 상관없는 말을 하자 동동이 한쪽 눈썹을 치켜세우며 공격할 준비를 했다.

"분위기? 양해? 흥! 개뿔!"

"뭐, 뭐야? 기껏 알려준 걸 못한 사람이 누군데 덤터기를 씌워?"

"도와주려면 확실히 도와줘야지, 어설프게 띄엄띄엄 알려주니 그게 되냐고요. 큰소리만 칠 줄 알았지 실속이 없어요, 실속이. 하긴 믿은 내가 바보지."

"뭐, 뭐야!"

두 사람의 옥신각신이 이어지려고 하자 문대성이 손을 내저으며 두 사람을 말렸다.

"문주님 계신 자리일세!"

갈피독과 동동은 동시에 어깨를 흔들어 힘을 빼고는 등을 돌리고 앉았다.

'잠마 어쩌구 하는 놈들을 벌써 세 명이나 봤는데, 혼자서
괜찮으실까?

'괜찮은 녀석들을 좀 풀어야겠다. 저 사람이… 그럴 리야
없겠지만… 그럴 리가 없지. 저 사람을 누가 잡아?

두 사람 모두 말은 하지 않았으나, 머릿속으로 등천화를 어
떻게 도울지 방법을 연구하고 있었다.

＊　　　＊　　　＊

등천화가 '거처'를 떠난 지 보름이 넘었다.

삼엄한 경계가 아직도 이름을 정하지 못한 '거처'를 감돌
았다.

문대성은 창밖을 내다보며 오늘도 무사히 넘긴 것을 다행
이라고 생각하고 있었다.

"그들이라도 이곳을 쉽게 공격할 수는 없지."

마교나 잠마가 이곳을 어렵게 생각할 리 없다는 것을 잘 알
기에 할 수 있는 생각의 부정이었다.

등천화가 이곳에 없다는 것을 그들이 몰라야 하기에, 최대
한 천추성의 제안에 따라 움직여 줘야 했다. 초문의 빠른 발
이 큰 도움이 됐다.

동동이 만든 사황련에 속한, 사사천림의 정예들과 세외삼
천의 소주인들과 갈피독이 건네준 낭인 연합체, 고수들을 밀

려서는 안 되는 이차 지지선인 섬서성에 배치한 것이다.

이곳 '거처'에는 문대성과 갈피독이 남아 있었다.

갈피독의 여의마검이 날이 갈수록 날카롭고 위력적으로 변하는 것을 보고는 있지만, 칠천마나 오마제가 찾아왔을 때도 날카롭고 위력적일지는 미지수였다.

"후우… 이번에도 문주님은 혼자 움직이셨다. 대협의 길을 원하지 않는다고 하시더니. 하시는 행동은 영락없이 마교와 잠마의 손에서 세상을 구하려는 영웅이시잖은가?"

혼잣말을 마친 문대성의 입에서 허허로운 웃음이 흘러나왔다. 등천화는 속내를 잘 드러내지 않았다. 모시는 사람의 입장에선 그처럼 어려운 주군은 없었다. 하나 한편으로는 그래서 인간적으로 친밀감이 드는 것도 있었다.

그때였다. 문대성의 옷자락이 맨살과 맞닿으며 차가운 옷의 감촉이 척추를 타고 전해졌다.

'분명히 아무도 없었는데……'

"유령신보는 어디 있나?"

죽이기 직전에 마지막 기회를 준다는 목소리였다.

문대성은 불청객을 돌아봤다.

기척을 전혀 느끼지 못했다. 문은 닫혀 있었다. 창문도 닫혀 있었다. 문대성은 자신이 상대할 수 있는 자가 아니라는 것을 인정했다.

좁은 방갓을 쓰고 상체와 하체를 구분해 주는 허리에 녹슨 칼이 매달려 있었다.

그의 안광이 문대성의 눈을 파고들었다.

야수와 같은 광포한 기운이 느껴졌다.

"누, 누… 구신가?"

문대성은 애써 담담한 척 물었다.

"유령신보를 찾는다고 했다."

반문이라도 하면 당장 손을 쓸 기세였다.

"무, 문주님은 지금 안 계신다. 누구신가?"

문대성은 최대한 표정을 숨기려 했으나 목소리가 떨리는 건 어쩔 수 없었다.

"유령신보에게 빚을 받으러 온 사람."

"빚? 혹시 잠마의 무리 중 한 사람인가?"

"잠마?"

그의 입가에 냉소가 스쳤다.

문대성은 그 냉소를 보자 소름이 쫙 끼쳤다.

"그런 것들은 모른다. 어딜 가야 유령신보를 만날 수 있나?"

그는 분명히 '그런 것들'이라고 했다.

현 강호에서 잠마의 무리들에게 저런 표현을 쓸 수 있는 고수는 얼마 되지 않았다.

"나도 문주님이 어디로 가셨는지는 잘 모르오. 하지만 당신이 잠마의 무리들에게 관심을 갖는다면 만날 수도 있을 것 같소.”

“잠마에 관심… 유령신보가 잠마를 만나러 갔나?”

“문주님의 표현을 빌자면, 그것들의 길을 끊으러 가셨소.”

“…….”

그는 더 이상 질문하지 않고 돌아섰다.

문대성의 눈에 그의 등이 들어왔다.

단단하고 강렬한 힘이 느껴지는 등이었다.

“잠깐!”

문대성은 그를 불렀다.

여차하면 문대성을 벨 것 같은 날카로운 기세가 방 안을 감쌌다.

“당신이 누군지 말해주면 잊지 않고 전하리다.”

“쿡. 그럴 일이 있을까? 다른 곳에서 나를 만나면 죽을 텐데. 일천마다.”

그의 말이 끝남과 동시에 모습을 감췄다.

문대성은 지금까지 수많은 고수들을 봐왔지만 저자처럼 강렬한 느낌을 받은 적은 단연코 없었다.

“갈 아우!”

일천마는 오른손을 들어 좁은 방갓 끝을 잡고 왼쪽으로 돌렸다. 오른쪽을 주시해야 할 때 사용하는 버릇이었다. 녹슨 칼에는 왼손이 닿아 있었다.

그가 바라보는 한 사람.

그를 바라보는 한 사람.

한 사람은 땅에, 한 사람은 허공에 있었다.

“…….”

“…….”

허공에서 그를 바라보는 사람은 두툼한 몸과 강직한 눈을 가진 노인, 만병무제였다.

만병무제의 신형이 서서히 가라앉았다.

물속도 아닌 허공에서 신형을 정지시킨 것뿐만 아니라 가라앉기까지 한 것이다.

“일천마.”

“만병무제.”

두 사람은 서로를 알고 있었다.

십 년 전에 만났어야 할 사람들이었다.

“유령신보를 만나러 왔나?”

“죽이러.”

“못 죽인 모양이군.”

“찾으러 가는 길이다.”

“끌끌. 자네는 아우들의 복수도 못할 운명인 모양이군. 아니면 유령신보를 만날 필요도 없다는 하늘의 뜻인지도.”

“하늘을 믿지 않는다.”

“그럼 지금부터라도 믿게. 자네는 유령신보를 만날 수 없을 테니까."

일천마는 웃었다. 뜨거워진 가슴이 활활 타오르며 녹슨 칼을 쥔 손에 힘을 주었다. 녹슨 칼도 주인의 마음을 아는지 붉은 녹을 흔들며 웅웅댔다.

유령신보 대신 만병무제라면 그 또한 나쁘지 않았다.

마교주 장찬익이 풍우신장과 함께 유일하게 인정한 고수가 그이기 때문이다.

식었던 피가 다시 끓어오르기 시작했다.

강자와의 만남에 가슴이 설레었던 기억이 가물가물할 정도로 오래됐다.

일천마가 된 이후로 그의 투쟁심을 일으킨 사람은 장찬익이 유일했다. 아니, 풍우신장과 만병무제까지 모두 셋이었다. 그중 한 사람을 오늘에서야 만났다.

두 사람은 오 장여의 거리를 두고 우뚝 섰다.

스읏.

먼저 움직인 사람은 일천마였다.

녹슨 칼이 붉은 빛을 번쩍이며 만병무제의 몸을 갈아왔다. 그 빠름이란 눈을 한 번 깜빡이는 시간을 백분지 일로 자른다고 해도 모자랄 시간이었다.

소리가 먼저 도착할 리 없었다.

만병무제는 일천마가 이번 공격에 전력을 다하지 않았다는 것을 알고 있었다.

살기는 충천하지만 그 안에 담긴 혼이 없었다.

마(魔)든, 정(正)이든 정상에 선 고수에겐 혼이 담겨 있었다.

'허수.'

진짜 공격을 하기 전의 시험이었다.

만병무제는 다가오는 공격을 아무런 반응도 보이지 않고 흘려보냈다.

삭둑.

그의 머리칼 몇 올이 잘려 나갔다.

"늙었나?"

일천마의 비웃음이 작렬했다.

두 사람과 같은 고수들에게 말 한마디는 승부에 결정적인 요인이 될 수 있었다.

그러나 만병무제는 웃었다.

"이곳에 오기 전에 어리광을 부리는 여자 둘을 집으로 보냈지. 멀리서도 왔더군. 한 명은 북해, 한 명은 남해. 대단하더군. 그런 여인들이 있다는 걸 알았으면 진즉에 쫓아다녔을걸세. 끌끌."

"북해… 남해……."

일천마는 그제야 그들이 누군지 알아챘다.

빙궁주와 검각주.

만병무제가 세외삼천의 두 주인을 단신으로 막았다고 말

을 하고 있는 것이다.

"한데 말일세, 유령신보란 고약한 청년이 대막에 사는 늑대를 잡아버렸다지 뭔가."

"축융단주."

"그렇지. 셋 중 제일 강하다지? 뭐, 하고 싶었던 말은 그게 아니고, 그 두 여인을 상대하느라 나는 몸이 풀렸다는 걸세. 자네처럼 허초로 시험 따위를 하진 않을 테니까 조심하라고."

"쿡."

일천마는 웃었다.

조금 전의 공격이 허초란 것을 꿰뚫어 보고 움직이지 않은 만병무제의 대담함에 대한 감탄이었다.

그때, 만병무제가 갑자기 병기를 짊어진 가방을 땅에 떨어뜨렸다.

쩔그랑.

"……?"

"괜히 무기를 꺼내다 그 녹슨 칼에 심장이라도 난도질당하면 체면이 말이 아니지. 진짜 무기로 상대해 주겠네."

"진짜 무기?"

만병무제는 양손을 들어 일천마에게 보여주었다.

"이것에 내 진짜 무기일세."

"권법인가, 장법인가?"

"보면 알아. 사실 나 정도 되는 사람에게 쇠붙이는 필요가 없지. 끌끌."

만병무제는 사람 좋은 얼굴로 웃었다.

일천마의 머릿속이 복잡해졌다.

'그러고 보니 저자의 무기에 대해서는 십 년 전에도 몰랐던 것 같은……'

불안감이 엄습했다.

만병무제라는 별호를 가진 사람이 자신의 무기를 모두 버렸다.

두툼한 만병무제의 신형이 일천마를 향해 다가왔다.

푹. 푹.

한 걸음을 옮길 때마다 만병무제의 발목이 땅에 박혔다. 내공을 운용한다는 증거였으나, 무슨 공격을 할지는 아직까지 짐작할 수 없었다.

'공격하기 전에 죽이면 그만이다.'

쾌도.

그의 혈라섬인(血羅纖人)이라면 만병무제의 몸을 실처럼 가늘게 잘라 버릴 수 있을 것이다.

번쩍!

녹슨 칼에서 혈광이 빛을 뿌렸다.

만병무제는 그 빛이 얼마나 빨리 자신에게 다가올지 알면서도 멈추지 않았다.

‘됐다.’

혈라섬인이 만병무제의 얼굴을 자르려는 찰나,

콱!

그의 시야를 가리는 빛과 함께 엄청난 굉음이 혈라섬인을 갈가리 찢어지는 것을 봐야 했다.

지지직.

‘혈라섬인이 찢어지는 거야 그럴 수 있다고 해도 왜 가슴이 찢어지는 충격을 느껴야 하……’

그는 시선을 내려 자신의 복부를 쳐다봤다.

고기 구울 때나 맡을 수 있던 냄새가 그의 복부에서 올라왔다.

뻥 뚫린 복부에는 피도 나오지 않았다.

“이건 무슨…….”

“도강(刀罡)을 비처럼 쏟아내는 놈을 무슨 수로 죽이나 걱정했는데, 다행히 한 방에 해결할 수 있었군. 자네의 몸을 뚫은 건 내 최고의 무기인 벼락일세.”

벽력대제의 진전을 이은 만병무제에게 있어서 최고의 무기는 벼락[雷]이었던 것이다.

언제든 펼칠 준비를 끝낸 무공이었으나, 지금까지 그 기회를 매번 놓친 무공이었다.

“영광인 줄이나 알라고. 마교주도 그건 맛보지 못했으니까. 끌끌. 그래도 일천마라는 이름값을 하는군. 자네의 도강을 전부 막지는 못했어.”

만병무제는 손을 타고 내려오는 피를 보며 말했다. 말 그대로 강기로 만들어진 비가 쏟아졌다. 이 정도의 상처로 끝난 것이 다행인 것이다.

툭.

바닥에 쓰러지는 일천마를 뒤로 만병무제는 자신의 가방을 메고 ‘거처’로 향했다.

두 사람이 단 한 번 부딪친 공간에는 아무것도 없었다. 약 이십여 장의 공터가 생겨났을 뿐.

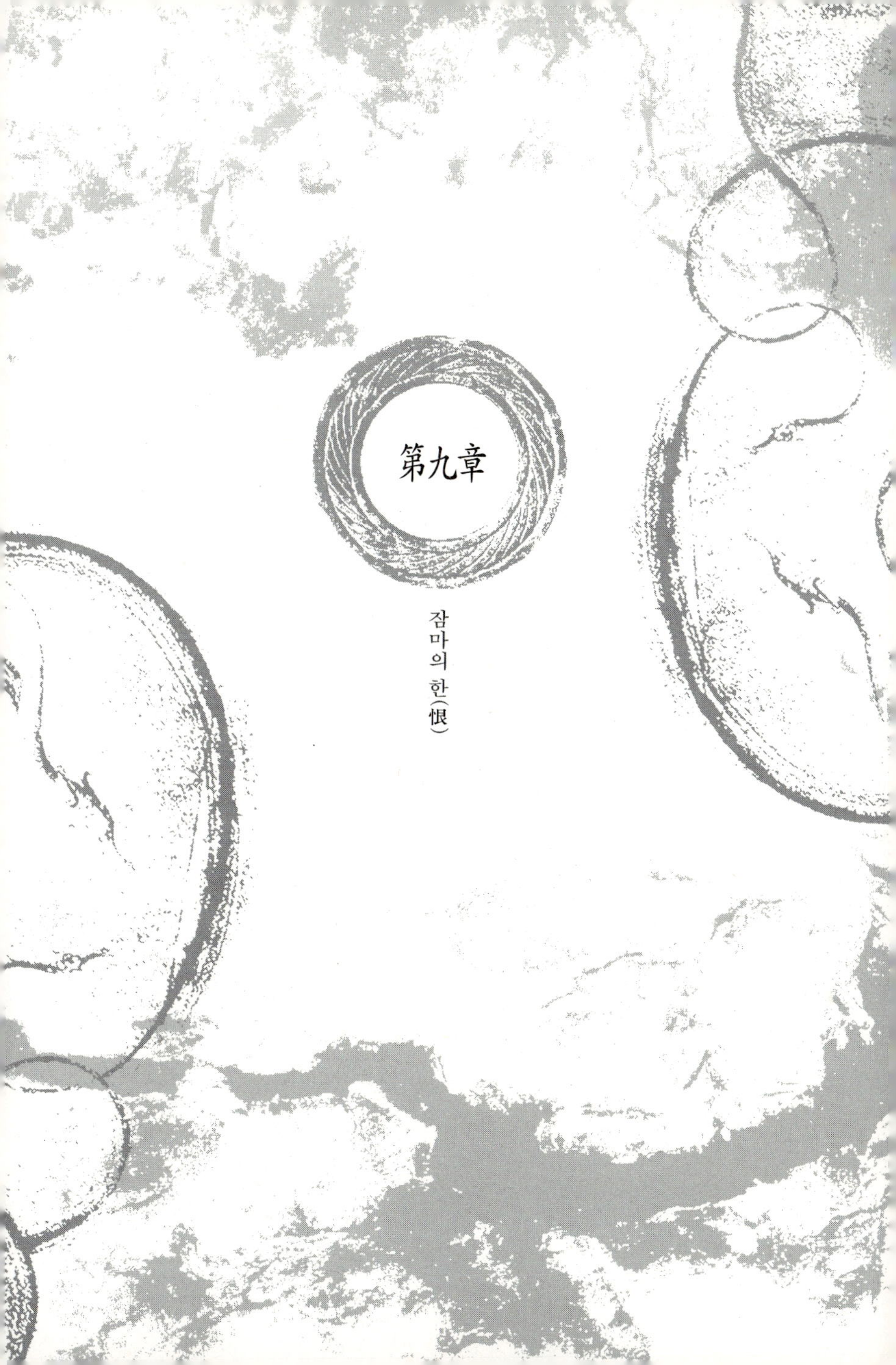

第九章

잠마의 한(恨)

步法
無敵

싸움은 시작이 중요했다.

사천성 부근 한 막사에 천추성의 원로들과 구대문파의 장로들이 모여 회의가 진행 중이었다.

이때, 급하게 전갈이 들어왔다.

"사천성의 이 개 지부에서 싸움이 일어났다고 합니다. 탄량 이상은 내줄 수 없다는 마교의 의지로 사료됩니다."

보고를 들은 천추성의 원로들 안색이 좋지 않았다.

그들보다 먼저 선수를 쓸 줄 몰랐던 것이다.

"괜찮아요. 아직 사천성이에요. 지원할 고수들을 보내고 탄량 지역을 확보하세요."

당찬 명령이 이제껏 조용히 있던 고매은의 입에서 튀어나
왔다.

"하나, 그렇게 되면 전면전을 각오해야 하오, 고 소저. 좀
더 정보를 얻어서⋯⋯."

"아니요, 어차피 해야 할 싸움. 전면전으로 뚫어요. 기습
작전이 아군의 사기를 높일지는 모르지만, 반대의 경우도 무
시할 수 없습니다. 시작됐으면 밀어붙여야 해요."

정마대전의 서막은 그렇게 시작됐다.

천추성에서 준비한 무인들의 숫자는 적게 잡아도 사천여
명. 이차 방어선과 천추성의 잔류 인원까지 하면 오천 명에
이르렀다.

그러나 이 싸움은 인원수로 하는 싸움이 아니었다.

"보고드립니다."

무사 한 명이 급히 막사 안으로 들어왔다.

"사대세가연합이 가세했다는 보고입니다."

"사대세가가?"

"예. 종리 소가주와 악 소가주가 나서서 마교와 싸우고 있
습니다."

"그들뿐인가요?"

"세외삼천의 소주인들이 사대세가연합을 도와주고 있다
합니다."

"세외삼천⋯⋯."

고매은은 눈빛을 반짝이며 두 주먹을 움켜쥐었다.

세외삼천의 정예들이라면 사천성에서 한번 붙어볼 만했
다.

"고수들을 추리세요. 사람을 보내 우리도 곧 합세한다고
전하세요."

"고 소저!"

고매은의 결정에 원로들과 구대문파의 장로들이 자리에서
벌떡 일어섰다. 하지만 고매은은 그들을 돌아보고는 밖으로
나가 버렸다.

"허!"

명백한 무시였다.

그러나 그들은 한 가지를 잊고 있었다.

이곳의 책임자는 자신들이 아니었다.

그들이 탁상공론을 하도록 그녀가 내버려 둔 것을 잊은 것
이다.

그녀가 바로 사천성 총책임자였다.

핑―

사천성의 하늘로 솟구친 화살이 태양을 만나 더욱 번쩍이
더니 그대로 아래쪽을 향했다.

퍽.

작은 구멍 하나에 한 명씩.

종리제청의 궁은 실수가 없었다.

지휘하는 자들만 찾아서 머리를 꿰뚫고 있었다.

멀리 창의 길이를 조절하며 마교의 무리들을 꿰는 악군휘의 모습이 들어왔다.

"창 소저, 악 제의 창은 정말 멋지지 않소?"

종리제청의 질문에 검 두 자루를 허리에 찬 면사녀가 입을 가리며 웃었다.

"그러네요."

"내가 얘기했던가요?"

"예?"

"창 소저가 와서 이 종리 모는 너무 행복하외다. 핫!"

기합을 크게 질러 앞에 말이 잘 들리지 않을 수도 있었으나, 창희소는 똑똑히 들었다.

그녀가 검각에 가 있는 동안 종리제청은 몇 번을 찾아왔는지 몰랐다. 편지도 수백 통은 족히 될 것이다.

창희령, 그녀의 언니를 향한 그의 일편단심에 반하고 말았다.

저런 사람의 사랑을 받는 언니가 부러웠다.

언니 행세를 할 수도 있었다.

세외삼천의 주인이 회합을 갖는 자리에 나가 언니인 척할 수도 있었다. 하지만 창희소는 그렇게 하지 않았다.

종리제청을 만난 자리에서 모든 사실을 털어놓았다.

하루 동안 그를 보지 못했다.

그러나 하루가 지나자 그는 창희소를 전과 같이 대했다. 창희소는 지금 이 순간이 아니면 종리제청에게 자신의 감정을 전할 수 없을 것 같았다.

"저도요… 조심하세요!"

위험할 일이 없는 사람에게 앞에 말이 쑥스러워 던진 말이었다.

이 싸움, 두 사람은 지고 싶은 생각이 눈곱만큼도 없었다.

*　　　　　*　　　　　*

혼란을 기다린 사람은 이곳에도 있었다.

마묵산에서 조금 떨어진 깊은 동굴.

악마상 위에 전라의 몸으로 신음을 터뜨리는 여인의 위에 한 사내가 쉬지 않고 몸을 움직였다. 그의 근육이 꿈틀거릴 때마다 여인의 몸이 활처럼 휘었다.

잠마.

그는 삼 일 밤낮을 쉬지 않고 여인, 잠마도존을 탐하고 있었다. 아니, 그녀의 체내에 쌓여 있는 암흑마기를 증폭시켜 빨아들이고 있었다.

"너는 나를 위해 존재한다."

"아… 조… 존재… 아아… 더, 더!"

잠마도존은 머리를 마구 흔들며 흐느꼈다.

몸이 말라가는 것도 모르고 쾌락에 중독되어 더 강한 자극만을 원하는 암컷이 된 것이다.

"…알았다."

잠마도존에게 한 말이 아니었다.

그의 귀로 직접 전해지는 보고에 대한 대답이었다.

'드디어 혼란이 시작됐군. 장찬익의 아들을 죽이는 걸 혈존에 맡기는 게 아니었어. 놈이 죽어 장찬익을 끌어냈어야 했어. 물론 시기를 조금 늦춘다고 달라지는 것은 없다. 끄음……'

잠마는 고개를 위로 쳐들었다.

"비존을 불러라. 모든 것을 거둘 시기다. 마교 내에 반란을 일으키게 하고 장찬익이 그걸 수습하는 동안 나는 강호를 접수하겠다."

그의 말이 끝나기 무섭게 동굴 천장에서 그림자들이 움직이기 시작했다.

"새로운 잠마살존이 된 기분이 어떠냐, 구조백. 이곳으로 와라. 크하하하!"

잠마의 행위가 거칠어질수록 잠마도존이 더욱 빨리 말라갔다. 숨을 내쉬는 것조차 잠마에게 빨려들어 가는 것이다.

죽음이 입을 벌리고 있는 줄도 모르고 채운하는 마교 총단에서 나와 곧장 마묵산 동굴로 향했다.

미행을 당하지 않도록 마교 총단을 빠져나올 때는 암흑마기를 사용해서 쥐도 새도 모르게 빠져나오고, 그 뒤로 마차나 말을 타고 움직였다.

"……."

동굴 안으로 들어서던 채운하는 음습한 기운이 몸에 안겨오는 걸 느끼고 암흑마기를 끌어올려 대항했다.

암흑마기를 지니지 않은 사람은 출입을 할 수 없게끔 잠마가 조치를 취해놓았다.

"어디 계시지?"

"크흐흐. 안으로, 안으로……."

목소리의 안내를 받으며 채운하는 악마상이 있는 곳까지 날아갔다.

"왔느냐, 비존."

"잠마를 경배하나이다."

채운하는 무릎을 꿇고서 옷가지를 벗으며 악마상 발까지 간 후 두 번의 도약으로 잠마의 곁에 내려섰다.

"일은?"

"말씀하신 대로 처리해 놓았습니다. 돌아가 도화선에 불만 지피면 마교 내엔 걷잡을 수 없는 혼란이 일어납니다. 흐응……."

채운하는 허리를 비틀며 잠마의 손길을 유혹하면서 곧장

가슴에 안겨갔다.

스스슷.

잠마의 몸에서도 채운하의 몸에서도, 암흑마기가 피어났
다. 피어난 두 마기는 곧바로 하나로 합쳐지며 안개를 만들어
냈다.

수동적인 잠마도존에 비해 채운하는 매사가 적극적이었
다. 이런 점 때문에 잠마는 잠마도존보다 그녀에게 더욱 많은
사랑을 줄 수밖에 없었다.

두 사람의 육체적인 결합이 막 진행되려 할 때였다.

잠마의 동작이 멈췄다.

"하필……."

"왜 그러십니까, 잠마시여."

"즐거움을 잠시 미뤄야겠구나."

"……?"

채운하는 잠마의 행동에 의아해졌다.

이런 적은 단연코 한 번도 없었다.

잠마는 채운하의 손을 잡고 검은 빛 육체를 출렁이며 악마
상 아래로 떨어져 내렸다.

잠시 후, 두 살마 앞에 나타난 사람.

"아!"

채운하는 탄성을 발했다.

한 사람이 다가오다 그녀를 발견하고 흠칫 놀라고는 혼들

리는 눈동자로 바라봤기 때문이다.

"구… 사형이……."

채운하가 재빨리 잠마를 돌아봤다.

"새로운 잠마살존이다. 마음에 드느냐, 비존? 크크."

"저, 저야……."

채운하는 대답을 미루며 잠마의 어깨에 올려진 왼손 위로 오른손을 포개 얼굴을 댔다. 잠마의 어깨에 머리를 기댄 그녀의 눈에는 두려움이 가득했다.

'악마… 저 악마가 운하를…….'

구조백은 현기증이 일었다.

사랑하는 채운하가 악마에게 잡혀 있었다.

이곳으로 오면서 생각해 둔 모든 것이 일시에 백지장으로 변해 버렸다. 오로지 머릿속에는 채운하를 구해내야겠다는 생각 외엔 들지 않았다.

사고를 마비시키는 최고의 조건, 그것은 사랑하는 여인의 호소하는 눈망울인 것이다.

"비존, 살존에 대해 잘 알겠지? 잠마의 이름을 갖기에 더없이 완벽한 남자이다. 비존 대신 돌아가 마교에 불을 지를 남자이기도 하고. 크크크."

채운하는 안색이 처참하게 굳어졌다.

잠마는 그녀가 이제 마교 총단으로 돌아가지 못한다고 말하고 있었다.

“잠마시여, 제가 맡은 일입니다. 제 손으로 끝내게 해주십시오.”

잠마의 고개가 좌우로 흔들렸다.

잔인한 악마!

구조백의 생각이었다.

채운하의 애원을 간단히 묵살하는 모습에 주먹이 절로 불끈 쥐어졌다.

“비존은 이곳에서 따로 할 일이 있다. 비존이 아니면 할 수 없는 일이다. 살존, 힘이 넘치느냐? 사용하고 싶어 미치겠다고 했느냐?”

잠마는 구조백을 직시하며 암흑마기를 일으켰다.

“큭.”

구조백은 신형을 바로 세우기 위해 목소리가 전해준 암흑마기를 일으켜야 했다. 그의 눈앞에는 채운하가 있었다. 잠마의 마수에 갇혀 울고 있는 채운하를 구하기 위해선 머리를 써야 했다.

‘저를 구해주세요.’

‘걱정 마라, 운하.’

‘제가 먼저 손을 쓸게요.’

‘뒤는 내가 맡는다.’

구조백은 채운하의 눈짓과 대화를 나눴다.

그러나 천살무극을 사용하기 위해서는 암흑마기를 최대한

끌어 모아야 했다.

"현재의 저는 천살무극을 사용할 수 있습니까, 잠마시여."

구조백은 무릎을 꿇었다.

천살무극을 펼칠 수 있도록 허락을 맡기 위해서는 이 수밖에 없었다.

'운하, 이 모습은 내가 아니다. 조금만 기다려라.'

채운하를 구해내기 위해서라면 굴욕을 감수할 수 있었다.

"크크크. 시험해 보고 싶구나, 살존. 그 대상이 나라면 더 좋겠지? 너를 선택한 사람의 능력을 보고 싶은 거야, 그렇지?"

"……."

"비존, 잠시 뒤로 물러서서 있어라."

잠마는 양손을 떨치며 채운하를 물리자마자 암흑마기를 뿜어냈다. 채운하는 그 힘에 엉겁결에 물러나야 했다. 그 때문에 암흑마기를 끌어올린 사람은 모두 셋이 됐다.

채운하의 손가락에는 어느새 비녀가 채워져 있었다.

그녀는 슬쩍 몸을 비틀어 알몸이란 것을 구조백에게 보여주며 슬픈 눈으로 신호를 보냈다.

구조백은 암흑마기를 최대한 끌어올리며 천살무극을 준비하다 문득 이상한 생각이 들었다. 상황에 대해서가 아니라 왜 꼭 천살무극인가에 대한 의문이었다.

'천살무극이 아니라 혈뢰구류를 사용한다.'

천살무극은 잠마가 아는 무공, 혈뢰구류는 잠마가 모르는
무공.

단순하면서도 명확한 결론이었다.

"잠마시여……."

채운하의 부름에 잠마가 인상을 썼다.

감히 그녀라도 그의 행사에 끼어드는 것을 용납할 그가 아
니었다.

"닥치고 물러서 있어라, 비존."

잠마의 얼음장 같은 태도에 분노한 사람은 채운하보다 구
조백이었다.

"시작하겠소. 그전에 운하가 할 말이 있는 것 같으니 들어
보시지요."

"괜찮다."

"운하는 괜찮지 않은 것 같습니다."

구조백의 강한 부정에 잠마는 살심이 끓어올랐으나, 채운
하와 구조백을 한 자리에서 죽일 수 없기에 부탁을 들어주기
로 했다.

"비존, 무슨… 흡!"

돌아서는 그를 기다렸다는 듯이 열 개의 비녀가 사혈을 찔
렀다.

파슥—

"헉!"

채운하는 성공했다는 기쁨을 느끼기도 전에 가루로 화하는 비녀들로 시선을 던져야 했다.

"네가… 네가… 감히! 너를 어찌 다뤘는데… 이년!"

잠마의 폭갈에 채운하는 두 눈을 질끈 감았다.

그리고 다시 슬며시 눈을 떴을 때 그녀의 손은 잠마의 몸속에 들어가 있었다.

"분리가 가능했… 나?"

"당신 덕분에 겨우."

"크크크. 그 정도에 내가 죽을 것 같으냐, 비존?"

"저건 어때요?"

"뭐?"

퍽!

짧고 강렬한 음향이 그의 등에서 흘러나왔다.

"컥! 이, 이건 또 뭐……."

"구 사형, 잘했어요."

채운하는 잠마의 몸에서 손을 빼내며 재빨리 구조백에게로 갔다.

"그 지겨운 목소리를 언제고 죽여 버리겠다고 다짐했지. 이렇게 빨리 올 줄은 몰랐지만."

구조백은 잠마의 눈빛이 묵빛으로 가라앉는 걸 보다가 혈뢰구류를 모두 그의 몸속에 넣어버렸다.

푸학!

잠마의 입에서 검은 피가 솟구쳤다.

그가 쓰러지는 모습도 보지 않고 두 사람은 동굴을 빠져나갔다.

그때, 빛도 없는 동굴 천장에 그림자들의 움직임이 시작됐다.

사사사—

바닥으로 내려온 그림자는 곧장 잠마를 감쌌다.

그러자 잠마의 몸에서 검은 안개가 흘러나오며 그림자들을 흡수하기 시작했다.

"크크크."

잠마는 암흑마기가 한줌만 있어도 다시 살아날 수 있는 신체를 지니고 있었다. 구조백의 공격이 아무리 위력적이라도 그 원친은 암흑마기었다.

잠마의 몸에 타격을 줄 수 없는 것이다.

동굴 안에는 한동안 잠마의 웃음이 끊이지 않았다.

"비존, 네년이 감히 나를 배신했단 말이냐? 구조백, 새로운 육체를 준 내 은혜를 이따위로 보답한단 말이지? 어리석은 것들. 너희들이 데려올 그놈과 함께 곧 지옥으로 보내주마. 크크. 크하하하!"

*　　　*　　　*

콰쾅!

엄청난 폭음과 함께 건물 한 층이 일시에 날아갔다.

잔해를 밟으며 장찬익이 태사의에서 움직였다.

“일천마가 어떻게 됐다고?”

“유령신보를 죽이러 갔다가 배에 구멍이 난 채 죽어서 돌아왔습니다.”

“유령신보더냐?”

“오십여 장에 이르는 공터에서 발견된 것은 일천마의 구멍 난 시체뿐이었습니다. 상처 주위가 불에 댄 것처럼 봉합되어 있었습니다.”

“불? 겨우 일천마가 열양무공을 사용하는 자의 손에 죽었다고?”

“말씀드린 공터에 대한 조사를 해봤는데… 그곳에는 공터가 없었다고 합니다. 아마도 미지의 흉수와 일천마님의 싸움으로 생긴 것 같습니다.”

“일천마와 그 정도까지 겨룰 자… 누구냐? 찾아내.”

“존명!”

“아! 주극이는 지금 뭐 하고 있느냐?”

“아직도 유령신보와 관련된 일 외에는 신경 쓰지 않고 있습니다.”

“아직도!”

장찬익의 기세가 줄기줄기 뻗쳐 나왔다.

장찬익은 며칠 전 친히 장주극을 만났다.

다쳐서 돌아왔을 때와는 비교도 할 수 없을 정도로 강해진 아들의 모습에 기쁨을 주체할 수 없었다. 악마대능력을 익힌 그로서는 보는 것만으로도 장주극의 성취를 느낄 수 있었기 때문이다.

천추성을 이 땅에 몰아내고 오라 명령을 내렸다.

그러나 장주극은 그런 것엔 관심이 없다며 오히려 풍마에게 유령신보가 어디 있는지 말하라고 다그쳤다.

장찬익의 속이 뒤집힌 것은 당연했다.

"데려와라."

"여자와 같이 있습니다."

"여자?"

"마화혈주입니다."

"지금은 그럴 때가 아니다."

"마화혈주의 미모라면……."

"새로운 마화혈주가 필요하겠군."

"조치를 취하겠습니다."

"그래. 주극이는 지금 그런 것에 신경 쓸 때가 아니다. 악마의 속삭임을 들었으면 그걸 사용하여 강호 전체가 벌벌 떨게 만들어야 할 의무가 있는 것이다."

장찬익은 멀지 않은 시기에 만인 위에 우뚝 설 장주극을 상상하며 웃었다.

"풍우신장, 이제 만병무제와 둘이서 함께 덤벼도 안 된다. 알겠느냐? 크하하하."

북서쪽으로 그의 웃음이 퍼져 나갔다.

*　　　*　　　*

마제육가로 돌아온 구조백은 그 목소리가 다시 들릴까 봐 하루하루 전전긍긍하며 긴장의 나날을 보냈다.

총단으로 돌아온 뒤 그는 채운하를 한 번도 만나지 못했다. 찾아온다던 그녀의 말만 믿고 기다린 것이다.

오늘은 도저히 참을 수가 없어 그녀를 찾아갔다. 하지만 그는 그곳으로 가는 것이 아니었다. 그녀의 거처에서 봐서는 안 될 장면을 목격하고 말았기 때문이다.

그가 그토록 경멸하던 장주극이 그녀를 어루만지며 즐거워하고 있었다.

그의 주먹이 절로 쥐어졌다.

채운하의 운명이 너무도 기구하다는 생각에 분노까지 치밀어 올랐다.

막 달려가 장주극을 떼어내려는 찰나,

"……."

"……."

채운하와 시선이 딱 마주쳤다.

외면하며 움직이려 했다.

그러나 그때, 채운하의 시선은 구조백에게 고정된 채 양손이 장주극의 목 뒤쪽을 끌어안는 것이 아닌가?

'우, 운하… 그게 아니잖아. 내가 보고 있는데…….'

구조백의 마음속 외침을 뻔히 듣고 있으면서도 채운하의 도발은 멈추지 않았다.

채운하는 구조백이 온 것을 알았다.

선택을 해야 하는 순간이었다.

장주극이냐, 구조백이냐.

선택은 너무도 간단했다.

현재의 그녀에게 필요한 사람은 잠마로부터 보호해 줄 수 있는 능력을 가진 남자였다.

어둠이 있는 곳은 잠마의 영역.

총단으로 온 뒤 며칠 후, 그녀에게 경고의 목소리가 들려왔다. 그녀의 능력이라면 목소리를 잡지 못할 것도 없었지만, 잠마의 이름을 가진 자들이 장난치는 것일 수도 있기에 기다렸다.

그러나 목소리를 듣는 횟수가 늘어감에 따라 확신할 수밖에 없었다.

잠마가 부활한 것이다.

분노로 인해 어쩔 줄 모르는 구조백을 뻔히 보면서도 장주

극을 끌어안을 수밖에 없었다. 그녀에게 잠마만큼이나 강한
두려움을 준 사람은 장주극이기에.

들뜬 신음을 흘렸고 장주극의 욕구를 채워주기 위해 최선
을 다했다.

'오지 마. 오면 죽어!'

채운하는 눈으로 구조백에게 경고했지만 구조백에게 그것
이 들릴 리 없었다. 그의 천살무극은 이미 행위에 열중하는
장주극의 몸을 때렸다.

"안 돼!"

채운하가 비명을 지르며 장주극을 안고 옆으로 구르려 했
다. 하지만 장주극은 이미 구조백이 채운하의 거처로 왔을 때
부터 알고 있었다.

"가만히 있어라, 혈주."

쩡!

무언가 빠르게 튕겨 나가는 소리였다.

"컥!"

공격했던 구조백이 비명을 터뜨리며 담에 박혔다.

"구조백, 혈주와 정을 통하는 사이였던 거냐?"

채운하는 알몸을 이불로 가리며 구조백을 오연히 바라보
는 장주극의 등 뒤로 숨었다.

"……."

구조백은 입이 있어도 말을 할 수가 없었다.

"자, 잠마예요."

채운하가 장주극의 등에 대고 속삭였다.

"잠마? 그건 또 무슨 말이냐?"

장주극의 반문에 구조백은 절망하고 말았다.

장주극은 이미 그의 상대가 아니었다.

혈뢰구류를 반탄강기만으로 튕겨낸 것만으로도 잠마보다 고수란 뜻이었다.

"그가 저와 구 사형의 몸속에 독을 넣고 이용하려 하고 있어요."

'독? 운하, 암흑마기를 독으로 이용하려는 거냐?'

구조백의 숙여진 눈에서 기광이 번뜩였다.

채운하의 재지는 정말이지 대단했다.

이 다급한 순간에도 미리 준비라도 한 것 같은 대답을 쏟아내고 있었다.

"그럼 네 임무는 나를 중독시키는 것?"

"아, 아닙니다, 소교주님. 그 독은 잠력을 격발시켜 무공을 높여주는 효력이 있지만, 전염성은 없어요. 소교주님을 이용하여 마교에 반란을 일으키라고 했지만… 흐흑… 저는 그렇게 할 수가 없었어요. 구 사형이 저를 사랑하는 것을 외면할 만큼… 소교주님을 사랑하게 됐거든요. 흐흐흑."

"사랑? 쿡."

장주극은 삐딱한 표정으로 채운하를 쳐다봤다.

그리고는 구조백을 쳐다봤다.

두 사람의 말은 거짓일 수도, 아닐 수도 있었다.

그러나 한 가지는 분명했다.

잠마를 만날 수 있는 것!

"재미있군. 잠마에게 안내해라."

"가, 가시면 위험합니다."

걱정하는 척하면서 도발하는 채운하의 화술에 장주극은 너무도 쉽게 걸려들었다.

"너를 앞으로도 계속 품으려면 그 정도 위험은 감수해야지. 흐흐흐."

장주극이 괴소를 흘리며 눈을 돌린 사이, 채운하와 구조백은 아주 작은 신호를 서로 교환했다.

* * *

밤이 늦었다.

등천화는 누군가가 자신을 지켜보고 있다는 것도 모르고 잠마의 동굴을 찾기에 여념이 없었다.

"엄… 둥그런 표시 세 개, 반달 표시 두 개, 동그란 구멍 하나라. 이게 뭘 뜻하는 거지?"

동동의 설명만 듣고서 무작정 잠마를 찾겠다고 나선 등천화였다.

"며칠 동안 마묵산 근처를 모두 돌아다녀 봤지만 동 소저의 설명과 부합되는 장소는 찾질 못하겠네……."

서문일가의 죽음부터 만저유까지.

모든 일의 시작에 잠마라는 자가 있었다.

그의 길을 끊지 않으면 함께 있는 것만으로도 좋은 갈피독, 문대성, 동동, 천추성에 있는 사람들까지 어떻게 될지 몰랐다.

"후움……."

등천화는 고개를 뒤로 젖히며 밤하늘을 올려다봤다.

"저 녀석이냐?"

등천화가 한눈에 보이는 곳에 선 두 사람 중 뒤쪽에 있는 사람이 말했다.

건장한 사내와 그의 목을 잡은 만병무제였다.

목이 잡힌 사내는 연신 고개를 끄덕였다.

등천화에게 안 좋은 일이 생기면 언제든 전서구를 날리라고 미리 마묵산에 배치해 놓은 사사천림의 식구였다.

그는 동동의 명령을 어길 생각이 추호도 없었다. 단지 만병무제가 기척도 없이 다가와 그의 목을 잡고 이곳까지 온 것뿐이었다.

안내 역시 그의 의지와 무관하게 이루어졌으니 죄책감 또한 덜했다.

멀리 고개를 갸웃거리는 등천화의 모습이 사내의 눈에 들어왔다. 이럴 때 전서구를 날려야 하는데 꼼짝을 할 수가 없었다.

정체를 알 수 없는 노인의 손아귀 힘은 그의 반항을 어리석은 짓으로 만들어 버렸기 때문이다.

"끌끌. 너는 그만 가봐라."

사내는 쏜살같이 사라졌다.

곧 전서구가 날아오를 테고 저 유령신보란 녀석을 돕겠다고 사람들이 몰려올 것이다.

사실 만병무제는 등천화가 예반악을 대막으로 돌려보냈다는 말을 듣기 전까지는 별로 만나고 싶은 생각도 없었다. 예반악과 비슷한 실력을 지녔다는 검각주와 빙궁주의 무공이 예상 외로 뛰어났기 때문이다.

이십대 초반의 청년에겐 불가능한 일이었다.

그래서 더욱 호기심이 일었다.

'거처'라 불리는 곳에 갔을 때 문대성은 왜 등천화를 찾느냐고 물었고, 만병무제는 솔직하게 대답해 주었다. 잠마가 과연 그의 상대가 될지 알아보려고 한다고.

그 말이 끝나기 무섭게 문대성은 등천화의 행선지를 알려주었다.

만병무제는 한 번의 도약으로 등천화의 위쪽으로 이동했다.

등천화는 얼굴에 그림자가 드리우며 잘 보고 있던 하늘이 안 보이자 그 자세 그대로 가만히 있었다.

"엄……."

뚱한 눈을 한 노인이 허공에 뜬 채로 등천화를 바라보고 있었다.

"네가 유령신보란 아이냐?"

노인은 대뜸 질문을 건넸다.

"예, 제가 그렇게 불리는 건 맞는데요. 어르신은 누구세요?"

"노부는 만병무제라 한다. 들어본 적 있느냐?"

"아뇨, 없습니다."

"끌끌. 모습만 보면 영락없는 촌놈이네. 왜들 그렇게 너를 만나지 못해 안달이지?"

만병무제는 혀를 찬 후 천천히 등천화에게 걸어 내려왔다.

"아!"

등천화는 탄성을 질렀다.

그가 걸어 내려오는 길은 아무것도 없는 허공이었다.

허공답보(虛空踏步).

말 그대로 허공을 밟아 내려오는 것이다.

그러나 그것 때문에 등천화가 탄성을 발한 건 아니었다. 허공답보를 펼치는 그의 몸에서 어떠한 길도 보이지 않았기 때문이다.

이는 풍우신장을 만났을 때와 또 달랐다.

풍우신장이 길을 차단한 것처럼 느껴졌다면, 그는 길과 함께 움직이는 것처럼 느껴졌다.

"웬 탄성이냐?"

"어르신! 정말 대단하세요. 어떻게 길을 감추시는 거죠? 길도 만들지 않고 어떻게… 대단하세요!"

등천화의 눈에는 진심이 담겨 있었다.

실력을 가늠하려고 일부러 허공답보를 펼친 만병무제는 덕분에 머쓱해지고 말았다.

"대단하긴… 사실 내겐 이것보다 훨씬 훌륭한 것들이 많아. 끌끌."

"예에, 조금 전에 어떻게 했는지 알려줄 수 있으세요?"

"뭐?"

당장 보여달라고 조를 줄 알았던 등천화는 엉뚱하게 허공답보에만 관심을 보였다.

그에게는 허공답보 따위보다 훨씬 멋진 무공이 많았다.

"좋다. 내 특별히 다른 것을 보여주마."

"예? 다른 건 됐고요, 아까 그 허공답보에 대해서 말씀……."

"무기란 사용하는 사람에 따라 그 쓰임새가 달라진다. 먼저 이 도끼는 무겁지만, 이걸 가볍게 사용하는 사람에겐 딱이지. 검도 종류별로 많지만 나는 이 오연한 검신을 가진 놈이 좋더구나. 곤을 사용할 경우는 거의 없지만 다수를 상대할 때

는 유용하지. 끌끌. 이상하지? 곤은 짧은 무기라 근접 결투에
서나 써야 하는데 다수의 적을 상대한다니 말이다. 그건 무식
한 자들이 하는 말이다. 곤을 팔꿈치에 대고 한 번에 한 명씩
상대하는 거야. 이렇게.”

만병무제의 눈빛이 번뜩이면서 등천화를 공격했다.

슈악―

공간이 찢어지는 파공음이 터진 것은 두 사람의 공방이 끝
난 후였다.

“제법이다!”

만병무제는 깜짝 놀라 소리쳤다.

등천화가 피한 것은 당연하다고 해도 움직인 시기가 장난
이 아니었다.

그가 공격하려는 마음을 먹은 즉시 등천화가 움직였기 때
문이다.

이렇게 시작할 생각은 없었지만 이왕 등천화의 실력을 확
인한 이상 미룰 이유가 없었다.

곤이 그의 손을 벗어나기 무섭게 검이 들렸다.

츠리릿.

검이 허공으로 날아올랐으며 도끼가 등천화를 향해 일직
선으로 뻗었고 그 뒤를 그의 몸이 따라갔다.

이 모든 것은 한순간에 이루어졌다.

그러나 등천화가 잠마를 찾기 위해 마묵산에서 노숙을 하

며 그냥 보냈을 리 없었다.

만병무제의 허공답보를 보는 순간 백첨봉에서 얻은 심상이 저절로 머릿속에 떠올랐기 때문이다.

구중천마 다섯에 혈사자라는 엄청난 고수를 일시에 눌러 버린 그 심상.

그토록 다시 찾고 싶어하던 그 심상이 만병무제의 걸음으로 깨달은 것이다.

쾌엑!

등천화의 신형이 허공으로 솟구쳤다.

만병무제는 재빨리 손을 잡아당기는 시늉을 했다.

그러자 허공을 날고 있던 검이 매처럼 등천화를 향해 날아갔다.

등천화는 예상하고 있었다.

빙긋 웃으며 손을 뻗어 검을 막았다.

쿠콰콰콰!

만병무제의 이기어검과 등천화의 손에서 빠져나온 혈광이 거리를 두고 더 이상 압축되지 않을 때까지 다가가다가 그대로 폭발을 일으켰다.

쩌정— 쩡!

서로 다른 두 개의 기운이 터지면서 주위 일대를 완전히 휩쓸어 버렸다.

"뭐냐! 무슨 수법이냐!"

"자전초예요!"

"자전초?"

"암기예요."

"엑! 암기로 이기어검을 막았다고 거짓말을 하는 거냐!"

"진짜예요. 이것 보세요."

등천화는 충돌의 여파가 몰려오는 것을 개의치 않고 손을 들어 자전초를 보여주었다. 여전히 발은 멈추지 않았다.

'암기에 내공을 주입해 이기어검을 막는 괴물을 직접 눈으로 보게 될 줄이야……!'

만병무제는 이제야말로 벼락을 사용해야 한다는 걸 알고 있었다. 하지만 망설여졌다. 저 순진한 웃음의 주인을 죽여야 한다는 사실이 가슴을 아프게 한 탓이다.

"네 녀석이 아무리 내공이 강해도 이번에 사용할 공격은 막지 못한다. 항복하고 제자가 되겠다고 약속하면 여기서 손을 멈추겠다."

"이번 공격이 그렇게 강해요?"

등천화의 눈이 반짝하고 빛났다.

"그럼! 너는 상상도 못할 위력의 공격이다. 그러니……."

"기대됩니다, 어르신!"

"뭐? 너, 진짜 안 봐준다?"

"저도 그럴게요."

"뭐?"

만병무제는 황당해서 말이 나오질 않았다.

조금 전의 충돌이 봐줘서 그 정도였다?

괘씸했다. 그의 벼락은 한 번 펼치면 상대가 죽을 때까지 멈출 수가 없었다.

몸을 개방하여 하늘과 소통을 시작했다.

지지직― 쯔루루― 콰콰!

그의 몸에서 나는 소리인지, 하늘이 열리며 나는 소리인지 구분이 잘 가지 않을 정도로 요란한 음향이 사방에서 몰려들었다.

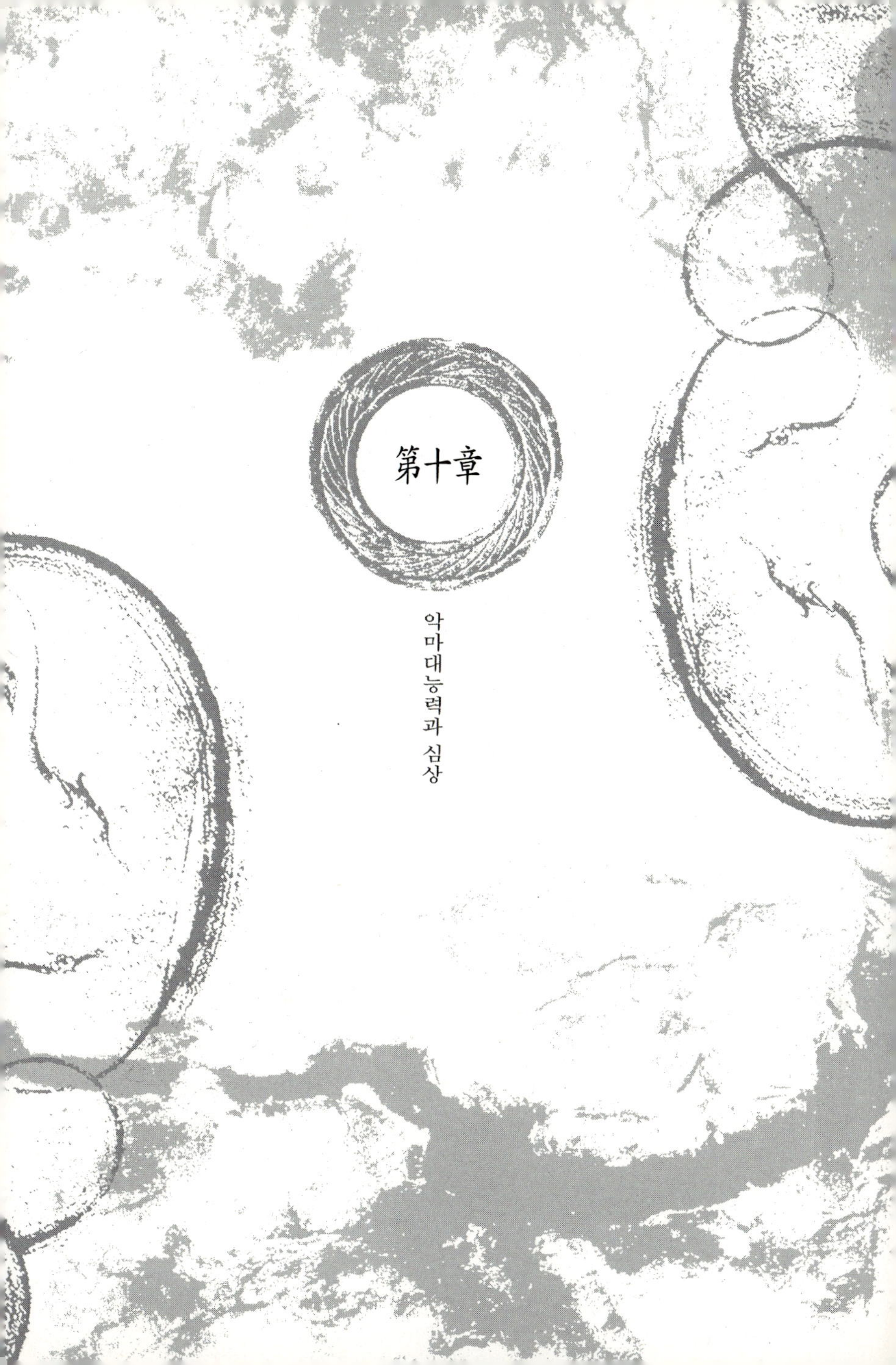

第十章
악마대능력과 심상

步法
無敵

　채운하와 구조백을 앞장서게 하고 장주극은 뒤에서 쫓아
갔다. 앞서가는 두 사람이 전력을 다해 신법을 펼쳤지만 장주
극은 그런 것을 전혀 느끼지 못하는 것 같았다.
　두 사람은 이미 해놓은 거짓말이 있어 암흑마기를 거두지
않은 상태에서 신법을 펼치고 있었다. 그런 두 사람에겐 지금
이 절망적인 상황이 아닐 수 없었다.
　그때, 채운하가 서서히 속도를 줄이며 섰다.
　뒤에서 장주극이 그녀의 허리를 감쌌다.
　"다 온 모양이구나."
　"예, 소교주님. 저깁니다."

그녀가 가리키는 곳에는 꽤나 음습한 동굴이 입을 벌리고 있었다.

"잠마를 불러라."

"저, 저희가 말입니까?"

채운하는 겁에 질려 반문하고 말았다.

그러자 장주극의 몸에서 지독한 회색빛 기운이 흘러나오며 그녀의 검은 얼굴을 어루만졌다.

"애송아, 오래도 걸리는구나. 기다리다 직접 찾아갈 뻔했다. 크크크."

장주극의 시선이 동굴 쪽으로 돌아갔다.

잠마의 목소리였다.

"그럴 배짱이 있는 놈이 그동안 쥐새끼처럼 숨어 있었더냐? 호호호. 겁이 나는 모양이구나, 그렇지?"

"예?"

엉뚱한 장주극의 말에 채운하의 눈이 동그래졌다.

구조백 역시 이상함을 느끼고는 동굴 쪽으로 시선을 고정시켰다. 잠마의 능력을 경험한 그였다. 한시도 긴장을 늦출 수 없었다.

"운하, 급한 놈이 구걸해야지?"

"예? 아, 예! 그, 그렇지요… 급한 놈이… 호호호."

채운하는 눈꺼풀이 떨리는 걸 안 보이기 위해 억지로 웃었다.

밤이었다.

밤은 잠마의 세계.

그녀에겐 장주극과 잠마의 힘을 비교할 능력은 없지만, 두 사람에게 느끼는 두려움은 비교할 수 있었다.

"크크크. 장찬익의 아들답게 광망하구나."

어둠을 거두며 상반신을 탈의한 잠마가 모습을 드러냈다. 그는 말은 장주극에게 하면서 눈으로는 채운하를 바라보고 있었다.

채운하는 눈을 질끈 감았다.

그 짧은 순간에 두 사람에게 느끼는 두려움의 정도가 분명해졌기 때문이다.

"흐흐흐. 네가 잠마란 쥐새끼구나."

광기에선 장주극 역시 밀리지 않았다. 아니, 오히려 잠마가 뿌려대는 암흑마기로 인해 따끔거리는 자극을 즐기는 듯했다.

"크크크. 악마대능력을 얻었다는 말이 사실이구나. 하나 그것만으로 기고만장해선 안 되지."

"그래도 될 것 같은데?"

"몇 겹의 진동을 다룰 수 있느냐?"

"……!"

장주극은 잠마의 질문에 입을 다물었다.

진동.

그 한마디로 장내에 침묵이 흐른 것이다.

"진동?"

채운하가 혼잣말을 하며 구조백을 돌아봤다. 하지만 구조백도 이 악마대능력에 대해 알 리가 없었다.

"악마대능력의 실체가 진동이라는 말인 것 같다."

구조백의 말이 끝나기 무섭게 잠마가 손뼉을 쳤다.

"그렇지! 악마대능력의 실체는 바로 진동이었던 것이다. 암흑마기가 왜 잠력에 치중했는지 이해가 가느냐, 비존?"

잠마의 시선이 닿자 채운하는 본능적으로 두려움 가득한 눈으로 고개를 끄덕였다. 그 모습을 장주극이 보고 있다는 생각은 이미 아득해져 버린 후였다.

"호호호. 겨우 진동 하나 알아낸 것 같고 너무 찍찍대잖아, 쥐새끼! 악마대능력의 비밀을 알아냈으니 좋겠네? 그럼 어디, 와서 죽여봐."

방금 전까지 놀란 표정을 짓고 있던 장주극은 언제 그랬냐는 듯이 잠마를 비웃었다.

"부정하고 싶으냐? 하나 아무리 네가 부정하려 해도 어둠을 뿌리치진 못할 것이다."

스스슷.

잠마는 장주극의 말이 끝나기 무섭게 어둠과 동화되었다.

채운하와 구조백은 두려움에 사방을 두리번거렸으나, 장주극은 전혀 움직이지 않았다.

"호호호. 악마대능력은 네 말대로 진동이다. 하나 너는 모르고 있어. 악마대능력의 진동은……."

장주극은 몸을 약간 앞으로 웅크렸다.

"…닿는 모든 것을 자른다!"

슈— 아— 악—!

활짝 편 장주극의 몸에서 회색빛으로 이루어진 반월들이 사방을 향해 날아갔다.

"큭. 이, 이건!"

잠마의 놀란 외침이 어둠 속에서 들렸다.

"안다며? 이 힘이 바로 악마대능력이지. 한 번 더 잘리고 싶은가?"

회색빛 반월은 진동이 압축된 일종의 초진동기체(超振動氣體)로, 그 힘은 무공명에서도 보여지듯이 악마적이었다.

더 이상 잠마의 목소리는 들리지 않았다. 암흑마기로 이루어진 검은 안개로서는 막아낼 수 없는 것이다.

그때였다.

"구 사형, 동굴 입구를 막아요!"

채운하의 고개가 번쩍 치켜지며 구조백을 향해 소리쳤다.

"알았다. 혈뢰구류!"

우르릉— 콰쾅—!

동굴이 무너지며 주위가 크게 요동을 쳤다.

잠마의 흔적은 아직까지 드러나지 않고 있었다.

　　　　　*　　　　*　　　　*

“너.”

“예?”

“아니다.”

괴팍한 노인처럼 만병무제는 뭔가를 말하려다 말고, 또 말하려다 말았다.

두 사람의 행색은 말이 아니었다.

“대체 어떻게 피한 거냐!”

만병무제가 버럭 소리를 질렀다.

아무리 생각해도 등천화가 멀쩡한 것을 이해할 수 없었다.

등천화는 분명히 벼락에 맞았다. 하지만 멀쩡하게 움직이고 있었다.

“피한 게 아니라 눌렀어요.”

“뭘?”

“어르신이 쏜 벼락이요.”

“……”

벼락이 물건도 아니고 누른다는 말 자체가 말이 되질 않았다. 하지만 만병무제로선 입이 열 개라도 더 이상 추궁할 여지가 없었다.

“어르신께서 마지막에 손을 거두실 줄은 몰랐어요. 그랬다

면 누르기 힘들었을 거예요. 혹시 심상이란 것에 대해 아세
요?"

"심상?"

"제 거처가 백첨봉에 있거든요. 거기서 싸운 적이 있어요.
한데 백첨봉처럼 누르면 될 것 같은 거예요. 그래서 길을 백
첨봉의 형상으로… 생각이 그랬다는 거지, 정말로 백첨봉이
됐다거나 한 건 아니구요."

"그래서?"

"눌렀어요."

"또! 그만 좀 눌러! 무공이 여자도 아니고 왜 그렇게 눌러!"

만병무제는 두 번밖에 듣지 않은 눌렀다는 말에 무척 신경
이 쓰였다. 그 말이 자꾸 그가 등천화에게 눌렀다는 말처럼
들린 까닭이다.

"어르신 덕분에 심상을 떠올릴 수 있게 됐어요. 감사드립
니다."

"나 덕분에?"

만병무제의 휘둥그래졌다.

뭘 해줬는지를 알아야 농이라도 던질 텐데 아무리 생각해
도 한 게 없었다.

"묻자. 내가 뭘 했지?"

"어르신께서 길을 안 보여주셨잖아요. 저는 길을 봐야 했
고요."

“…그런데?”

마뜩찮은 반문이었다.

등천화는 개의치 않고 말을 이었다.

“천추성주님과 어르신만 길이 안 보였어요. 가고 싶어도 길이 안 보이면 갈 수 없잖아요. 두려워서 그랬던 것 같아요. 어르신과 신나게 움직이고 나니까 저절로 알게 됐어요. 안 보이는 건 안 보이는 게 아닌 거예요.”

“…….”

만병무제의 얼굴에 ‘내가 왜 그런 질문을 했을까?’ 하는 피곤한 기색이 역력히 드러났다.

눈앞의 유령 같은 녀석은 말해줄 생각이 없는 것이다.

그때, 등천화가 만병무제 앞에 길게 선을 그었다.

“이 선을 따라가 보세요. 아, 어서요.”

“별걸 다 해보라고… 내가 니 종이냐!”

소리는 질렀지만 만병무제는 선을 따라 걸었다.

“자, 다 걸었다.”

“거봐요, 어르신도 다 걸었다고 하시잖아요. 선이 거기서 끝나니까 그런 거예요.”

“당연하지!”

“어르신의 벼락도 그랬어요. 길을 딱 끊어놓고 ‘어떡할래?’ 라고 물으셨다고요.”

“내가? 난 그런 적 없다.”

“어르신의 길이 그랬다고요.”

“몰라.”

만병무제는 고개를 저으면서 얼굴은 웃었다.

모른 척하고 싶었지만 이해가 되어버리고 말았기 때문이다.

만병무제가 듣기엔 너무도 복잡한 등천화의 설명은 아주 간단했다.

유검무검(有劍無劍).

검의 경지로 풀이하면 딱 그 말이었다.

즉, 등천화는 이미 투로와 무관하게 길을 만들 수 있는 경지에 도달한 것이다.

‘저러니 내 벼락을 피했지.’

그때였다.

쿠르르르—

지면의 흔들림이 두 사람에게 동시에 전해졌다.

좌악—

누가 먼저랄 것도 없이 등천화는 지면과 나란히 달렸고, 만병무제는 허공으로 솟구쳐 진동을 일으킨 장소를 확인했다.

“서쪽이다!”

만병무제가 소리쳤다.

“예!”

등천화는 왠지 든든해지며 힘껏 달렸다.

　　　　　*　　　　*　　　　*

　파도는 한 번 일어나면 인위적으로 막기 전까지는 계속해서 일렁인다. 모래사장에 닿은 파도는 하얀 포말을 일으키고 부서지고서야 멈추는 것이다.

　장찬익의 오만한 초진동기체의 파장이 그랬다.

　보이지도 않는 기운이 넘실거린다 싶더니 아직까지도 여파를 남기고 있었다.

　"소, 소교주님, 괜찮으세요?"

　채운하는 동굴 입구가 무너지는 것을 확인하고서야 장주극에게 다가갔다.

　"흐흐흐. 겨우 악마대능력 구성도 못 막는 놈이… 푸하하하! 이 힘을 그놈에게 보여줘야 하는데 말이다."

　"그놈?"

　"유령신보!"

　장주극의 눈이 이글이글 타올랐다.

　잠마를 물리친 사람이 등천화를 신경 쓰고 있는 모습이 이상할 만도 하지만, 채운하는 장주극을 이해할 수 있을 것도 같았다.

　그러나 굳이 동조할 필요는 없었다.

　"소교주님, 잠마의 시체가 보이지 않습니다."

구조백이 다가오며 말했다.

"흐흐흐. 안다. 쥐새끼의 습성이 어디 가겠느냐. 숨어서 찍찍대고 있겠지. 듣고 있느냐, 잠마! 너는 쥐새끼다! 소리 내봐, 찍찍찍. 파하하하!"

장주극의 파안대소가 사방을 쩌렁하게 울렸다.

그때였다.

"당신!"

누군가가 세 사람이 있는 곳을 향해 빠르게 다가오고 있었다.

"유, 유령신보!"

채운하는 등천화를 발견하고 기겁을 하며 장주극의 뒤로 몸을 뺐다.

"오늘, 정말 이곳에 오길 잘했구나. 잠마에 이어 네놈까지! 파하하하!"

장주극의 눈에서 회색빛 광기가 마구 쏟아졌다.

잠마를 상대할 때와는 비교도 안 되는 강렬한 광기였다.

"너희들은 쥐새끼를 처리해라."

"저희는 잠마가 어디 있는지 모릅니다."

"저 늙은이가 알려줄 것이다."

"……."

채운하와 구조백은 그제야 등천화 외에 한 명이 더 있다는 것을 알았다. 두툼한 몸집을 하고 있는 꽤나 강직해 보이는 노인이었다.

그는 등천화가 멈춰 서자 주위를 둘러보는 것 같더니 곧장 몸을 날렸다. 채운하는 등천화의 눈치를 보다가 재빨리 구조백과 함께 몸을 날렸다.

"거기 서!"

등천화의 신형이 사라졌다 싶은 순간 채운하의 앞에 나타났다. 하지만 채운하의 앞에 나타난 사람은 한 사람이 더 있었다.

슈왓.

"……!"

바람의 길을 밟을 시간이 없었다.

다가오는 정체 모를 기운과 같은 방향으로 움직이다 방향을 틀어 기운을 보냈다.

샤— 악.

섬뜩한 음향이 벽에서 들려왔다.

모래로 만든 성에 종이를 던지면 종이는 모래성을 망가뜨리지 않고 그 안에 박힌다. 그렇게 되려면 모래성이 무너지지 않을 정도의 속도가 있어야 한다.

등천화는 벽을 돌아봤다.

멀쩡한 벽은 모르고 있지만 벽 안에는 장주극이 던진 무언가가 박혀 있었다.

일전에 광인처럼 행동할 때와는 비교도 할 수 없는 길이었다. 장주극의 전신에서 일렁이는 저 수많은 개개의 길들. 어느 하나라도 닿으면 잘릴 것만 같았다.

일렁이는 길.

등천화는 몸에 소름이 돋았다.

장주극의 길이 지닌 예리함은 굳이 만져 보지 않아도 느낄 수 있었다.

"장주극……."

"호호호. 유령신보, 안 그래도 찾아가고 싶었는데 잘 와주었다. 네 덕분에 완성한 악마대능력을 막 시험한 참이거든."

"엄… 악마대능력… 이번에 익힌 무공인가 봐요? 처음 봤을 때는 기탄이란 걸 쏘더니, 그다음에는… 어? 그러고 보니 조금 전의 공격과 비슷하네요?"

"당연하지. 그때는 미완성, 지금은 완성된 악마대능력이지. 호호호."

"그렇구나."

"……."

장주극은 등천화의 다음 말을 기다렸다.

악마대능력을 경험하니 어떻다든지, 항상 그렇듯이 얼마든 피해줄 테니 알아서 하라든지.

그러나 반응이 없었다.

"할 말은 더 없냐?"

"잠마를 만나러 왔어요."

"호호호. 잠마는 네가 오기 전에 꼬리를 말고 도망쳤다. 앞으로는 내 그림자만 봐도 백 리 밖으로 도망치겠지. 아! 물론 살아 있다면 말이다. 파하하하!"

등천화가 만나러 온 자를 자신이 처리했다는 생각만으로도 통쾌했다. 그제야 등천화는 채운하와 구조백이 움직인 이유를 알 것 같았다.

"그럼 빨리 시작하죠?"

악마대능력을 봤으면서도 등천화는 아무렇지도 않게 자세를 잡았다. 특별히 자세랄 것도 없었다. 그저 평범하게 다리를 벌리고 상체를 꼿꼿이 든 것뿐이었다.

"예전부터 묻고 싶었다. 네가 사용하는 무공의 이름이 뭐냐?"

"십보."

"뭐?"

"열 개의 보법, 십보예요."

"호호호. 대답하기 싫은 모양인데, 곧 알게 되겠지."

장주극은 비꼬는 표정으로 웃고 말았다.

이번엔 자신있었다.

딱 죽지 않을 만큼만 주무를 것이다. 등천화가 첫 만남에서 자신에게 해준 그대로.

악마대능력이 발휘될 때면 들리는 악마의 목소리가 장주극의 머릿속에 들려왔다.

악마의 육체를 가진 장찬익은 결코 펼칠 수 없는 초진동기체가 그의 아들에게서 나오려 하고 있었다.

완벽한 악마대능력의 형태는 형태가 없는 것이다.

회색이 사라지고 모든 것이 투명해지는 상태.

"흐흐흐. 이것이 악마대능력이다."

장주극이 굳이 말하지 않아도 등천화는 모두 보고 있었다.

'길이… 사라졌다.'

하루 동안 벌써 두 번이나 같은 일은 보게 됐다.

만병무제에 이어 장주극도 길이 보이지 않았다.

등천화는 이 심각한 상황에서 빙긋 웃었다.

앞서 만났던 보이지 않는 길의 소유자 두 사람도 나름 색깔을 갖고 있었지만, 눈앞의 장주극만큼 선명하진 않았다.

선명하다는 것은 곧은 것이다.

똑바로 걷는 걸음과 곧은 길.

등천화가 갑자기 몸을 쭉 폈다.

고오오―

이상한 현상이 등천화의 몸에서 일어났다.

발끝에서 시작된 기운이 점점 거대해지며 하늘 위로 솟구쳤다. 음자삼차파나 바람의 응집체를 사용하겠다는 생각도 없었다. 장주극의 길을 상대하기 위해서는 이렇게 해야 할 것 같았을 뿐이었다.

그 모습에 장주극의 기괴한 웃음이 멈췄다.

적당히 죽지 않을 만큼만 손을 쓰겠다고 했던 그의 다짐이 한순간에 무너졌다. 전력을 다하지 않으면 자신이 죽는다는 걸 직감한 것이다.

등천화는 장주극의 얼굴이 다급해지는 것을 봤다.

'엄… 혹시 저 사람의 눈에도 백첨봉이 보이는 건가?

충분히 가질 수 있는 생각이었다.

장주극은 등천화를 보는 것이 아니라 등천화가 만들어내는 길을 보고 있었다.

그러나 그런 것은 중요하지 않았다. 그 덕분에 장주극의 길을 볼 수 있게 됐으니까.

만병무제가 벼락을 때릴 때와 비슷한 광경이 연출됐다.

장주극의 몸에서 빠져나오는 수없이 많은 파랑들이 전부 보였다.

등천화는 마치 저 하늘 위에서 그 파랑들을 보는 것처럼 한 발을 지그시 내려놓았다.

쿵!

장주극의 심장이 덜컥 내려앉는 소리였다.

등천화의 일보는 소리도 없이 그의 초진동기체들을 유리 파편처럼 무자비하게 밟았다. 마치 철갑을 두른 괴물이 쇳조각을 튕겨내며 다가오는 것만 같았다.

퍽! 꿈틀.

장주극은 자신의 심장을 내려다보지 못했다.

악마의 육체를 뚫을 무공은 세상에 존재하지 않기 때문이
다.

"그게… 보법은 아니고, 무슨 초식이냐?"

"이름은 없고, 십보를 한꺼번에 펼친 거라고나 할까요?"

"큭. 결국은 걷다 보니 나를 이겼… 다는… 끝까지… 미
치… 게 하는… 구…….."

장주극은 급기야 피를 토하며 쓰러지고 말았다.

그 모습을 보고 나서야 등천화도 바닥에 쓰러졌다.

'이럴 수가!'

채운하는 장주극이 쓰러지는 모습에 경악했다.

만병무제를 쫓아가다가 구조백만 보내고 장주극의 싸움을
지켜보기 위해 몸을 숨기고 있었다.

부르르.

아직도 소름이 가라앉질 않았다.

그녀는 등천화가 한 걸음 움직인 것밖에는 보지 못했다. 하
지만 그것만으로 장주극이 죽은 것이다.

땅을 흥건히 적시는 장주극의 피가 아직도 멈추지 않고 있
었다.

이대로 마교 총단으로 돌아간다?

지금의 상황을 보고하는 즉시 그녀는 죽을 것이다.

이판사판이었다. 이렇게 된 바에야 등천화를 죽이는 수밖

에 없었다.

　채운하는 긴장을 풀지 않으며 서서히 등천화가 쓰러져 있는 곳까지 조심스럽게 움직였다.

　바닥에 누워 있는 등천화를 응시했다.

　등천화는 미동도 하지 않았다.

　장주극이 죽을 정도였으면 등천화 역시 만만찮은 부상을 입지 않았을까?

　누워 있는 사람이 그 두려운 존재, 장주극을 죽인 등천화이기에 할 수 있는 생각이었다.

　다가가 다시 한 번 등천화의 안색을 살폈다.

　입과 코에서 핏줄기가 흘러내리고 있었다.

　채운하는 조심스럽게 다가올 때와 달리 무서운 속도로 등천화를 걷어찼다.

　퍽.

　석벽에 금이 갈 정도로 강하게 부딪친 등천화의 몸이 바닥에 떨어졌다. 의식이 조금이라도 남아 있다면 보일 수 없는 모습이었다.

　"역시 내 예상이 맞았어."

　슥.

　비녀 하나를 손가락에 끼웠다.

　사악한 미소가 입가에 그려졌다.

　"호호호. 유령신보, 꼴좋구나. 장주극이 죽는 걸 보고 망설였지만, 네 모습을 보고서 어떻게 그냥 갈 수가 있겠어, 응?"

말을 마친 채운하는 천천히 양손을 들어 올렸다.

"잘 가라."

채운하의 비녀가 열 손가락에 모두 채워진 손을 내리려 했다.

그때였다.

"아… 잠시 잠들었던 모양… 왔어요?"

"헉!"

채운하는 기겁을 하며 비녀 열 개를 일제히 등천화에게 꽂아갔다. 하지만 그녀를 기다리느라 일부러 걷어차이기까지 한 등천화에게 통할 리가 없었다.

파바박.

그녀의 비녀들이 애꿎은 땅만 팠다.

"헉!"

등천화가 감쪽같이 사라진 것이다.

"만 공의 부탁이 아니라도, 당신의 길을 꼭 끊어야겠다고 결심했소."

만저유를 죽일 때 들었던 그 말투였다. 아니, 그때보다 더욱 냉정한 목소리였다.

"나, 날 속였구나!"

"속인 것이 아니라, 당신을 기다린 것이오."

"흥! 아무리 아닌 척해도 다친 건 못 속여!"

채운하의 검은 피부가 더욱 검게 변하며 무언가가 그녀의 몸을 뚫고 나왔다.

"그건……"

등천화는 단번에 만저유를 죽일 때 사용한 그 수법임을 간파하고 전력을 다해 그녀와 마주하고 있는 공간을 뛰어넘었다.

사라졌다 나타났다.

"헉!"

채운하의 입에서 비명이 터졌다.

쾅!

폭음과 함께 등천화의 눈에 채운하의 몸이 허공을 일직선으로 가르며 날아가는 모습이 보였다.

땅에 떨어진 그녀의 몸이 몇 번이고 바닥과 부딪친 후 멈췄다.

"우웩!"

채운하는 각혈을 하며 간신히 몸을 일으켰다.

"너… 너……"

맑은 눈을 차갑게 빛내며 등천화가 그녀에게 다가왔다. 등천화의 눈 속에 담겨 있는 분노가 그녀의 머릿속에 전해져 왔다.

도망쳐야 한다!

그녀는 느릿느릿 움직여 등천화를 피하려 했지만, 그녀의 노력은 채 두 걸음도 옮기지 못하고 멈추고 말았다.

"왜 만 공의 길을 끊었소? 당신과 아무 상관도 없는 사람의 혀를 왜 뽑았소?”

등천화의 슬픔이 목소리를 타고 떨려왔다.

“만저유는 한 번에 너무 많은 것을 알았어. 내가 마화혈주임을 안 상태에서 이곳을 발견했고, 이곳에서 나오는 나를 발견했지. 그것만으로도 죽어 마땅…….”

쿵.

채운하의 신형이 뒤로 넘어지는 소리였다.

조용했다.

실제 등천화의 현재 상태는 한 걸음도 움직이기 힘든 상태였다. 장주극을 상대하면서 모든 힘을 소진한 탓이다.

채운하만 아니었으면 벌써 떠났어야 했다.

“후웁…….”

등천화는 천천히 호흡을 골랐다.

마음이 홀가분해졌다.

“혼자서만 가기냐!”

등천화는 호통이 들린 곳으로 고개를 돌렸다.

이곳에 올 때부터 말이 아니던 행색이 이제는 보기 안쓰러울 정도로 변한 만병무제가 날아오고 있었다.

“오셨어요?”

“끌끌. 고생한 어르신을 반갑게 맞아주지는 못할망정… 가만, 이들 둘… 네가 한 거냐?”

등천화의 시들한 대답에 만병무제는 화를 내다 말고 멍한 표정으로 장주극과 채운하를 번갈아가며 가리켰다.

"예… 여기에 저밖에 없잖아요."

"나도 했다. 잠마라는 이상한 놈과 그… 그래, 저 계집과 함께 있던 놈을 없앴단 말이다."

"잘하셨어요."

등천화의 대답이 성에 안 찼던 모양이다.

만병무제의 눈이 납작하게 변하며 슬며시 다가왔다.

"너, 똑바로 대답해 봐. 저 마교의 소교주란 녀석과 잠마 중에 누가 더 센 놈이냐?"

"……."

등천화는 지친 얼굴로 가만히 만병무제를 바라봤다.

잘 알면서 왜 묻느냐는 표정이었다.

머쓱해진 만병무제는 장난스럽게 등천화의 어깨를 툭하고 쳤다.

등천화가 마음에 들었다는 그만의 표시였다.

그러나 당하는 입장에선 전혀 그렇지가 않았던 모양이다.

등천화의 신형이 갸우뚱하더니 그대로 쓰러졌다.

털썩.

"엄… 왜 그러세요?"

"엥? 너… 왜 그래?"

"밀어놓고 물어보시면 어떡해요."

만병무제는 등천화의 대답에 한참 동안 웃다가 앞으로 어떻게 할 거냐고 물었다.

"좀 쉬다가 '거처' 로 돌아가야죠."

"거처?"

"예."

"알았다. 운기조식할 동안 지켜줄 테니 해라."

"엄……."

등천화가 망설이며 운기조식을 시작하지 않자 만병무제가 의아한 눈으로 쳐다봤다.

"나도 바빠, 이 녀석아."

"저… 그거 안 하는데요."

"뭐?"

"운기조식이요."

"쉰다며?"

"걷는 게 쉬는 거예요."

"……."

"……."

"너… 노부를 못 믿겠다는 거냐?"

"그런 거 아닌데요."

"한데 왜 안 해?"

"안 하는 게 아니고… 해본 적이 없어요. 걸으면 알아서 기운이 나는데 그런 거 할 필요 없잖아요."

등천화의 표정에는 조금의 거짓도 없었다.

　　별스럽다, 별스럽다 해도 눈앞의 등천화만큼 별스러운 녀석은 처음이었다. 이내 그는 고개를 저으며 다음을 기약하고 천추성으로 향했다.

＊　　　　＊　　　　＊

　　…마교주는 소교주의 죽음으로 제정신이 아닌 상태입니다. 잠마의 시체가 있는 곳에서 발견된 걸로 봐서 둘이 대결하다 양패구사한 것 같습니다. 지금이야말로 마교를 몰아낼 기회입니다. 먼저……

　　"강호가 들끓고 있소. 마교의 지부들이 각성의 무인들에 의해 무너지고 있다 하오, 무제."
　　풍우신장은 조용히 서찰을 접었다.
　　"끌끌. 마교는 이미 알맹이 빠진 껍데기요, 성주."
　　"마교주와 십 년 전에 해결하지 못한 일을 해야 할 시기가 다가오고 있소."
　　"성주의 십이천강추가 더욱 유명해지겠구려. 끌끌."
　　"잠마라는 자는 어땠소?"
　　"징그럽게 강했소. 벼락을 몇 번이나 맞고도 살아났으니까. 아마 그전에 다치지 않았다면 승부는 장담하지 못했을 거요."

"대단한 자였던 모양이구려."

"원래 목적은 마교주가 되는 거라고 하던가? 오랫동안 준비해 온 것 같은데 뭐… 다 지 복이 아니겠소? 끌끌."

만병무제는 등천화와 싸운 얘기는 일절 입에 담지 않았다. 다른 경로로 알게 되면 몰라도 죽을 때까지 등천화에게 졌다는 말은 할 수 없었다.

그날 이후 천추성의 모든 전력은 대마교전을 위해 투입됐고, 지루하고 버거운 싸움은 무려 오 년 동안 계속 됐다.

*   *   *

아장아장.

두 살 남짓으로 보이는 남자 아이와 여자 아이가 힘차게 발을 뻗었다. 양손을 꽉 쥐고 도톰한 볼을 힘껏 부풀린 여자 아이와 어깨에 힘을 풀고 흔들리는 상체의 중심을 잡으려는 남자 아이는 자신들을 부르는 엄마를 향해 움직인 것이다.

"그래, 조금 더 힘을 내, 현아!"

남자 아이의 걷는 모습에 감동한 엄마는 곧이라도 눈물을 흘릴 듯이 감격에 겨워 소리쳤다.

"어머어머. 소소 좀 봐, 어딜 봐서 쟤가 두 살이야? 어머어머."

남자 아이를 응원하는 엄마와 약 십 보 정도 떨어진 곳에 있는 여인. 그녀는 야무지게 첫 발을 내디딘 여자 아이를 보며 감탄만 연발했다.

좁게 보면 이곳에는 응원하는 엄마 둘과 아이 둘이 있었다. 조금만 넓게, 아니, 반경 오 장만 더 넓게 보면 희한한 광경이 되어버렸다.

엄마들이 기다리고 있는 곳을 향해 힘차게 걷던 아이들이 한 명은 오른쪽으로, 한 명은 왼쪽으로 계속해서 방향이 틀어지고 있었다.

한참을 가던 두 아이.

멈춰 서서 주위를 두리번거렸다.

방금까지 있던 엄마가 없어져 버린 까닭이다.

"웅, 웅, 우아아앙……."

"흐애애애앵……."

여자 아이가 먼저 울자 이내 남자 아이도 서러운 울음을 터뜨렸다.

"에휴……."

"오늘은 기대를 했더니……."

두 엄마의 한숨 소리가 길게 흘러나왔다.

오늘도 아이들은 두 엄마의 기대에 못 미치고 만 것이다.

"크합! 큭큭큭."

"허허허… 그것참."

뒤쪽에서 웃음소리와 함께 두 사람이 나타났다.

낭왕 시절에선 볼 수 없는 깔끔한 모습의 갈피독과 항상 단아한 차림의 문대성이었다.

십보문의 하루는 벌써 시작됐지만 두 아이의 울음소리가 나야 비로소 활기를 띠었다.

'거처' 가 '십보문' 으로 바뀌게 된 지 벌써 오 년이 흘렀다. 그동안 등천화에겐 많은 변화가 일어났다. 우선 풍우산산과 동동을 아내로 맞이했고, 두 아이의 아빠가 된 것이다.

"현 도련님과 소소 아가씨, 여깁니다, 여기."

갈피독이 등현에게 갔고, 문대성은 등소소에게 갔다.

두 사람이 번쩍 안아 들자 그제야 두 아이의 얼굴에는 홍조와 함께 방긋 웃음이 감돌았다.

"아들아, 걱정 마라. 네 아빠는 보법으로 강호를 평정한 분이셔. 곧 그리될 테니까 실망하지 마."

풍우산산이 등현을 갈피독에게서 받아 들며 눈물을 훔쳤다.

"등소소! 너, 오늘부터 이 엄마와 수련이야. 따라와!"

등현을 보고 있던 동동이 갑자기 씩씩댔다.

영문을 몰라 문대성이 자신도 모르게 슬며시 등소소를 동동에게 안겨주었다.

그녀가 씩씩대는 이유는 간단했다.

등현이 등소소보다 무려 한 걸음 반이나 많이 걸은 걸 본 것이다.

지고는 못 사는 그녀의 성미를 건드리기에 충분한 사건이
었다.

갈피독과 문대성이 입맛을 다셨다.

십보문의 아침이 편해지려면 등소소가 이기는 게 좋지만,
아침을 맛있게 먹으려면 오늘처럼 등현이 이기는 것이 좋았
다.

"험, 오늘은 아침에 뭐가 나오려나."

"어제보단 낫지 않겠수, 형님?"

"험. 현 도련님이 이기셨으니……."

두 사람이 슬며시 물러가려 할 때였다.

"괜찮아, 애들아."

자상한 목소리가 바람처럼 아이들에게 다가갔다.

"빠! 꺄아, 빠!"

"아바, 쪼쪼……"

엄마 품에 안겨 있던 아이들이 서로 아빠를 알아보고 바동
거렸다. 두 아이를 번쩍 치켜든 등천화는 제자리에서 빙글빙
글 돌았다.

그것이 즐거운지 아이들이 '까르르' 거리며 웃었다.

"오늘은 현이가 이겼어요."

풍우산산이 조용히 다가와 수줍은 목소리로 등천화에게
말했다.

"방향 틀리긴 한가진데 이기긴……."

"동생, 그건 아니지."

풍우산산이 놀란 눈을 하며 동동을 돌아봤다.

소소가 이겼으면 난리 쳤을 그녀의 입에서 저런 말이 나오니 속상한 그녀였다.

"언니, 그거예요. 요는, 아이들이 걸었다는 거예요."

"어제는 소소가 한 걸음 더 걸은 게 중요하다면서?"

"어제는 그랬죠."

"그럼 오늘은 그게 왜 안 중요한데?"

"현이가 한 걸음 더 걸었잖아요."

"……"

"참! 화 랑, 오늘은 뭐 하실 거예요?"

동동은 할 말을 잃은 풍우산산에게서 장난스럽게 눈을 떼며 등천화에게 다가와 아양을 떨었다.

"하하하. 아무것도 안 할 생각이오."

등천화의 장난에 주위에서 '픕' 하는 소리와 함께 웃음이 터졌다.

"동 매, 산산을 너무 놀려서 장난 좀 쳤소. 오늘은… 아이들과 백첨봉에나 올라갔다 오려 하오."

등천화는 고개를 들어 백첨봉을 올려다봤다.

그러자 두 아이도 백첨봉을 아는지 한손을 올리며 '꺄, 꺄' 거렸다.

"또 오셨군."

"예? 누가요?"

"누구긴 누구겠소. 계 원로님이시지."

"또요?"

풍우산산과 동동이 동시에 인상을 찌푸렸다.

천추성의 원로 계창수가 백첨봉에서 떨어져 내리는 모습이 그제야 두 사람의 눈에 들어왔다.

"이보게, 문주! 나 좀 살려주게!"

계창수는 떨어져 내리면서 다급한 외침을 터뜨렸다.

그러나 그 누구도 계창수를 도우려 하지 않았다.

벌써 오늘까지 네 번인가 다섯 번째 도움 요청이었다.

마교와 싸우다 불리하다 싶으면 무조건 이곳으로 오는 것이 이젠 버릇이 된 것 같았다.

"계 원로님, 지겹지도 않소? 쿵."

갈피독이 짜증스런 표정을 지었다.

"낭왕, 너무 그러지 마시오. 이 계 모가 얼마나 급했으면 그랬겠소."

"나도 웬만하면 믿고 싶으니, 상처 자국 하나라도 만들어서 오시구랴. 쿵."

갈피독의 대꾸에 다들 공감하는 듯했다.

그제야 더 이상 이 방법이 통하지 않는다는 것을 안 계창수는 입맛을 다시며 등천화가 안고 있는 아이들에게 다가갔다.

"잠깐!"

동동이 소리치며 막았다.

"왜 그러시오, 부인?"

"아이들은 나쁜 건 금방 배운다고 하잖아요. 이쪽으로 오셔서 아침 식사나 하고 가세요."

"윽."

계창수의 얼굴이 일그러졌다.

그가 푸대접을 받게 된 원인은 마교와의 전쟁이 심각한 수준에 이르렀을 때였다.

마교의 고수들에게 쫓기던 그를 십보문이 구해준 적이 있었다. 그렇다고 십보문에서 사람이 나와 그를 구해준 것이 아니라, 그저 이곳으로 들어왔다는 것만으로 살 수 있었다.

이곳에 등천화가 있다는 사실 하나만으로 마교의 고수들이 추격을 포기하고 돌아간 것이다.

그 뒤로 틈만 나면 이곳으로 오는 그였다.

"아가씨, 성주님께서 돌아오라고 하십니다."

등천화가 안 되면 풍우산산을 건드리는 것 역시 그가 오면 의례 이루어지는 순서였다.

"호호호. 계 원로님, 이제 그거 안 통하는 거 아시죠?"

풍우산산이 허리에 손을 얹고 입을 일자로 쫙 벌렸다.

"끙. 이젠 이곳에 오지 말아야겠네요."

계창수가 두 손을 들며 항복한다는 표정을 지었다.

"하하하."

"호호호."

"까르르……."

등천화를 비롯한 모든 사람이 웃었다.

천추성과 마교의 싸움은 이 순간에도 계속되지만, 그것은 강호의 생리였다.

하지만 이곳에 있는 사람들은 모두 알고 있었다. 장찬익에게 마교의 고수들이 있다고 해도 풍우신장과 만병무제가 있는 이상 천추성을 어찌할 순 없다는 것을.

"참, 풍우 공자님께서 근시일 내에 한번 오시겠답니다. 아무리 오라고 해도 안 오니 어쩔 수 없다고. 조카가 보고 싶어 못 견디시겠답니다. 클클."

"꺄아……."

등현이 조카라는 말을 알아듣기라도 했는지 양손을 허우적거리다 박수까지 쳤다.

내려놓으면 왼쪽으로 걷는 아이, 오른쪽으로 걷는 아이. 두 아이에 대한 걱정으로 매일같이 속이 타는 두 엄마와 달리, 등천화는 전혀 걱정하지 않았다.

국진력을 만나 십보문에 들어가기로 결심했을 때가 열두 살이었다. 그에 비하면 두 아이는 무려 열 살이나 먼저 시작할 수 있었다.

문득 국진력의 목소리가 들리는 듯했다.

"정말로 제가 안 넘어지고 잘 걸을 수 있나요?"

"그럼! 이건 비밀이라 잘 말해주지 않지만, 네게만 특별히 알려주마. 우리문파의 특기가 잘 걷기야."

"엄… 안 넘어지고 똑바로요?"

〈終〉

보법무적은 작년 여름부터 시작한 글입니다.

운동 부족을 절실히 느끼고 스포츠 센터에 갔지만 헬스기구를 보는 순간 아찔해지더군요. 좁은 장소에서 뭘 한다는 것이 썩 내키지 않았던 모양입니다.

망설이는 제 귀에 신나고 애절한 음악이 들리더군요. 이것이 보법무적의 탄생과 연관이 될 줄은 정말 몰랐습니다.

보법에 관한 얘기를 어떻게 시작해야 하고, 어떤 성격의 주인공이, 어떤 사건과 만나야 하는지 한참 고민하던 제겐 더할 나위 없는 행운이었죠.

뭐랄까, 평범한 보법이 특별하게 보였다고나 할까요?

걷는 것은 누구나 할 수 있지만, 똑바로 걷는 것은 아무나 할 수 없다는 것을 느꼈습니다.

발레, 비보잉, 댄스 스포츠 등, 걷는 동작이 기초가 되는 모든 춤을 화면으로 봤습니다. 역시나 화려함이 나오려면 잘 걸어야 하더군요.

허리를, 척추를 세우지 않으면 넘어집니다. 중심 이동을 자유롭

게 바꿀 수 없으면 넘어집니다. 도약 후 딛는 발의 균형 역시 마찬
가지죠.

멋진 동작을 배우겠다는 생각이 울트라캡숑 은하계 저쪽 너머로
사라질 즈음, 그나마 중심 잡고 제자리에서는 설 수 있게 되더군요.

이때부터 글을 쓰기 시작했습니다.

시간이 잠깐 흐른 것 같은데, 벌써 완결권이네요.

언제나 부족한 글이라 생각합니다.

하지만 언제나 노력해 온 글이기도 합니다.

다음 글에서는 더 재미난 얘기를 쓰도록 하겠습니다.

뭘 쓸지 정해놓은 상태입니다.

이번엔 또 뭘 배워볼까, 엉덩이가 들썩이는 걸 보니 서둘러야겠
네요.

다음 글은 더 즐거운 얘기로 찾아가겠습니다.

도움 주신 분들이 많습니다.

동료 작가들을 비롯해 오 실장님, 문 부장님, 지현 씨, 재영 씨
감사한 마음 전합니다.

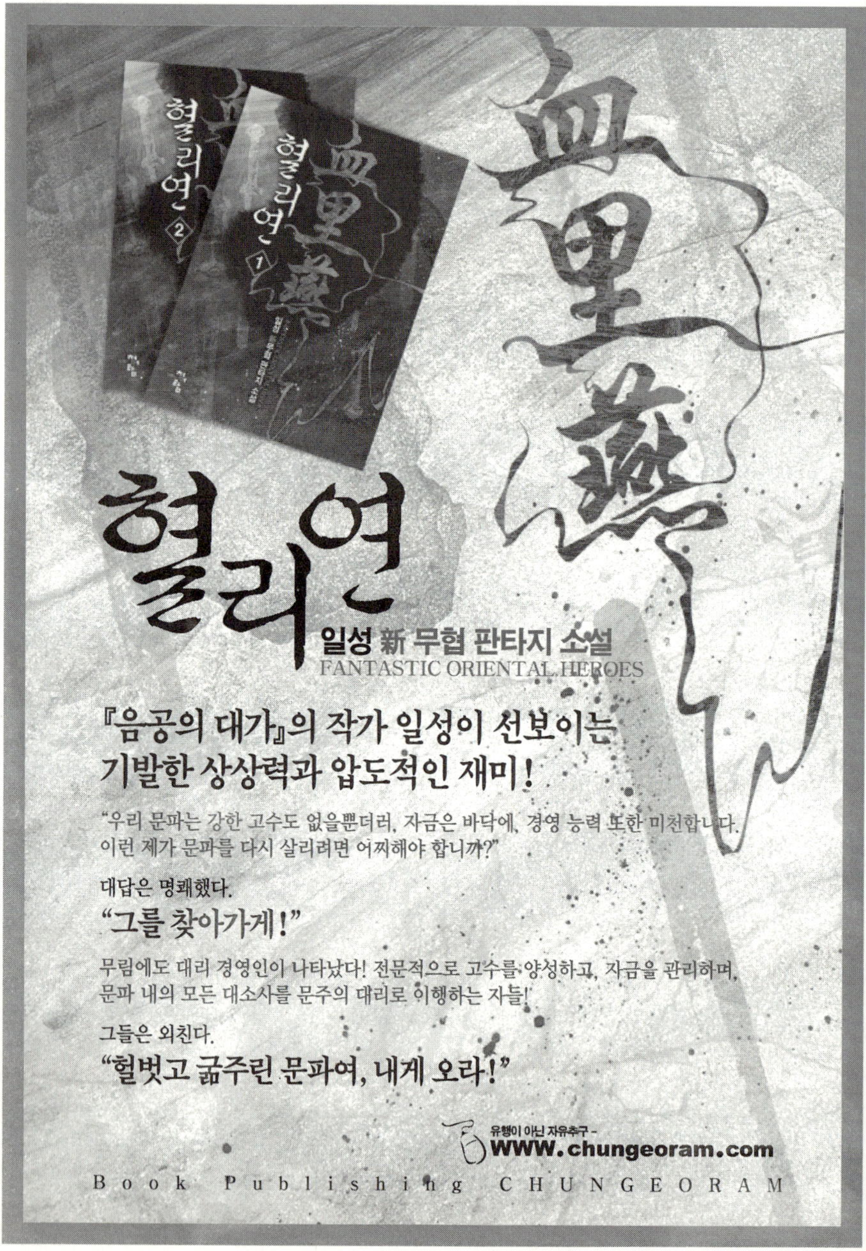
혈리연 2
혈리연 1
血里燕
혈리연
일성 新 무협 판타지 소설
FANTASTIC ORIENTAL HEROES
『음공의 대가』의 작가 일성이 선보이는
기발한 상상력과 압도적인 재미!
"우리 문파는 강한 고수도 없을뿐더러, 자금은 바닥에, 경영 능력 또한 미천합니다.
이런 제가 문파를 다시 살리려면 어찌해야 합니까?"
대답은 명쾌했다.
"그를 찾아가게!"
무림에도 대리 경영인이 나타났다! 전문적으로 고수를 양성하고, 자금을 관리하며,
문파 내의 모든 대소사를 문주의 대리로 이행하는 자들!
그들은 외친다.
"헐벗고 굶주린 문파여, 내게 오라!"
유행이 아닌 자유추구 -
WWW.chungeoram.com
Book Publishing CHUNGEORAM

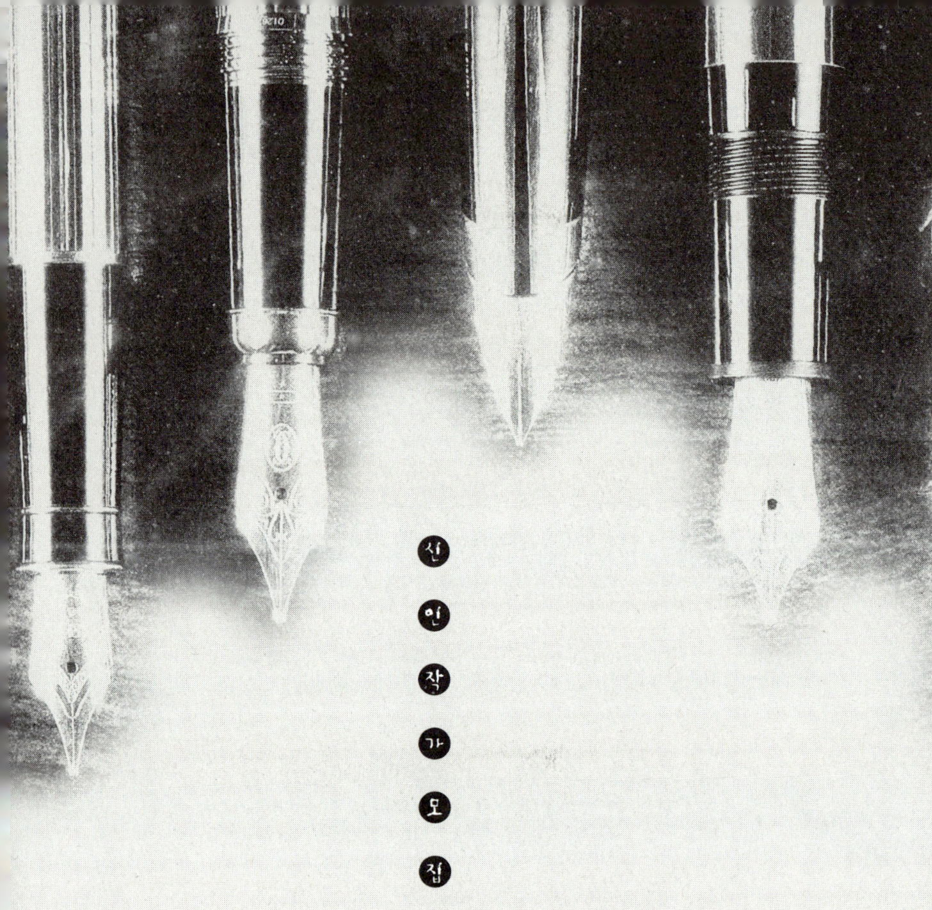

신
인
작
가
모
집

초등학생이 반드시 읽어야 할 좋은 책 49권

각 학년별로 초등학생이 반드시 읽어야할 좋은 책을 선정하여 통합논술의 기본이 되는 '올바른 독서법'을 일깨워 줍니다.

교과서와 함께하는
초등학교 통합논술

초등1학년 | 값 12,000원 / 초등2학년 | 값 9,500원 / 초등3학년 | 값 11,000원 / 초등4학년 | 값 9,500원 / 초등5학년 | 값 9,500원 / 초등6학년 | 값 11,000원

♣ 혼자 할 수 있어요.

엄마가 책 읽는 방법을 가르쳐 주어도 좋아요.
독서지도하는 선생님이 가르쳐 주어도 좋답니다.
"초등 교과서와 함께하는 통합논술 시리즈"는
아이 스스로 독서할 수 있도록 꾸며진 책이에요.
엄마와 선생님은 요령만 가르쳐 주시면 된답니다.

♣ 교과서의 중요한 내용이 총정리되어 있어요.

각 학년별로 중요한 교과 내용이 함께 수록되어 있어요.
초등학생은 교과서 내용을 충실하게 공부해야 합니다.
아울러 그와 병행한 독서가 대단히 중요하지요.
"초등 교과서와 함께하는 통합논술 시리즈"는
두가지 방법 모두 알려준답니다.

♣ 이 책은 훌륭하신 선생님들이 함께 쓰신 책이랍니다.

동화작가 선생님들이 쓰셨어요. 소설가 선생님도 쓰셨답니다.
국어 논술독서지도 선생님들도 함께 쓰셨지요.
"초등 교과서와 함께하는 통합논술 시리즈"는
엄마의 마음으로 모든 선생님들이 함께 꾸민 책이랍니다.

입소문을 통해 아는 분은 다 알고 계십니다!
올 한해 공인중개사 최고의 화제작!

1~2권 합본 | 이용훈 지음
3~4권 합본 | 이용훈 지음
5~6권 합본 | 이용훈 지음
용어해설 | 이용훈 지음

수험생 기본 필독서
만화 공인중개사

제목 : 만화공인중개사 쓰신 분에게 감사드립니다.

학원을 두 달 다녔어요. 근데 과연 그 숫자 외우기 그런 게 몇 문제나 나올까 생각을 했어요.
아니라는 생각이 드네요. 학원강의를 뒤로하고 서점을 갔어요. 내 머리에 가장 이해될수있는
책이 없나 하구요. 거기서 만화를 발견했어요. 무조건 세 번 봤어요. 3개월 걸렸어요. 문제집을 보라고
했는데 그건 시행을 못했어요. 근데 합격을 했네요.
어떻게 감사의 말을 해야 될지…….
도서관에서 만화책 들고 다니니까 사람들이 비웃더라구요. 만화책으로 공인중개사를 공부한다고
미친 사람처럼 보더라구요. 근데 그거 다 감수하고 했던 내가 자랑스럽습니다.
어떻게 감사의 말을 해야 할지… 정말 감사합니다.
부디 행복하세요. 제 나이 41살에 좋은 스승을 만난 것 같습니다.
엎드려 감사드립니다.

−본사 홈페이지에 독자분이 올린 메일 中 에서 발췌−